MAAN I

Van Stefan Brijs verschenen:

De verwording, roman
Kruistochten, essays
Arend, roman
Villa Keetje Tippel, monografie
Twee levens, novelle
De vergeethoek, essays
De engelenmaker, roman
Post voor mevrouw Bromley, roman
Maan en zon, roman

Samen met Koenraad Tinel:

Honger!
VERTELGENKVERTEL. *Een wereld van verhalen*
Verhalen van het Pajottenland

STEFAN BRIJS

Maan en zon

Roman

Uitgeverij Atlas Contact — Amsterdam/Antwerpen

De auteur dankt iedereen die hem bij het schrijven van dit boek met raad en daad heeft bijgestaan, in het bijzonder Grace Jonkhout en Max de Groot, broeder Franklin Clemencia en taxichauffeur Pedro Cirilo Daké (1916–2015).

Eerste druk, gebonden, september 2015
Tweede druk, paperback, september 2015

Omslagontwerp Roald Triebels
Omslagbeeld Donald Lee
Foto van de auteur Annaleen Louwes
Typografie binnenwerk Sander Pinkse Boekproductie
Drukkerij Koninklijke Wöhrmann, Zutphen

ISBN (gebonden) 978 90 254 4387 0
ISBN (paperback) 978 90 254 4616 1
D/2015/0108/748
NUR 301

www.stefanbrijs.nl
www.stefanbrijs.be
www.atlascontact.nl

FSC
www.fsc.org
MIX
Papier van verantwoorde herkomst
FSC® C110751

Pa mi dushi Melanie

*'De vrouwen hier zijn altijd sterker dan de mannen.
De vrouwen houden stand. De mannen mogen hun zaad
storten en wat rondrijden in hun glimmende auto's.
Dat is alles.'*

Tip Marugg

18 juli 2001 — 19u25

Waar zal ik beginnen? Bij wie? Bij Max, wiens vliegtuig op ditzelfde moment vanaf Hato opstijgt en die over enkele ogenblikken op de grond onder hem de rode en blauwe tralies van neonlicht zal zien waarachter de meisjes van Campo Alegre gevangenzitten?

Of bij zijn vader Roy, die om dit uur al naar bed is gebracht en naar het portret van zijn vrouw Myrna zit te staren in het straatlicht dat door de halfgesloten shutters zijn kleine kamer in schijnt?

'Ze was een goede vrouw, broeder, *and ooooh so pretty*.'

Of bij Sonny, de zoon van Max, die nu ongetwijfeld van zijn horloge opkijkt en zijn blik naar boven richt, zoekend naar een knipperlicht dat zich weldra tussen de sterren noordoostwaarts zal bewegen?

Nee, laat ik beginnen bij een lied, een oud Antilliaans kinderlied, gezongen, gestameld, gebrabbeld door een groep bejaarden, vanochtend in de grote zaal van Huize Welgelegen, waar Max afscheid ging nemen van zijn vader.

'Naar Nederland, *pai*. Onderdelen voor de Dodge halen.'

'Welke onderdelen?' vroeg Roy. Zijn luide stem wekte in de zaal meer aandacht dan het gezang van de verpleegster die het lied had ingezet. Max daarentegen had alleen nog oor gehad voor de Papiamentse klanken.

'Luna ku solo laga mi pasá kon todo mi yu ku Dios a duna mi.'

Ik zag hoe hij verstarde bij het horen van die woorden: Maan en zon laat me door met al de kinderen die God me gegeven heeft.

'Welke onderdelen, Max?' herhaalde Roy zijn vraag.

Max richtte zich weer tot zijn vader en zei: 'Deurkrukken van de achterste portieren, voorbumper en buitenspiegel.'

'In goede staat?'

'In uitstekende staat, pai! Ik heb foto's gezien. Geen spatje roest. En in het chroom kun je je haren kammen.'

'En je das recht hangen, Max. *Never forget you' tie.*'

Max droeg al een eeuwigheid geen das meer. 'Doe ik, pai.'

Roy vond het een goed idee. Hij begreep zijn zoon als geen ander. Alles voor de Dodge. En dat Max daarvoor helemaal naar Nederland zou vliegen, riep geen vragen bij hem op. In zijn oude hoofd lag het koninkrijk vast niet veel verder dan Aruba, waar hij een deel van zijn leven had doorgebracht en tijdens de Tweede Wereldoorlog het Amerikaans-Engels had opgepikt waarmee hij zijn zinnen kruidde.

Lucia, de vrouw van Max, had zich vreselijk opgewonden toen hij haar op de hoogte bracht van zijn plannen.

'Naar Nederland? Voor oud ijzer? Ben je wel goed bij je hoofd? Laat die rotzooi per post komen!'

'De douane steelt alles, Lucia, het zijn gangsters.'

'En wie gaat dat betalen?'

'Ik heb gespaard.'

'Je hebt gespaard voor Sonny! Voor zijn studie! Niet voor dat wrak!'

'Dat wrak zorgt wel voor brood op de plank. Als ik hem niet opknap dan hebben we straks niets meer. Niets!'

'En toch ga je niet naar Nederland. *Mi morto akibou!*' Over mijn lijk!

'Toen heb ik me omgedraaid en ben weggelopen. Met veel pijn in mijn hart.' Dat vertelde Max aan mij. Hij legde zijn grote hand op zijn borst. 'Ik hou van haar. Zij is mijn alles. Zij en Sonny. *Luna ku solo*. Wil je dat tegen haar zeggen zodra ik weg ben? Dat zij de maan is die mijn donkere nachten verlicht.'

De gevoelige ziel van Max. Innerlijk kan hij niet méér verschillen van zijn vader. Zijn krachtige fysieke verschijning heeft hij wel van hem geërfd. Het lichaam van Roy raakte echter al vroeg door reuma verteerd. Zijn vingers, zijn tenen, zijn handen en voeten, rug en nek, alles aan hem is mettertijd kromgetrokken, zijn staalkabels van spieren zijn vezel per vezel geknapt, de gewrichten vergroeid tot knobbels die zijn huid zo oprekken dat die er bleek van is geworden.

'Als je terug bent uit Nederland, neem je me mee *for a ride*,' zei Roy tegen Max net voor het afscheid.

Dat doen ze wel vaker. Dan rijden ze het halve eiland over. Een paar keer ben ik mee geweest, zittend op de achterbank, waarvan het leer verhard en verbrokkeld is en de veren zelfs het kraken hebben opgegeven. Het is een belevenis om de oude Roy in de oude Dodge Matador te zien zitten, het raampje omlaag, de hoekige elleboog van zijn rechterarm naar buiten wijzend – een zijspoiler van vel over been –, zijn vogelklauw die op het koetswerk rust, zijn strak naar voren gerichte blik en de wind die over zijn zilveren kroeshaar strijkt zodra de slee snelheid maakt en voor de zoveelste keer de kronkels van Roys geheugen volgt.

'Hier links, Max.'

'Mag niet meer, pai.'

'Doen, doen.' Roy, kraaiend als een kind, en Max die vervolgens een eenrichtingsstraat in rijdt, luid toeterend om eventuele tegenliggers te waarschuwen.

'En nu naar de haven, Max!'

De haven was een van Roys vroegere standplaatsen. Wanneer de tankers binnenvoeren met aan boord de Venezolaanse olie voor de Shell-raffinaderij, wachtte Roy de bemanning op om hen naar Campo Alegre te brengen, het hoerenkwartier vlak bij het vliegveld.

'Hun broek al op hun knieën nog voor ze goed en wel waren uitgestapt,' vertelde Roy graag. 'En met sommige hoeren had ik een deal, *you know*. Vraag naar Henna of naar Chica, zei ik, en zeg dat Roy je gestuurd heeft. *They do all?* vroegen ze dan. *All the things you cannot do at home, my brother*. En dan werden ze gul, nog meer als ik hen later terugbracht en bleek dat ik niet gelogen had. *Thanks, man, here, keep the change*. Toen viel er nog wat te verdienen. Harde Amerikaanse dollars. *The real stuff*.'

Van al die dollars had Roy er twee bewaard, twee oude muntstukken van één dollar, waarvan de afbeeldingen aan weerszijden grotendeels waren afgesleten door het goocheltrucje dat hij misschien wel duizend keer had laten zien.

'Kijk, hoeveel muntstukken telt u? Twee toch, zie je? Let goed op nu. Goed kijken.'

Hierna drukte hij beide muntstukken tegen elkaar tussen de muis van zijn beide handen en liet ze in korte, snelle wrijfbewegingen over elkaar schuiven, waardoor het leek of het drie muntstukken waren.

'*Brua!*' riep hij dan luid. Toverij!

Achtentachtig is hij inmiddels. Geen dokter had gedacht dat hij zo oud zou worden. Hij was nog maar in de vijftig toen zijn ziekte zich manifesteerde en op een dag zouden ook zijn longspieren worden aangetast, waardoor hij langzaam maar zeker zou stikken. Dat hadden echter alleen Myrna en ik geweten. Hemzelf was het nooit meegedeeld.

Maar wat we vreesden, is niet gebeurd. Zijn adem liet hem geen ogenblik in de steek. En nu was de negentig in zicht.

'Dan dansen we de rumba, *you and me, honey*,' zei hij tegen elke verpleegster die hem op die naderende leeftijd wees. Zijn rug en benen mochten dan wel zo krom zijn als een dividiviboom, zijn mannelijke trots was allerminst aangetast. Zo probeerde hij zich vanmiddag nog uit Max' armen los te wringen toen die hem bij het afscheid wilde omhelzen en toen dat niet lukte, riep hij luid opdat de hele zaal het kon horen: 'Stel je niet aan, zoon, je bent toch geen *mariku*.' Geen homo.

Max drong niet verder aan. Hij liet zijn vader los en wenkte me. Of we konden gaan?

De eerste keer dat ik Roy en Max ontmoette, veertig jaar geleden, had zich een min of meer gelijkaardige scène voorgedaan. Roy was toen achtenveertig, Max een jongen van twaalf, ikzelf vijfentwintig. Het was in 1961, mijn eerste jaar als onderwijzer in Barber. Ik had de zesde en zevende klas toegewezen gekregen, eenendertig jongens van twaalf tot sommige zelfs vijftien jaar, in alle gradaties van bruin tot zwart – een blanke in Barber was even zonderling als een zwarte in Emmastad of Julianadorp, de wijken waar de Nederlanders van de Shell in hun comfortabele huizen woonden. Maar nog zonderlinger dan een blanke in onze wijk was de splinternieuwe Dodge Matador die dat jaar op een septemberochtend voor de schoolpoort stopte. Broeder Tinus, het schoolhoofd, stond klaar om de bel te luiden voor het begin van de lessen toen Aurelio Rodrigues, een opgeschoten jongen uit mijn klas, vanaf het schoolplein de auto zag komen aanrijden over de zanderige heuvelweg die naar ons schooltje leidde.

'Kijk! Kijk!' riep Aurelio. En daarmee lokte hij de nieuwsgierige ogen van alle honderdzestig jongens op het schoolplein in de richting van de auto, waarvan de imposante staartvinnen aan weerszijden van de kofferbak van ver opvielen.

'Als een haai die over het land naar ons toe gleed,' beschreef meester Frank van de derde klas de manier waarop de blinkende slee traag de heuvel af daalde. Hierdoor hoorden we het brommende geluid van de Dodge later dan we hem zagen.

Toen de chauffeur halt hield voor de schoolpoort en speels het gaspedaal geheel indrukte, liet de motor een gebrul horen, zo krachtig dat alle toegesnelde jongens verschrikt terugdeinsden.

The Super Red Ram, vertelde Max later die dag in de klas, een onverwoestbare achtcilinder met de kracht van 295 paarden. Ik wist niets van cilinders, maar bij zoveel paarden kon ik me wel wat voorstellen, meer dan sommige jongens in mijn klas die in alle ernst van Max wilden weten waar in de auto al die beesten zich dan bevonden.

De chauffeur stapte uit. Een rijzige, gespierde, zwarte man. Hij droeg een uniformpet, witte handschoenen, een smetteloos wit hemd met een smalle, zwarte das, een keurig in één vouw gestreken zwarte pantalon en laqué schoenen, niet eens stoffig van het zand. Zoals mijn habijt toonde dat ik broeder was, zo vertelden zijn kleren dat deze man taxichauffeur was, wat ik bevestigd zag toen ik naar het nummerbord van de Dodge keek, waarop enkel het cijfer 7 stond. De man liep om de auto heen, tikte daarbij haast ongemerkt op de vingers van Aurelio, die op het punt stond zijn hand wrijvend over de glanzende zeegroene lak van de motorkap te laten gaan, en opende met een statig gebaar het portier aan de andere kant om de passagier te laten uitstappen. Niet alleen ik, maar ook mijn collega's meenden één ogenblik dat koningin Juliana zelf zou uitstappen, of anders op zijn minst de heer Speekenbrink, gouverneur van de Nederlandse Antillen, tot er uit de auto een jongen van een jaar of twaalf tevoorschijn kwam, even zwart als de chauffeur en met hetzelfde rijzige postuur, maar nog zonder de strakke spieren en in afgedragen kleren, waardoor hij er veeleer slungelig uitzag. Hij keek, met afhangende schouders, verlegen naar de grond, ongetwijfeld wensend dat hij onopvallend te voet zijn entree had mogen maken, misschien zelfs ongeschoeid, zoals de armste jongens van onze school. Zijn vader, want dat hadden we toen wel door, duwde hem voor zich uit, tikte in het voorbijgaan Aurelio nogmaals op zijn vingers, deze keer iets harder, en riep naar mij en de andere onderwijzers dat hij de jongen straks weer zou komen halen. En wijzend op diens kruin besloot hij: '*Su nòmber ta Max. Max Tromp.*' Dat de jongen Max heette. Max Tromp.

Wij zagen hoe Max zich omdraaide en in een onhandige poging zijn armen om zijn vader heen wilde slaan. Die duwde hem zonder pardon van zich af en zei, in een Amerikaans-Engels: '*Grow up, Max, you' no child anymore.*'

Voor de vele jongens in mijn klas die vaderloos waren opgegroeid zou een liefdevol gebaar van Roy van grote betekenis zijn geweest, maar nu ging al hun aandacht vanzelfsprekend weer naar de Dodge Matador, waarin de grote man achter het stuur plaatsnam en even traag als hij gekomen was wegreed, de heuvel op, met een ronkend geluid dat naarmate het wegstierf steeds meer overstemd werd door de wild enthousiaste kreten van de jongens die in groten getale om Max gingen staan.

Toen Roy zijn zoon kwam ophalen, was het schoolplein verlaten. Max had meer dan twee uur lang op een bankje in de schaduw van een mangoboom zitten wachten, met boven zijn hoofd het gezoem van de vele vliegen die door de rijpe vruchten werden aangelokt. Zijn moeder zou die dag van Saliña naar Barber verhuizen, maar Max had geen idee waar ze zouden gaan wonen. Zijn vader had hem pas 's morgens op de hoogte gebracht.

'De huisbaas wil jouw moeder op straat zetten,' had Roy hem verteld. 'En jou erbij. Maar dat zal niet gebeuren, zoon, ik heb ook mijn trots. Mijn kinderen slapen niet op straat. *No way.* Als Roy zijn verantwoordelijkheid moet nemen, dan doet hij dat. Heb ik jou ooit in de steek gelaten, Max? Nooit, hè. *Never ever.*'

Daarom ook bleef Max zitten, die middag onder de mangoboom.

'Mijn vader komt dadelijk,' zei hij tegen mij, zowat om het kwartier, iedere keer als ik ging vragen of hij niet in de klas op hem wilde wachten.

Max had die eerste dag weinig over zichzelf verteld, des te meer over de Dodge.

'*Automatic transmission. Two-speed Powerflite. Torsion-Aire suspension. Astrophonic radio with three transistors and push-button controls. Eight point zero zero fourteen inch tires.*' Dat ratelde hij af met hetzelfde Amerikaanse accent als zijn vader. De andere leerlingen begrepen er niets van, maar geen van hen liet dat bewust merken. De woorden van Max klonken in hun oren als magische spreuken.

'Hoe hard gaat-ie dan?' wilde iedereen weten.

'Ja, Max, hoe hard gaat-ie?'

'Honderdtwintig mijl per uur,' zei Max zonder aarzelen en met veel overtuiging. De jongens slaakten kreten van bewondering en daarvan maakte ik gebruik om hen voor het eerst met veel motivatie een vraagstuk te laten oplossen: hoe lang doet een Dodge Matador erover om op topsnelheid van Oostpunt naar Westpunt te rijden, een afstand van achtendertig mijl?

Als Max dit had kunnen oplossen, zouden veel klasgenoten hem als een halfgod hebben beschouwd, maar zoals bijna iedereen moest ook hij het antwoord schuldig blijven.

'Rekenen is niet belangrijk, Max. Als je maar kunt tellen,' zei zijn vader weleens, die zoals de meeste taxichauffeurs zijn tarieven aanpaste aan de kledij of andere uiterlijkheden van zijn passagiers.

'Armelui dragen goud in hun mond, rijkelui om hun vingers.' Dat was typisch Roy. Een eenvoudige maar heldere kijk op de dingen, gevoed door een zekere leergierigheid, waarbij hij er steeds in slaagde louter nieuwsgierigheid en werkelijke interesse te combineren.

Zo ook de eerste keer dat ik hem sprak toen hij Max van school kwam halen. Hij stopte voor de schoolpoort en liep in gestrekte pas om de auto heen naar het rechterportier, dat hij opende voor Max, alsof die een klant was. Max gleed vlug als een hagedis de auto in, waarna Roy het portier dichtdeed. Zodra hij me zag, tikte hij bij wijze van groet met zijn stoffen hand tegen de klep van zijn pet en vroeg me hoe Max zich had gedragen. Geen excuses omdat hij zo laat was.

'Voorbeeldig,' zei ik naar waarheid en luid genoeg opdat ook Max het zou horen boven het geruttel van de stationair draaiende motor.

'Helemaal zijn vader,' zei Roy met een brede glimlach. Hij maakte aanstalten om naar de andere kant van de auto te lopen.

'Er zijn nog wat formaliteiten te regelen,' zei ik. 'Misschien dat u...'

Roy schudde zijn hoofd. 'Zijn moeder regelt al die dingen. Ik weet daar niets van. Zijn moeder. Myrna Cortés. Ik zal haar zeggen dat ze langs moet komen. En vragen naar broeder...'

'Broeder Daniel. Zesde en zevende klas. Max zit bij mij.'

'Roy Tromp.' Alvorens me een hand te geven trok hij in een geoefende beweging zijn rechterhandschoen uit door aan elke vinger een kort rukje te geven.

'Zijn moeder,' herhaalde hij toen. 'Ze is pas verhuisd. Ginds.' Hij maakte een werpgebaar in de richting waaruit hij gekomen was. 'Myrna. Ze is een goede moeder.' En vervolgens tegen Max: 'Goede moeder heb je, hè Max?'

Max knikte kort. Hij zat als bevroren op de passagiersstoel, zijn handen gekruist op zijn schoot.

Roy kwam opnieuw in beweging, maar al na twee stappen hield hij zijn pas in en wendde zich weer tot mij, deze keer met een stem waarin evenveel nieuwsgierigheid als verbazing zat. 'Neemt u me niet kwalijk, broeder, maar bent u een *yu di Kòrsou*?'

Of ik een kind van het eiland was? Het was niet voor het eerst dat iemand mij die vraag stelde.

'Zonder twijfel,' antwoordde ik. 'Geboren op Bándabou, opgegroeid in Boka Samí.'

'Dan moet u een van de eerste zwarte broeders uit Curaçao zelf zijn. Ik heb er nooit eerder één ontmoet.'

'Ik vrees dat ik nog zeldzamer ben dan een Dodge Matador, meneer Tromp.'

Mijn reactie stond hem aan. Hij lachte breed, legde een hand op het dak van zijn auto en zei: 'Zeg maar Roy. En als u ooit ergens heen moet, ik ben uw man.' Zijn hand verdween in de borstzak van zijn hemd en viste er een papiertje uit. Er stond een telefoonnummer op gekrabbeld. 'Gewoon even bellen. Een halve dag van tevoren. Is van een vriend van mij. Niet van een maatschappij. Die lichten je op. En vragen naar Roy Tromp. Taxi nummer 7. Een heilig getal, nietwaar?'

'Het getal van de volmaaktheid in Gods wegen en handelen.'

Roy zette grote ogen op. 'De volmaaktheid in Gods wegen en handelen. Dat moet ik onthouden.' En om de auto heen lopend zei hij de woorden nog een paar keer voor zichzelf, om zich ten slotte bij het instappen tot Max te wenden: 'Heb je dat gehoord, Max? Nummer 7. Het getal van de volmaaktheid in Gods wegen en handelen.'

Hij nam plaats achter het stuur, draaide het raampje omlaag en wenkte me dichterbij.

'Nog één vraag, broeder. Is Daniel uw echte naam?'

Ik schudde kort mijn hoofd. 'Mijn geestelijke naam. Naar de profeet Daniel.'

'Die man in de leeuwenkuil?'

'Diezelfde.'

'U had toen vast ons eiland in gedachten,' zei hij met een knipoog.

'Daniel was een toonbeeld van deugdzaamheid en wijsheid,' legde ik hem uit. 'Daar probeer ik mij aan te spiegelen.'

Roy floot tussen zijn tanden. 'Deugdzaamheid en wijsheid. Nou, ik denk niet dat ik dan kans maak om ooit broeder te worden.'

'Het is nooit te laat om tot inkeer te komen, meneer Tromp. En u beschikt al over de nodige zelfkennis. Dat is een goed begin. Bovendien, ik zie dat u ook vertrouwt op

Onze-Lieve-Heer.' Ik wees op de plastic rozenkrans die aan de achteruitkijkspiegel hing.

'O, de Heer houdt mijn auto op het rechte pad, broeder. Nog nooit één ongeluk gehad. En ik rij wat af.'

'Onze-Lieve-Heer is een goede gids, meneer Tromp.'

'Dat is Hij zeker. Ik bid weleens tot Hem, hoor. En als het even kan, ga ik naar de kerk.'

Ik wist niet of hij het meende of dat hij probeerde bij me in de gunst te komen.

'Blij dat te horen. Misschien dat ik u dan in de toekomst in de kerk van Barber zie?'

'Misschien. Hangt ervan af hoe lang deze jongen en zijn moeder nog hier blijven.' Hij maakte met zijn hoofd een beweging in de richting van zijn zoon. 'Ik zoek wat beters voor hen, hè Max?'

Max reageerde nog steeds niet, hij bleef onwennig voor zich uit staren.

'Hij wordt ongeduldig,' excuseerde Roy zich. 'Ik zal hem maar wegbrengen. Een genoegen u ontmoet te hebben, broeder Daniel.'

'Het genoegen is wederzijds, meneer Tromp.'

Hij zette de auto in de versnelling door een knop op het dashboard in te drukken en leunde nog een laatste keer ver uit het raam. 'Zoals ik al zei, als u ooit ergens heen moet, vraag naar taxi Tromp. Nummer 7. Hoe was het ook weer? Het getal van...'

'De volmaaktheid in Gods wegen en handelen.'

'De volmaaktheid in Gods wegen en handelen. Ik zal het nooit meer vergeten, broeder.'

En weg reed hij, langzaam optrekkend om zo min mogelijk zand en stof te doen opwaaien.

Roy had Max en zijn moeder in een huisje in de *kunuku* ondergebracht, de wildernis net buiten Barber, geen elektriciteit, een gammele blikken windmolen die grondwater ophikte, rondom hoge kandelaren van cactussen, doornige *wabi*-struiken, die zelfs door de magere dolende geiten werden gemeden, en overal stoffig geelgrijs zand dat door de kapotte ruiten naar binnen woei, de twee kamers in, één om in te leven, de andere om in te slapen, onder een dak van golfplaten dat lekte. Myrna zou zich neerleggen bij deze situatie, al had ze zich iets heel anders voorgesteld toen Roy in Saliña met zijn nieuwe auto voor kwam rijden om eerst Max naar school en later haar naar een andere woning te brengen. Maar ze koesterde daar in haar kunukuhuisje meer dan ooit de hoop dat Roy bij haar zou intrekken nu hij zich na al die jaren over haar en zijn zoon had ontfermd, zeker ook omdat hij had gezegd dat deze woning slechts tijdelijk was, hij zou snel op zoek gaan naar een ander, comfortabeler optrekje. Daar kwam uiteraard niets van. De beloftes van Roy waren even talrijk als vluchtig, maar hij had het talent om ze zo overtuigend te brengen dat bijna niemand aan zijn woorden twijfelde, zeker niet de vrouwen met wie hij het bed deelde.

Hij had elf kinderen bij zeven verschillende vrouwen. Dat althans was wat hij over het hele eiland verkondigde. Er was niemand die zijn bewering in twijfel trok, want als zwarte taxichauffeur met een eigen auto genoot hij aanzien en bewondering en het was een koud kunstje om zijn route zo te plannen dat hij na het thuisbrengen van deze of gene vrouw nog minstens een heel uur of zelfs een hele nacht vrij had.

'Ik vind blind de weg naar het hart van de vrouwen,' zei hij tegen mij zodra hij over zijn veroveringen begon. Dat ik bewust afstand nam van de vrouwelijke bekoringen vond hij enerzijds onbegrijpelijk, anderzijds bewonderde hij me daarom mateloos.

'U laat zich niet leiden door het vuur in uw lenden, en dat is heel goed, broeder Daniel, mannen verliezen hun verstand in de schoot van een vrouw.'

Of ik toch niet ooit in de verleiding was gekomen? Uiteraard vroeg hij dat.

'U komt toch geregeld aan huis bij de moeders van uw leerlingen. En die zijn vaak eenzaam en zo, u begrijpt vast wat ik bedoel. Ik kan me inbeelden...'

'Ik heb een deal met God,' onderbrak ik hem. Het woord 'deal' begreep hij als geen ander.

'O, ja, op die manier.' Hij dacht kort na. 'Maar dan wordt u vast en zeker beloond in de hemel.'

'Een reden temeer om hier op aarde een sober leven te leiden, dat geldt ook voor jou. En om bijvoorbeeld goed te zorgen voor je kinderen. Voor alle elf.'

Ik zei het gestreng en licht verwijtend en dat moet indruk op hem hebben gemaakt want de volgende keer dat we elkaar ontmoetten, zei hij uit zichzelf: 'Weet u nog dat u zei dat ik voor al mijn kinderen moet zorgen?'

'Voor alle elf,' zei ik nogmaals met nadruk. Ik leunde licht naar voren, in de achteruitkijkspiegel zag ik een lichte vertwijfeling in zijn donkere ogen, de rozenkrans wiegde heen en weer.

'Wel, broeder...' Hij slikte hoorbaar. 'Hoe zal ik het zeggen? *There... there are only four*.' Ik had de indruk dat hij zijn moedertaal meed omdat zijn bekentenis hem dan minder zwaar viel. Ik gebaarde dat ik hem niet had begrepen.

'Vier, ik heb maar vier kinderen,' zei hij. 'Bij drie vrouwen.'

Ikzelf werd opluchting gewaar, hij zat er als een geslagen hond bij.

'Dit blijft onder ons, toch?' Hij wierp me een korte blik toe. Ik stelde hem gerust, waarna hij vertelde dat de andere zeven kinderen door hun moeders aan hem werden toegeschreven, met andere woorden, dat niet hij de leugens verspreidde.

'Ze denken dan dat ik hen zal onderhouden. Maar wanneer ik geld geef voor de kinderen kopen ze voor zichzelf nieuwe schoenen en dure kettingen en oorbellen, of ze gaan naar de kapper. Nee, Roy is wel goed maar niet gek. Ze mogen nog honderdduizend keer zeggen dat ik de vader ben, ik weet wel beter, een Tromp herken je van ver.'

Ik kende alleen Max en bij hem was de gelijkenis inderdaad duidelijk, zoals dat in de volgende generatie bij Sonny ook in één oogopslag zichtbaar was.

'En naar die vier kinderen kijk ik om, broeder, heus waar. Ik heb Myrna en Max toch niet in de steek gelaten toen ze op straat kwamen te staan. *No way.* De mannen die ik ken maken een kind en zijn voorgoed *gone*. En als ze terugkomen is dat om nog een kind te maken.'

'Eén vrouw, één gezin, Roy, dat schrijft God ons voor.'

'Ik weet het, maar dit is Curaçao, begrijpt u, de zon, de zee, de passaat, dat doet ons bloed kolken. En de vrouwen, ay ay, zij spelen met ons.'

Dat laatste was waar. Veel vrouwen deden het erom. Ik heb ze vaak opgezocht, alleenstaande moeders, met brood bij me of kleren of zeep, en keer op keer drukte ik ze op het hart dat ze geen kinderen meer mochten krijgen, om ze bij een volgend bezoek toch weer zwanger te zien, deze keer hadden ze de ware gevonden, die bij hen zou blijven, en ze kregen veel cadeautjes en hij was zo lief en aardig voor hen, waarna ze zoveel maanden later met een zoveelste huilende baby alleen achterbleven. Altijd hetzelfde verhaal.

'Nooit meer, broeder Daniel, nu nooit meer,' klonk het dan. 'Ik zweer het op het graf van mijn grootouders.'

Al bij al kwam het Roy goed uit dat vele moeders zijn vaderschap claimden. Het waren de jaren dat de status van een man nog gemeten werd aan de hand van het aantal vrouwen en kinderen dat hij had.

'Mannen moeten sterk zijn, vrouwen zacht en mooi.' Dat hoorde je vaak.

En daardoor genoot Roy aanzien over het hele eiland, hoewel hij zich zelden met een vrouw of kind in het openbaar vertoonde. Naar hen omkijken deed hij al helemaal niet. Alleen Max kon soms op hem rekenen, maar dat was vooral de verdienste van Myrna, die er zo nu en dan in slaagde om met bevalligheid en wilskracht Roy naar haar hand te zetten. Het enige wat haar in al die jaren niet lukte, was te zorgen dat hij bij haar introk. Dat kreeg uiteindelijk alleen de reuma voor elkaar, die voor Roy onverbiddelijker was dan zij ooit had kunnen zijn.

18 juli 2001 — 20u16

Max is nu drie kwartier onderweg. Nog ruim achtenhalf uur te gaan.

Kort voor zijn vliegtuig opsteeg ben ik langs Hato gereden om te kijken of zijn auto op de parkeerplaats stond. Misschien had hij zich in laatste instantie bedacht. Maar de Dodge stond er. En nog steeds trok die van ver alle aandacht, weliswaar niet meer door zijn langgerekte vorm of door zijn ooit glimmende lak, wel door zijn protserige staartvinnen, de laatste herinnering aan zijn gloriejaren uit de vorige eeuw.

Deurkrukken van de achterste portieren, voorbumper en buitenspiegel.

Zelfs met nog eens zoveel onderdelen zou er geen redden aan zijn. Toen Max me na het laatste bezoek aan zijn vader terugbracht vulde de binnenruimte van de auto zich met het aanhoudende gerammel van alle loszittende onderdelen en het lawaai van de uitlaat, die voor de zoveelste keer dringend gelast moest worden.

Ik zat zoals steeds voorin. Een klant ben ik allang niet meer. Wanneer Max op bezoek gaat bij zijn vader belt hij me soms op om te vragen of ik mee wil, en ook al heb ikzelf al jaren een eigen busje, als het me uitkomt, ga ik graag op zijn aanbod in. We kunnen dan het reilen en zeilen op het eiland doornemen. Max is een rijdend dagblad. Een tamtam op wielen. Hij pikt onderweg meer nieuwtjes op dan passagiers. Die en die zijn gestorven, die heeft een kind gekregen, die is overvallen, dat huis afgebrand.

'En ken je Aurelio nog? Zat samen met mij bij u in de klas. Die lange jongen.'

'Aurelio Rodrigues?'

'Die ja, heeft met Robbie's Lottery gewonnen. Veel geld, zegt hij zelf. Maar zijn hond heeft het biljet opgegeten. Kun je dat geloven! Hij heeft dat beest nog alles doen uitbraken maar het was al te laat. En die Robbie met zijn hele loterij, allemaal witwasserij, wordt de ene dag opgepakt en de volgende alweer vrijgelaten, de minister-president heeft dat zelf geregeld, allemaal corrupt, broeder, dit hele eiland drijft op dollars. En o ja, die jongen die was opgepakt voor die steekpartij eergisteren, in de Penstraat, die is alweer op vrije voeten. Ze kunnen niets bewijzen. En daar stond twintig man omheen, broeder. Twintig man! En niemand heeft iets gezien!'

Tijdens onze laatste rit had Max alleen het hoogstnodige gezegd. Helemaal aan het eind wees hij op het handschoenenkastje.

'Daar zit de reservesleutel van de auto in. Wilt u die bewaren? Ik laat hem achter op Hato.'

Ik haalde de sleutel uit het handschoenenkastje, waarvan het deurtje losliet en op mijn voeten viel toen ik het openmaakte. Max zuchtte diep, boog voor me langs en raapte het op. Het duurde even voor hij het weer op zijn plaats kreeg.

'Als ik niet terugkeer...'

'Je keert terug,' zei ik.

'Als ik niet terugkeer,' negeerde hij mijn opmerking, 'wilt

u de auto dan ophalen en naar Barber rijden? Dan is hij voor Sonny. Voor later. De motor is nog uitstekend...'

De eerste keer dat ik Max en zijn moeder in Barber ging bezoeken, kostte het me heel wat moeite om in de kunuku het huisje te vinden waar Roy hen had weggestopt. Niemand die ik aansprak kende hen. Tot ik de auto beschreef die Myrna had verhuisd. Toen wist iedereen me te vertellen voor welke woning de chauffeur ervan was gestopt.

Max was op zijn knieën voor zijn huis een leguaan aan het lokken met stukken cactusvijg, die hij vanaf zijn duim naar het dier schoot. Zodra hij me zag sprong hij overeind en rende naar binnen.

'*Mai*, de broeder is hier!'

Het duurde even voor Max weer verscheen. In het huis weerklonk eerst gestommel, vervolgens gerammel van potten en pannen en ten slotte stoof er zand langs de opwaaiende doeken voor de ramen naar buiten.

'Mai komt zo,' zei Max. Hij bleef in de deuropening staan, handen in de zij, alsof hij de opdracht had gekregen mij tot elke prijs tegen te houden als ik naar binnen wilde gaan.

Hij zat toen een week bij me in de klas. Al die tijd had hij dezelfde kleren aangehad en slechts één keer had hij eten bij zich, niet meer dan een boterham en een banaan. Ik had al een paar keer een briefje geschreven dat ik zijn moeder wilde zien, maar ze was nooit komen opdagen.

'Mai is druk,' verontschuldigde Max zich.

Uiteindelijk ging ik haar zelf opzoeken. Ik had een pakket met twee broden, gerookte vis en wat jongenskleren bij me, maar toen Myrna naar buiten kwam en ik het haar wilde geven, zei ze kordaat: 'Ik kan voor mezelf zorgen. Ik heb geen medelijden nodig.'

'Wie heeft het over medelijden, mevrouw Cortés? Dit is om u welkom te heten in Barber. U weigert toch geen geschenk?'

Terwijl ik dat zei, zocht ik naar wat Max fysiek met zijn moeder gemeen had. Weinig tot niets, zo bleek, de genen van Roy waren merkbaar dominant. Zo lang en smal alles aan Max was, zijn gezicht, zijn romp, zijn benen, zo gedrongen was Myrna, gedrongen en rond, haar hoofd, haar schouders, haar boezem, haar buik, zelfs haar handen, die ze uitstak om mijn gift toch te aanvaarden.

'*Masha danki*, broeder. En zeg maar Myrna, ik ben geen mevrouw.' Haar stem was allesbehalve gedrongen en rond. Ze sprak met een felheid en beslistheid die ik vaker bij alleenstaande moeders had gehoord, met dit verschil dat er bij Myrna geen frustratie of woede in haar stem doorschemerde, maar trots en wilskracht. Daarom ook verbaasde het me dat ze zich zo gewillig door Roy van Saliña naar het afgelegen Barber had laten brengen, iets wat toch meer op een verbanning dan op een verhuizing leek.

'Het is maar voor even,' zei ze toen ik ernaar informeerde. 'De vader van Max heeft al wat anders op het oog. Bij Caracasbaai.'

Ik zag dat Max onaangenaam verrast was door de woorden van zijn moeder. Hij had in die week op school al een paar vrienden gemaakt, met wie hij ook na de lessen optrok.

'Niet wéér verhuizen, mai.'

Hoewel het me speet dat Max mijn klas weldra zou verlaten, probeerde ik Myrna niet te overtuigen om in Barber te blijven. De kansen op een goede toekomst voor Max lagen elders op het eiland veel hoger dan in deze uithoek, waar de geiten vaak een beter bestaan kenden dan de mensen.

Maar een maand werd een jaar en een jaar werd bijna tien

jaar. Al die tijd bleef Myrna in haar huisje in Barber wonen. Wat me tijdens dat eerste bezoek opviel, was dat ze daar toen al min of meer van uitging, misschien niet voor tien jaar, maar wel voor langer dan een maand. Zo had ze aan de zijkant van het huis een stukje aarde met keien afgebakend en opgevuld met mest van geiten en ezels, die Max in de kunuku had verzameld. In dat perk had ze pompoenen, boontjes en mais gezaaid, de eerste oogst daarvan was op zijn vroegst na een maand of vier te verwachten.

'Mijn grootouders hebben nog op een plantage gewerkt,' legde ze uit. 'Zaaien en planten in september, vlak voor het regenseizoen, dat heb ik altijd onthouden.'

Ik vroeg haar waar ze nu van leefde. Zo kon ik eventueel voorzichtig beginnen over het weinige eten dat Max mee naar school kreeg.

Max zelf gaf het antwoord nog voor zijn moeder iets kon zeggen.

'*Funchi*, broeder, elke dag funchi, het komt mijn oren uit.'

'Max!' snauwde Myrna.

'Het is toch zo, mai. Funchi, funchi, funchi.'

Gekookt maismeel. Vulling voor de maag, veel meer was het niet.

De bekentenis van Max veroorzaakte een rimpeling in de trots van Myrna. 'Het is maar tijdelijk,' zei ze. 'Ik moet hier nog een beetje mijn draai vinden, begrijpt u. Het is ook allemaal zo snel gegaan. Opeens stond Roy voor de deur en zei dat ik mijn spullen moest pakken.'

'Want de huisbaas wilde jullie op straat zetten,' vulde ik aan.

'Mij op straat zetten? Nee, hoe komt u daarbij?'

'Dat heeft pai gezegd,' antwoordde Max in mijn plaats.

'Onzin wat die vader van jou zegt. Die *makamba* van een

huisbaas kon met zijn vieze poten niet van me afblijven. Dat was het. Ik wou daar weg!'

Max keek zijn moeder met grote ogen aan. Myrna verontschuldigde zich meteen bij mij. 'Sorry, broeder, sorry. Maar die man wilde werkelijk maar één ding. Hij zei, als jij lief voor me bent, dan hoef je deze maand niet te betalen. Toen ik dat aan Roy vertelde, wou die in zijn auto springen om hem een lesje te leren, maar ik heb hem tegengehouden. Ik zou meteen op straat worden gegooid, ziet u. Als jij me wil helpen, Roy Tromp, zei ik, zoek dan eerst maar eens een ander huis voor mij en voor jouw zoon. Daar zorg ik voor, Myrna, beloofd, zei hij toen. Maar Roy heeft al zoveel gezegd. Hij belooft jou de hemel en het enige wat je krijgt is regen op je dak. Maar de volgende morgen stond hij er dus. Ik kreeg een uur om al onze spullen te verzamelen. Hij zou intussen Max naar school brengen. Ik was zo blij, broeder, zo blij, tot ik doorhad dat hij me bijna helemaal naar Westpunt bracht. "Het is maar voor even." Ik hoor het hem nog zo zeggen. Een vriend van hem wist een huis bij Caracasbaai dat vrij zou komen. Nou, we zijn meer dan een week verder en ik heb Roy niet meer gehoord of gezien. Weet u wat het is? Hij kan er niet tegen dat iemand anders mij wou hebben, dat is het, en daarom heeft hij mij hier weggestopt. Zo zijn al die mannen, nooit kijken ze naar je om, tot een ander zijn oog op jou laat vallen.'

Lang heb ik gedacht dat jaloezie inderdaad de reden van Roys kordate handelen was, maar naarmate ik hem beter leerde kennen en zijn eigen verhalen kon toetsen aan de versie die Myrna me vertelde, besefte ik dat hij ook vreesde zijn op grootspraak gebouwde reputatie kwijt te raken. Daarom moet het hem beter hebben geleken om Myrna ver van de bewoonde wereld onder te brengen. Zijn blazoen moest op elk ogenblik even hard blinken als de Dodge.

'Hij betaalt zich blauw aan de bank voor die auto, maar niemand mag dat weten. En zijn zoon kan op een houtje bijten.'

Dat vertrouwde Myrna me toe nadat ik haar had gevraagd of Roy bijdroeg aan het onderhoud van Max.

'Je kunt de Voogdijraad inschakelen,' stelde ik voor.

'Heb ik gedaan. Meer dan eens. Dan betaalt hij even en daarna is het weer afgelopen. Na enkele keren geef je het op, hoor, ik heb ook mijn trots.'

Hoe ze dan dacht te overleven hier in Barber?

'O, maakt u zich over ons geen zorgen, ik zoek wel wat. Misschien kan ik lootjes verkopen. Of zelfgemaakte sieraden, zoals een nicht van mij doet. En zodra de pompoenen rijp zijn, ga ik naar de markt. Maar mocht u een baantje voor me weten, schoonmaken of koken – ik heb jaren voor een Hollands gezin gewerkt –, dan hoor ik het graag. Stilzitten kan ik niet, hè Maxie?'

'Mai is altijd druk,' zei Max.

'Ik zal kijken wat ik voor je kan doen,' beloofde ik Myrna.

Ze wilde nog weten of ik dat vaker deed, zo'n huisbezoek. Het verraste haar, want in Saliña had niemand van school haar ooit opgezocht. Ik bekende dat het voor mij de eerste keer was, al had ik daar niet eens bij nagedacht, het leek me vanzelfsprekend. De volgende dag toen ik mijn, voornamelijk blanke, collega's over mijn bezoek vertelde, kwam ik erachter dat het inderdaad niet de gewoonte was. Wat ik had gedaan, werd niet afgekeurd, maar begrip ervoor werd ik evenmin gewaar.

'Als het volk ons nodig heeft, komt het wel naar ons toe.' Dat werd er gezegd. En niemand die het tegensprak.

Myrna was van de daad, niet van de droom. Ze wilde Max een toekomst geven waarin toeval geen rol speelde en als ze daarvoor dag in, dag uit met haar blote handen de rode aarde op de vlakte van San Pedro had moeten afschrapen, zou ze dat gedaan hebben. Zover hoefde het echter niet te komen. Een paar weken na onze eerste ontmoeting kon ik haar aan een baantje in mijn eigen school helpen. Een van de schoonmaaksters was voor onbepaalde tijd met ziekteverlof en ik dacht meteen aan Myrna om haar te vervangen. Ik had geen enkele twijfel dat ze haar werk goed zou doen en beval haar aan bij het schoolhoofd. Broeder Tinus ging ermee akkoord. Het was weliswaar slechts voor een paar uur per week, maar Myrna greep de kans met beide handen. Haar dankbaarheid was groot en ruim tien jaar lang heeft ze de lokalen en gangen van ons schoolgebouw schoongemaakt, waarbij Max soms een handje toestak door stoelen op banken te zetten of prullenmanden te legen, ook toen hij al naar de middelbare school ging.

Voor of na haar werk kwam Myrna geregeld een praatje met me maken om de eenzaamheid van de kunuku te verdrijven. Ze had steeds het hart op de tong en dat was tegelijk haar zwakte en haar kracht.

'Ik kan niet schijnheilig doen,' wist ze zelf. 'Dat is me al vaak kwalijk genomen, zeker door Roy. Die wil altijd aanbeden worden. Maar zo zit ik niet in mekaar. Ik heb het geprobeerd, hoor, na de geboorte van Max. Ik wou dat hij een vader had, ziet u. En zolang ik zweeg en knikte was er niets aan de hand, dan keerde Roy altijd terug. *Honey* hier, *sweetie* daar, een en al charme, u kent hem wel. Tot ik hem weer eens betrapte op een list of een leugen en daar iets van zei, o, dan was ik ondankbaar, en een slechte vrouw, en weg was hij.'

En toch, hoezeer ze Roy bij momenten ook verfoeide, altijd kwam er een ogenblik waarop ze zei: 'De deur staat nog steeds open voor hem.'

Aanvankelijk vroeg ik me nog af waarom. 'Hij zal toch nooit een goede man voor je zijn. En trouw blijven zal hij jou ook al niet.'

'Mijn hoofd weet dat, broeder, maar mijn hart houdt zich dom. Iedere keer als ik Roy zie dan... dan...', waarna er een zucht kwam van diep uit haar binnenste.

Maar het ging niet om louter liefde of verlangen, er speelde iets anders mee, een schuldgevoel van jaren. Dat maakte ik op uit wat ze me vertelde toen ze een maand of drie in dienst was. Ik was die middag wat langer op school gebleven om mijn lessen voor te bereiden, zij was mijn klaslokaal aan het schoonmaken. Terloops vroeg ik haar of Max zich thuis niet verveelde in zijn eentje.

'O, hij verzint altijd wel wat, die jongen,' zei Myrna. 'En hij helpt me in de tuin. Elke dag geeft hij de pompoenen water, helemaal uit zichzelf, en hij trekt ook het onkruid uit, ik hoef het hem niet eens te vragen. Maar hij moet wel zijn huiswerk af hebben, daar sta ik op.'

Ik verwachtte toen de vraag die ze me al een paar keer eerder had gesteld: of hij het goed deed in de klas en wat zijn kansen waren om verder te studeren. In plaats daarvan zei ze, na een korte aarzeling: 'Hij had een zus kunnen hebben.'

Ik wist niet meteen hoe te reageren, onzeker door mijn gebrek aan ervaring met dit soort gesprekken. Ze begon echter vrijwel meteen verder te vertellen, traag en zonder de felheid van anders.

Kort na de geboorte van Max was ze opnieuw zwanger geraakt van Roy, zei ze. Een andere man had ze niet gehad, nooit, dat benadrukte ze.

Op een nacht was ze wakker geworden met een vreselijke buikpijn.

'Alsof iemand alles binnen in mij aan stukken scheurde.'

Opeens was de pijn over en toen ze het licht aandeed zag ze dat haar laken onder het bloed zat.

'Daar lag ze. Precies een pop. Maar klein, o zo klein. Ze paste net in mijn hand. Maar alles zat er al aan: armpjes, beentjes, handjes, zelfs vingertjes, alle tien. En overal had ze dunne haartjes. Net dons.'

Terwijl ze dit vertelde, bewoog haar rechterhand onrustig over haar buik. Haar blik was naar binnen gekeerd.

'Esmeralda,' zei ze toen, half fluisterend. 'Ik heb haar Esmeralda genoemd.' Haar hand verschoof van haar buik naar haar borst en balde zich tot een vuist. 'Ze is de hele nacht bij me gebleven.'

Licht wiebelend op haar kleine, mollige voeten bleef ze met gesloten ogen tegenover me staan zonder iets te zeggen, tot ze haar vuist langzaam opende en de herinnering die erin besloten lag los kon laten.

Tegen de ochtend waren er nieuwe, nog heviger pijnen komen opzetten. De buurvrouw kwam op haar gekrijs af en belde een ambulance. De ziekenbroeders moesten haar hand openwrikken om wat erin zat van haar af te pakken.

'Ik heb haar niet meer mogen zien. Ze hebben me meteen geopereerd.'

Haar baarmoeder bleek gescheurd en werd verwijderd. Ze kon geen kinderen meer krijgen.

'God heeft het zo gewild, nietwaar?' Met een strakke blik keek ze me aan.

Ik moest even zoeken naar woorden.

'Dat weet alleen God zelf, Myrna,' zei ik na een korte poos. 'Maar als het zo is, heeft Hij er een bedoeling mee.

Verdriet brengt ons dichter bij elkaar. Maakt ons sterker.'

'Maar een kind niet eens de kans geven om te leven, dat is zo wreed.'

'Hij heeft je kind niet laten lijden. In die zin heeft Hij haar misschien zelfs gespaard.'

'Misschien... misschien.'

'En Roy?'

'Roy?' Ze fronste, alsof ze die naam voor het eerst hoorde.

'Hoe reageerde hij?'

'Hij... hij weet het niet. Ik heb het hem nooit verteld.'

Ik keek haar verbaasd aan, mogelijk zelfs onbedoeld verwijtend, want meteen zei ze, op het paniekerige af, alsof ik haar al had veroordeeld: 'Hij zou me niet meer willen! Niemand zou me nog willen. Een vrouw móét kinderen krijgen, dat begrijpt u toch wel?'

18 juli 2001 — 20u47

Voor ik schoolhoofd werd heb ik bijna vijfentwintig jaar voor de klas gestaan, alles bij elkaar heb ik aan meer dan zeshonderd jongens lesgegeven. De eerste jaren zaten ze in klassen van dertig en meer, later van minder dan twintig, Barber stroomde leeg. Ondanks het hoge aantal herinner ik me de meeste leerlingen nog, zelfs de plek waar ze in de klas zaten. Degenen die Barber nooit hebben verlaten of ernaar zijn teruggekeerd zie ik geregeld voor hun huis of op straat als ik in mijn bestelbusje de ronde door de wijk maak om kleren en voedsel uit te delen. Altijd steken ze dan van ver hun hand naar me op of maken me met grote gebaren duidelijk dat ze wat nodig hebben of willen bijpraten.

Ook elders op het eiland word ik herhaaldelijk aangeklampt door oud-leerlingen, die aangenaam verrast zijn wanneer ik zonder diep in mijn geheugen te hoeven graven hun naam noem en vaak nog een anekdote opdis die zijzelf allang vergeten zijn. Als ik hun vertel dat ik nog alle puntenboekjes in mijn bezit heb, zijn ze helemaal verbaasd en ongeacht het resultaat zijn de meesten er erg nieuwsgierig naar hoe ze het er toen ook weer precies van af hebben gebracht.

Mijn oudste puntenboekje dateert uit 1961-1962, een klas van eenendertig jongens, onder wie dus Max Tromp.

Erin bladerend zie ik dat hij het schooljaar aarzelend was begonnen met een onvoldoende voor rekenen, kennis der natuur en aardrijkskunde. Lezen en schrijven waren goed, Nederlands en Engels behoorlijk. Omdat hij nooit een jaar had hoeven overdoen hoorde hij bij de jongste leerlingen van de zevende klas en in die zin was zijn start hoopvol, zeker wat taal betreft. Driekwart van zijn klasgenoten had een of meerdere jaren gedoubleerd doordat ze al hun hele schoolgaande leven worstelden met de Nederlandse taal waarin alle vakken moesten worden gegeven. In het arme Barber was dat meer nog dan elders een groot probleem. Een andere taal dan het Papiaments werd er bij de meeste jongens thuis zelden gesproken, vele hadden zelfs amper een woord Nederlands gehoord voor ze op school kwamen.

Max had het geluk dat zijn moeder wel een aardig woordje Nederlands sprak. Ze was meer dan zes jaar dienstmeisje geweest bij een hoge employé van de Shell, tot die terugkeerde naar Nederland. Soms had ze de kleine Max mogen meenemen om hem met de kinderen van het gezin te laten spelen.

'Maar alleen als meneer voor zijn werk in het buitenland zat,' zei Myrna daarover. 'Van hem mocht het niet. Hij heeft me ook nooit een hand gegeven.'

Vooruitziend als ze was bleef ze geregeld Nederlands met Max spreken, terwijl zijn vader, de weinige keren dat hij zich liet zien, hem al vroeg kennis had laten maken met de Engelse taal, waarmee hij zijn verhalen kleur gaf.

'Vuile praat en gevloek,' benadrukte Myrna. 'Alles wat die jongen niet moest leren.'

Max had er een goed ontwikkeld taalgevoel aan overgehouden, waardoor hij al snel bij de betere leerlingen van mijn klas behoorde. Rapport na rapport stegen zijn punten, tot grote voldoening van zijn moeder, en toen ik tegen hem zei dat hij weleens de eerste van de klas kon worden, nog vóór de zoon van meester Frank, de ongenaakbare Richie Molina, ging hij zich eens zo hard inspannen, ook voor rekenen, het vak dat hem altijd het zwaarst viel.

Een paar weken later was het zover. Max was de beste van de klas, wat ik hem in het bijzijn van alle andere leerlingen meedeelde. Juichen deed hij niet. Hij genoot in stilte, er was enkel een innerlijke gloed die zijn ogen deed fonkelen.

Het bleef bij die ene keer. Bij elk volgend rapport haalde Richie telkens weer meer punten dan Max, maar dat deerde hem niet, hij had zich bewezen. Vele jaren later, toen Max en ik het in de taxi over de resultaten van zijn zoon Sonny hadden, zei hij zomaar opeens, met nagloeiende trots: 'Weet u nog die keer dat ik Richie Molina heb verslagen? Hij was toen de tweede van de klas, ik de eerste.'

'Dat herinner ik me nog als de dag van gisteren.'

Even keken we elkaar aan, met een blik van verstandhouding, waarna Max zijn ogen weer naar voren richtte en ik zijn gezicht in de reflectie in de voorruit langzaam zag versomberen. Na zoveel ritten en zoveel uren met hem in zijn taxi te hebben doorgebracht wist ik precies wat er door hem heen ging. Het was een weemoedige gedachte die hem al een groot deel van zijn leven kwelde en ook nu weer de hele weg lang als een stilzwijgende passagier met ons mee bleef reizen.

Hij zou geen taxichauffeur worden, dat had hij al vroeg besloten. Uiteraard had zijn moeder daar een zeker aandeel in, want zij had het hem altijd ten sterkste afgeraden, maar zijn besluit was er toch vooral door toedoen van zijn vader gekomen. Toen Max die eerste keer in de Dodge naar Barber was gebracht, had hij zichzelf wel nog als taxichauffeur achter het stuur van de imponerende slee zien zitten, met chique kleren en witte handschoenen aan en een pet op. Ademloos had hij de hele weg lang zitten luisteren naar zijn vader, die honderduit vertelde over de kracht van de motor, de soepelheid van de ophanging en het vernuft van de automatische transmissie. Ook het geluid dat vanonder de motorkap vandaan kwam had hem doen dromen. Alsof daar inderdaad een grote kudde paarden aan het draven was. En toen Roy zei dat hij er later zeker mee mocht rijden, zelfs zijn eigen Dodge zou krijgen als de zaken goed gingen, vroeg Max nog voor de zekerheid: 'Echt waar?'

'Zo waar als één en één twee is.'

Maar weldra kwam de eerste teleurstelling. Aangetrokken door het glimmende logo in de vorm van een ster en de sierlijke chromen letters DODGE op het deurtje van het handschoenenkastje stak hij zijn hand uit om er heel even aan te voelen en kreeg prompt van zijn vader een flinke tik op zijn vingers.

'Nergens aankomen! Anders gooi ik je eruit en ga je maar te voet verder!'

Max was diep ontgoocheld. In zijn ogen verloor de auto meteen een deel van zijn luister. De rest van de rit durfde hij nauwelijks te bewegen en toen ze na een poos in Barber aankwamen, vond hij het niet eens erg dat hij moest uitstappen. Opgelucht reikte hij naar de klink, maar in een snelle beweging stak zijn vader opnieuw zijn arm uit en trok de hand van Max weg van het portier.

'Blijven zitten. Ik laat je er zelf uit. Ik wil niet dat je wat stukmaakt.'

Max verstijfde, en nog meer toen hij merkte dat er wel

honderd jongens naar hem stonden te staren, een hele speelplaats vol. Met grote passen liep zijn vader om de auto heen en opende het portier. Max schaamde zich dood. Iedereen zou denken dat hij nog een kind was. Liefst van al was hij meteen vertrokken, maar zijn vader was onverbiddelijk en duwde hem zelfs van zich af toen hij was uitgestapt en half in paniek zijn armen om hem heen wilde slaan.

Grow up, Max, you' no child anymore.

Dat hoorden we allemaal, Max nog het luidst.

Toch werd zijn ontgoocheling weldra verzacht omdat zijn klasgenoten hem juist bleken te bewonderen om zijn vader en diens auto. Het aanzien dat hij genoot verdrong zijn schaamte. In zijn vorige klas, in Saliña, had niemand naar hem opgekeken.

Toen hij na school naar huis werd gebracht, raakte Max binnen de kortste keren opnieuw in de ban van de Dodge. En ook zijn vader zelf wekte weer ontzag door de majestueuze manier waarop hij het stuur door zijn grote handen liet gaan, als een kapitein aan het roer van een schip.

'Je nieuwe huis,' zei zijn vader na enige tijd, daarbij wijzend door de voorruit. Max keek niet verder dan de neus van de motorkap.

Myrna kwam naar buiten gelopen en begon zich meteen met luide stem op te winden over de plek waarheen ze was verbannen. Roy zette de motor af, stapte uit en begon op zijn beurt op Myrna te schelden. Dat ze rotverwend was. Nooit kon hij goed doen voor haar. Hij had verdorie het halve eiland afgezocht om iets te vinden.

Max bleef achter in de auto. Hij had al zoveel ruzies tussen zijn ouders meegemaakt dat hij had geleerd zich ervoor af te sluiten. Hij concentreerde zich op het dashboard. DODGE, las hij voor de zoveelste keer op het handschoenenkastje. Vanzelf ging zijn hand naar de glimmende letters, zijn wijsvinger volgde elke krul. Buiten wolkte het stofferige zand op onder de stampende voeten van zijn moeder, zijn vader molenwiekte met zijn armen.

'Ik weet niet meer hoe lang die ruzie doorging,' vertelde Max, 'maar op een bepaald ogenblik ben ik in de auto naar de andere kant gekropen en achter het stuur gaan zitten. In mijn verbeelding heb ik toen zowat het hele eiland rondgereden, ik was *the king of the road*, tot mijn vader me zag zitten en in een nog grotere woede tegen mij uitbarstte dan tegen mijn moeder...'

'Roy heeft hem uit die auto gesleurd,' vulde Myrna aan, 'en is die arme jongen daar beginnen af te ranselen, zo hard, dat houdt u niet voor mogelijk. Hij zat enkel aan dat stuur, meer niet, en toch ging Roy tekeer alsof Max de auto in de prak had gereden. Hij wou natuurlijk zijn frustratie afreageren, dat begrijpt u wel. Ik ben toen tussenbeide gekomen...'

'Mai heeft zich als een leeuwin op mijn vader geworpen, heus waar, klein als ze is, waardoor ik kon vluchten, de kunuku in.'

'Met gierende banden is Roy vertrokken. Zijn auto scheerde langs de wabistruiken. Allemaal krassen in die glimmende lak. Net goed.'

Later, toen zijn moeder er niet bij was, zei Max: 'Ik haatte mijn vader. Uit de grond van mijn hart. Nooit meer zou ik in die auto plaatsnemen, dat zwoer ik. En nooit zou ik taxichauffeur worden, ook dat nam ik me voor... De dingen zijn helaas anders gelopen, zoals u weet.'

Max wilde onderwijzer worden.

Andere jongens van zijn klas waren al tevreden als ze later zelf een kast in elkaar konden timmeren, lootjes verkopen of, sinds ze de Dodge hadden gezien, in een auto mochten rijden. Meer ambitie hadden ze niet. Maar Max wilde voor de klas staan.

'Waarom?'

'Gewoon. Daarom. Lesgeven. Huiswerk verbeteren.'

'Dat vind je fijner dan huiswerk maken?'

'Ja, want dan heb je de antwoorden al.'

Het was geen bevlieging. Hij zei het keer op keer. Hij had er trouwens aanleg voor. Tijdens spreekbeurten bloeide hij helemaal op. De wat in zichzelf gekeerde jongen links vooraan in de klas veranderde dan in een vlotte spreker die zijn medeleerlingen wist te enthousiasmeren voor om het even welk onderwerp. Al een week van tevoren zat hij uren in de encyclopedie en andere naslagwerken van onze kleine bibliotheek te lezen en dingen over te schrijven en na te tekenen over een zelfgekozen onderwerp. Daarbij had hij het tot grote teleurstelling van zijn klasgenoten niet één keer over de Dodge Matador of een ander Amerikaans model, wel over bijvoorbeeld de geschiedenis van het toen nog vervallen landhuis Daniel, waarbij hij geamuseerd naar me glimlachte – 'Gelegen aan de weg naar Westpunt, die ook het gebed zonder einde wordt genoemd' –, of over de *makwaku*, de fregatvogels, die het hele jaar boven de wateren van Willemstad zweven, en waarover hij sprak alsof hij als een volleerde bioloog hun gedrag wekenlang had bestudeerd.

'Ze hebben een rode keelzak die ze opblazen om de vrouwtjes te verleiden.' Hilariteit bij de hele klas, maar Max bleef bloedserieus en wees met de aanwijsstok op de grote tekening die hij zelf had gemaakt.

Als ik hulp vroeg in de klas, was Max altijd de eerste om zijn hand op te steken en na schooltijd bleef hij vaak nog wat rondhangen op de speelplaats, zogezegd omdat hij op zijn moeder wachtte tot zij klaar was met poetsen, maar in werkelijkheid in de hoop dat ik hem wenkte en zei: 'Max, heb je even?'

Binnen tien tellen stond hij voor mijn bureau, zijn ogen vol gespannen verwachting.

Ik liet hem het bord schoonvegen, krijt bijvullen, bladen en schriften op alfabet leggen en tot zijn grote vreugde ook stencils maken op onze tweedehands Roneo-stencilmachine, die zoveel inkt spuugde dat Max aan het eind blauw zag, tot zijn tanden toe. Maar hij was pas volmaakt gelukkig als hij ter voorbereiding van een les voor de volgende dag een tekst op het bord mocht schrijven — hij had in tegenstelling tot vele anderen een goed leesbaar handschrift — of mocht helpen bij het verbeteren van het huiswerk. Van tijd tot tijd liet ik hem ook een oefening maken op mijn schrijfmachine en algauw tikte hij vlotter met twee vingers dan ik met tien.

Myrna zag hem al in een kantoor werken.

'Stel je voor, elke dag van negen tot vijf, vast salaris, airconditioning, altijd schone handen.'

'Mai, ik word onderwijzer,' zei Max stellig.

'Onderwijzer? Nou, ook goed, als je maar geen taxichauffeur wordt.' Dat zei ze met een knipoog naar mij, maar ze meende het natuurlijk.

Zodra ze met me alleen was, vroeg ze: 'Wil hij dat echt?'

'Ik denk van wel.'

'Maar is hij...' Ze tikte met haar wijsvinger tegen haar voorhoofd.

'Slim genoeg? Daar twijfel ik niet aan, en hij is bovendien een harde werker. Als hij zijn best blijft doen, lukt het hem vast.'

'Naar welke school moet hij dan?'

'Naar Radulphus College bijvoorbeeld, daar kan hij eerst de hbs volgen en aansluitend de onderwijzersopleiding.'

'Radulphus College? Mijn jongen?' riep Myrna opgewonden uit. Met haar hand begon ze zich koelte toe te wuiven. 'Max naar Radulphus, wie had dat ooit gedacht?'

Roy in ieder geval niet. Ik sprak hem erover aan toen hij me een paar dagen later naar Groot Kwartier bracht. We zagen elkaar toen gemiddeld één keer per week. Meestal reed ik met broeder Tinus mee naar Barber, maar als hij elders moest zijn, kon ik op de diensten van Roy rekenen.

'Vijf gulden. Speciale prijs voor u.' Dat rekende hij voor een enkele rit. Als ik een andere taxi nam, kostte het me soms minder dan vijf gulden.

Roy bleek de hele toekomst van Max al te hebben uitgestippeld.

'Max gaat naar de ambachtsschool. Automontage. Dan kan hij later voor me komen werken. Eerst in het onderhoud en als de zaken goed gaan tik ik een vergunning voor hem op de kop. Kan hij met een eigen taxi rijden. *Taxi Tromp en Zoon*. Klinkt goed toch? Of misschien in het Engels, dat klinkt vast nog beter...' Hij dacht even na en zei toen, elke lettergreep benadrukkend: '*Tromp's and Son Taxi Company*.' Tegelijk maakte hij met zijn arm een breed gebaar van links naar rechts over de voorruit alsof de naam er in grote letters op stond. Met een voldane blik keek hij me aan.

Omdat ik een sterk vermoeden had dat hem tegenspreken een averechts effect zou hebben, besloot ik min of meer in zijn droom mee te gaan.

'Luister, Roy, in zo'n familiezaak' – ik sprak dat woord extra gewichtig uit – 'moet toch ook iemand de administratie bijhouden, de boekhouding, al die rompslomp. Als je dat moet uitbesteden ben je gauw een fortuin kwijt. Het lijkt me echt iets voor Max om dat erbij te doen. Ben je veel goedkoper af. Die jongen is erg intelligent, het zou zonde zijn om daar geen voordeel uit te halen. Je kent toch de parabel van Jezus over de talenten?'

'Dat zegt me wel wat, broeder, iets van talenten vergooien, nietwaar?'

'Mattheus 25, vers 14 tot 30,' zei ik, en ik vertelde hem het verhaal over de man die naar het buitenland vertrok en aan zijn drie dienaars talenten in bewaring gaf, respectievelijk vijf, drie en één.

'Talenten waren toen munten, Roy, maar Jezus bedoelt hier natuurlijk ook gaven mee.'

'Ik snap het.'

'De eerste twee dienaars deden er zaken mee en verdubbelden hun talenten, de ene maakte er tien van, de andere zes. De laatste begroef zijn talent en deed er dus niets mee. Bij zijn terugkomst beloonde de man de twee dienaars die hun talenten hadden verdubbeld, maar vervloekte de derde dienaar omdat die zo lui was geweest. Hij nam toen dat ene talent van hem af en gaf het aan de dienaar met tien talenten. "Want," zei hij, "aan wie heeft, zal gegeven worden, in overvloed." En die luie dienaar, Roy, luister, die verdreef hij naar de buitenste duisternis.'

Toen ik dat gezegd had, was het even stil in de auto, zoals ook elk jaar in mijn klas nadat ik deze parabel had verteld. Peinzend keek Roy voor zich uit, tot hij uiteindelijk vroeg, ernstig: 'En Max heeft dus talent?'

'Meer dan één. Hij is slim. Goed in talen. Werkt hard. Hij zou een goede onderwijzer kunnen zijn.'

'Onderwijzer? U had het toch over boekhouden en administratie en zo?'

'Nu ja, dat kan dus ook. Hij moet in ieder geval naar de hbs, niet naar de ambachtsschool. Daar zou hij ook veel leren, begrijp me niet verkeerd, maar hij zou er niet al zijn talenten kunnen benutten, snap je? Op het Radulphus College bijvoorbeeld kan hij dat wel.'

'Radulphus. Aan de Cas Coraweg?'

Ik knikte. 'Bij de fraters. Die hebben een goede naam.'

'Hoe komt hij daar? Ik kan hem niet elke dag brengen en halen.'

'Er is in vervoer voorzien. Hij wordt in Barber opgehaald.'

Roy dacht weer even na. Ik had het idee dat hij overstag zou gaan, misschien niet meteen, maar toch binnen afzienbare tijd, als ik nog een paar keer op hem in kon praten.

'Maar...' wendde hij zich weer tot mij, in zijn stem was enige schroom hoorbaar, wellicht gespeeld, 'dat zal toch wel wat kosten? Vervoer, boeken, en ze dragen daar een uniform, toch? Zijn moeder verdient niet veel, zoals u weet.'

Die vraag had ik vroeg of laat verwacht.

'Je moet natuurlijk schoolgeld betalen, ik weet niet precies hoeveel, maar wat Max betreft, hij zou een beurs kunnen krijgen. Geen officiële beurs, want die zijn er alleen voor wie in Nederland gaat studeren, maar een soort steun. Een gedeputeerde kan zoiets regelen, op persoonlijke titel.'

'Een gedeputeerde iets regelen voor Max?' reageerde Roy ongelovig. 'Max is een neger. Een gedeputeerde ziet zo'n jongen niet eens staan.'

'Ik ken negers die broeder zijn geworden,' zei ik met een glimlach.

Roy grinnikte.

'Bekijk het zo,' ging ik verder, 'die gedeputeerde, als die weet hoe intelligent Max is, en hij ziet waar de jongen woont en hoe moeilijk zijn moeder het heeft om de eindjes aan elkaar te knopen, nou, dan wil hij weleens gul zijn. Zo'n daad levert hem stemmen op bij de arme bevolking, zie je, een stem heeft geen kleur, hè.'

'Als u maar niet denkt dat ik voor zo'n gedeputeerde door het slijk ga kruipen.'

'Ik wil ook wel een woordje doen, maar zelfs met steun van een gedeputeerde zul je toch zelf een bijdrage moeten leveren. Beschouw het als een belegging van je eigen talenten, later verdien je ze ruimschoots terug met een jongen als Max in de zaak. Want zoals Jezus zei, Roy, aan wie heeft, zal gegeven worden, in overvloed.'

Zonder nog iets te zeggen tuurde Roy lang voor zich uit, niet naar de weg, maar naar de horizon die hem werd beloofd.

Roy stemde ermee in te betalen voor Max' studie aan het Radulphus College op voorwaarde dat Max financiële steun kreeg en hijzelf er niet om hoefde te smeken. Hij had daar, vond hij overigens, een goede reden voor.

'Stel je voor, als die gedeputeerde de Dodge ziet, dan denkt die meteen dat ik fortuinen bezit. En misschien is het beter als hij mij helemaal niet ziet. Een alleenstaande moeder maakt toch veel meer kans, nietwaar?'

'En dan hoeft Myrna niet eens te liegen,' zei ik met enig venijn.

Roy lachte bitter.

Ik schreef een brief naar de gedeputeerde voor Onderwijs, de heer Herman de Jongh, en vertelde hem over Max. In zijn antwoord liet hij me weten dat hij de situatie graag eerst met eigen ogen wilde bekijken.

Myrna kreeg het meteen benauwd. 'Op bezoek? Hier?'

Ik legde haar uit dat dat de gewoonte was.

'Hij wil zien of ik wel arm genoeg ben,' besloot ze.

'Hij wil zien wie hij helpt,' stelde ik de zaken milder voor.

Myrna stemde ten slotte in. 'Voor Max alles.' Maar wat moest ze zeggen tegen zo'n man, wilde ze weten.

'Gewoon jezelf zijn, Myrna. Hij stelt wat vraagjes, jij geeft antwoorden, en daarna vertrekt hij.'

'En als hij vraagt naar de vader van Max?'

'Dan zeg je hem de waarheid.'

'De waarheid?'

'De waarheid lijkt me meer dan toereikend.'

Gedeputeerde De Jongh kwam begin juni naar Barber, eerst bezocht hij de school, aansluitend het huis van Myrna. Hij arriveerde in een witte Buick met een zwarte chauffeur. Hij was een uur te laat en al die tijd hadden we met alle jongens van onze school in keurige rijen op de speelplaats staan wachten. De verkoelende passaatwind was gaan liggen en het was zo heet dat we de oude verf van de schoolmuren voor onze ogen zagen afbladderen. Broeder Tinus wilde dan ook van de gelegenheid gebruikmaken om aan de gedeputeerde steun te vragen voor herstel- en schilderwerken aan het gebouw. De jaarlijkse toelage van de overheid was nauwelijks voldoende om de leerlingen gratis schrijfgerei en leerboeken te geven, alles daarbuiten moesten we bijeen zien te scharrelen. Kleine klusjes knapten we zelf op, grote werken werden noodgedwongen uitgesteld, één jaar, drie jaar, zes jaar.

Vooraf had ik nog een klein meningsverschil gehad met broeder Tinus. Hij had schone kleren en fatsoenlijke schoenen uitgedeeld aan de jongens die er het meest berooid uitzagen. Ik vond echter dat we de armoede in al haar facetten moesten laten zien.

Hij wierp tegen: 'Die jongens willen er zelf ook keurig uitzien voor die keer dat er hier hoog bezoek komt.'

Daar had hij een sterk argument, maar op lange termijn zou het niets veranderen aan de leefsituatie van een groot deel van onze leerlingen. Armoede woog immers weinig op het beleid want was voornamelijk donker van kleur en verscholen in wijken ver van de macht in Willemstad.

Broeder Tinus bleef bij zijn besluit: 'Ik weet het. Maar het is op dit moment de enige manier om wat voor elkaar te krijgen. Charmeren, niet choqueren. Dat leer je nog wel.'

En dus begon het charmeoffensief zodra de gedeputeerde uit zijn auto stapte. Honderdzestig jongens begonnen te zingen wat ze de voorgaande dagen hadden ingestudeerd.

Ta Sint Christoffel t'e seru di mas haltu...

De gedeputeerde klapte mee met een mengeling van enthousiasme en beleefdheid. Tussendoor wuifde hij naar de tientallen ouders die, op de hoogte van zijn komst, aan de rand van de speelplaats hadden postgevat. In de hitte van de middagzon was elke beweging een opgave. Toch nam de gedeputeerde de tijd om met enkele leerlingen een praatje te maken alvorens hij broeder Tinus naar binnen volgde. In de deur draaide hij zich om en wuifde nogmaals naar de ouders.

Een halfuur later brachten broeder Tinus en de gedeputeerde een bezoek aan mijn klas. Ik had Max niet verteld dat de gedeputeerde speciaal voor hem kwam en Myrna gevraagd dat evenmin te doen om hem niet op voorhand nerveus te maken. Mijn leerlingen, gekleed en gekamd als op de dag van de schoolfoto's, gingen kaarsrecht naast hun bank staan toen de broeder met zijn gast binnenkwam. Hij wees meteen naar Max, links vooraan, in zijn hand had hij een sigaar van Cubaanse makelij, eenzelfde als de gedeputeerde in zijn mond had. Charmeren, niet choqueren, ging het door me heen. Ik moest inderdaad nog veel leren.

De gedeputeerde begroette me met een korte hoofdknik en een taxerende blik. Mijn witte habijt kon niet verbergen dat ik zwart was en voor het eerst sinds lang voelde ik me meer neger dan broeder, opeens was ik nerveuzer dan de jongens van mijn klas.

Ik had vooraf lang nagedacht over welke les ik zou geven wanneer de gedeputeerde binnenkwam en mezelf erop betrapt dat ook ik de leerlingen beter, en dus slimmer, wilde voorstellen door taal en rekenen te mijden en te kiezen voor kennis der natuur of aardrijkskunde. Daarom opteerde ik ten slotte toch voor de Nederlandse taal, een les over de meervoudsvormen.

Max werd door broeder Tinus naar het bord geroepen, waarop al een paar woorden met hun meervoud stonden, onder meer de al vaak ingeoefende monnik-monniken, fotograaf-fotografen en auto-auto's.

'Meneer de gedeputeerde,' wendde broeder Tinus zich tot zijn gast, 'misschien kunt u aan deze slimme jongeman een woord zeggen in het enkelvoud, dan kan hij het meervoud ervan opschrijven. Max, neem maar een stukje krijt.'

De gedeputeerde dacht na, een diepe frons verscheen op zijn voorhoofd, zijn blik zocht houvast aan de woorden op het bord.

'Havik,' zei hij toen.

'Max, havik,' herhaalde broeder Tinus en maakte met een dreigend 'Sssst!' een einde aan het gemompel dat door de klas trok.

Max keek me kort aan. Ik knikte hem toe. Ik had er alle vertrouwen in.

Hij draaide zich naar het bord en begon te schrijven. Drieendertig paar ogen volgden elke beweging van zijn hand.

Hij schreef: h-a-v-i-k

Hier pauzeerde hij even. Ik moest me inhouden om het hem niet voor te zeggen.

Toen schreef hij verder: -e-n.

De gedeputeerde keek naar broeder Tinus en zodra die bevestigde wat hij zelf ook dacht, klapte hij twee keer kort in zijn handen voor Max. Ook de klas applaudisseerde, Max rechtte zijn rug. Ik voelde opluchting.

'Misschien nog eentje, meneer de gedeputeerde,' zei broeder Tinus.

De gedeputeerde knikte. Hij had wat meer tijd gehad om na te denken en zei vrijwel meteen en met nadruk: 'Kruis.'

Ik schrok, terwijl de gedeputeerde, aan zijn sigaar trekkend, zelfgenoegzaam in het rond keek, zo althans kwam het op me over, maar misschien zocht ik, bevooroordeeld, te veel achter de uitdrukking op zijn gezicht. Het was in ieder geval een venijnig woord dat hij Max had gegeven. Zelfs nu twijfel ik weer. Kruisen? Kruizen? En Max twijfelde ook, zoals de hele klas. Vijftig procent kans had hij.

Hij schreef: k-r-u-i

Toen wachtte hij lang. Half smekend, half in paniek keek hij me weer aan. Was het tot hem doorgedrongen dat zijn toekomst van dat ene woord afhing? De vraag van één miljoen.

Rechts vooraan in de klas stak Richie Molina zelfverzekerd zijn vinger op. Hij zou sowieso naar het Peter Stuyvesant College gaan – er werd gezegd dat daar voor het eerst een gymnasiumklas zou worden gevormd. Zijn beide ouders hadden een goede baan, een beurs had hij niet nodig.

'Wel Max, komt er nog wat van?' zei broeder Tinus, met een knipoog naar de gedeputeerde.

Max krabde in zijn kroeshaar en knipperde met zijn ogen. Toen haalde hij diep adem en schreef, sneller en slordiger dan ik van hem gewend was: z-e-n.

Meteen ging zijn blik naar mij, maar ik kon hem niet verlossen. Ikzelf richtte mijn blik tot broeder Tinus, net als de gedeputeerde. Het was zo stil dat je een hagedis door de klas kon horen rennen.

'Dank je wel, Max, je mag weer naar je plaats,' zei broeder Tinus met een stoïcijns gezicht en wendde zich tot mij. 'Dank voor uw tijd, broeder Daniel.'

En weg waren ze.

Ze kunnen allebei. Kruisen-kruizen. Ik heb het opnieuw opgezocht, net als toen om Max gerust te stellen. Maar ik had geen idee of de gedeputeerde dat ook wist toen hij mijn klas verliet en of broeder Tinus het er nog met hem over had gehad. Misschien wilde hij niet met de gedeputeerde in discussie gaan. Er moest immers nog om subsidie voor de renovatiewerken worden verzocht.

Van broeder Tinus vernam ik kort na zijn terugkeer hoe het bezoek van de gedeputeerde aan Myrna was verlopen. Ze bleek zich helemaal te hebben opgedirkt. Reusachtige oorbellen, vlammend rode lippenstift, in dezelfde kleur gelakte nagels, wimpers dik aangezet, een nauwsluitende blouse met pantermotief, dat haar ronde vormen beklemtoonde.

Ik vermoedde meteen wie erachter zat. Roy moest haar mee uit winkelen hebben genomen en haar ervan hebben overtuigd dat ze al haar vrouwelijkheid moest gebruiken om de gedeputeerde in te palmen. Uit zichzelf zou ze zoiets nooit hebben gedaan.

Broeder Tinus zei dat de gedeputeerde zich zichtbaar

geneerde en het bezoek had korter geduurd dan gepland. De maaltijd met maissoep en pompoentaart, die Myrna had bereid, had hij afgeslagen, wel nam hij op haar aandringen een taartpunt mee naar huis, gewikkeld in een papieren servet.

'Maar die heeft zijn chauffeur op de terugweg opgegeten.'

Broeder Tinus achtte de kans klein dat de gedeputeerde Max een toelage zou geven. Ikzelf ook.

Subsidie voor de renovatiewerken van de school was wel al zo goed als toegezegd, wist hij me nog te vertellen. Ik durfde niet te vragen of er dan misschien een klein gedeelte naar Max kon gaan.

'Hij had maar weinig tijd,' zei Myrna de volgende dag. 'Een paar minuten, meer niet. En ik had nog zo lekker eten gemaakt. Hij heeft niet eens gevraagd naar de vader van Max.'

Over hoe ze gekleed en geschminkt was geweest, zweeg ze. Ik vroeg er ook niet naar.

'Wat denkt u?' vroeg ze. 'Zal het lukken?'

'Afwachten,' zei ik. En bidden, dacht ik.

Twee weken later liet broeder Tinus me weten dat hij een officieel schrijven van de gedeputeerde had ontvangen. Die deelde tot zijn spijt mee dat hij wegens bezuinigingen geen geld kon vrijmaken voor de renovatiewerken, maar dat hij bij een volgende legislatuur dit dossier prioritair door zijn administratie zou laten behandelen. Voor Max Tromp had hij wel goed nieuws. De jongen zou een toelage voor het komende schooljaar krijgen en als zijn cijfers goed bleven ook voor het daaropvolgende jaar.

Hoewel hij blij was voor Max, was broeder Tinus toch vooral ontgoocheld.

‘Dit is Curaçao,’ zei ik troostend tegen hem. ‘De wegen van onze politici zijn nog ondoorgrondelijker dan die van Onze-Lieve-Heer.’

18 juli 2001 — 21u25

Het is stil in huis. Het gehoest van broeder Bertus in de kamer hiernaast is gestopt en broeder Jan, die zonet nog rondslofte, is ook naar bed gegaan. Nu is er alleen nog het zoemen van de ventilator op mijn tafel en het getik van een nachtvlinder die gevangenzit in de lamp aan het plafond.

Straks zal het hier voorgoed stil zijn. Mijn medebroeders keren over drie weken terug naar Nederland. Het moederklooster heeft hun verzocht om hun oude dag daar in het verzorgingstehuis door te brengen. Na meer dan vijftig jaar op het eiland valt het vertrek hun zwaar, maar ze beseffen dat hun tijd erop zit. Ze zijn allebei de tachtig voorbij. Toch steken ze nog elke dag de handen uit de mouwen. Broeder Jan gaat al veertig jaar lang zes ochtenden per week in alle vroegte op pad om bij bakkers het brood van de vorige dag op te halen, bij toko's restjes vleeswaren en in supermarkets gedeukte conservenblikken, die niemand nog wil kopen. Hier en daar krijgt hij nog andere levensmiddelen toegestopt, vaak ook geld, waarvan hij dan fruit, sap, boter en pindakaas koopt. Toen hij ermee begon smeerde hij nog zelf alle broodjes en spoelde colaflesjes schoon om die opnieuw te vullen, met sap of water. Zo maakte hij elke dag een tiental pakketjes klaar, die hij aan de meest behoeftigen ging uitdelen. Maar de vraag was zo groot, de nood zo hoog, dat hij vrijwilligers moest zoeken om hem te helpen. Zo heeft hij in die veertig jaar een heel netwerk opgebouwd van krachten op wie hij steeds kan rekenen om dagelijks tussen de vijftig en honderd voedselpakketten te maken. Sommige noodlijdenden, vooral verslaafden en daklozen, *chollers*, zoals we ze hier noemen, komen die zelf afhalen en krijgen dan vaak ook een kom warme soep of kip met rijst, de overige pakketten verdeelt broeder Jan nog steeds zelf tijdens zijn ronde door Seru Fortuna, Soto en andere wijken – uit zijn hoofd weet hij waar iedereen woont die niet meer zelf om hulp kan komen of erom durft te vragen. Ik heb hem gezegd dat hij al die adressen moet opschrijven voor hij naar Nederland vertrekt, hijzelf schat dat het om een huis of driehonderd gaat, en dat zijn dan enkel nog maar de zwaarste gevallen.

Van die huizen zijn er sommige opgeknapt of afgewerkt door een andere organisatie, het geesteskind van broeder Bertus en broeder Harrie zaliger, die ook kleinschalig zijn begonnen in de jaren zeventig, met enkele balken en planken, wat spijkers, wat gereedschap en een paar handige handen. Intussen kan ook broeder Bertus rekenen op meerdere ploegen van vrijwilligers en op de jongens van de technische school, die geheel onbaatzuchtig op elk vrij moment al metselend, timmerend en schilderend verwaarloosde huizen weer leefbaar maken. Ik heb hem gisteravond nog gevraagd op hoeveel huizen de teller inmiddels staat en hij wist het precies, hij hoefde er niet eens over na te denken, want als hij al subsidie krijgt van de overheid, dan willen die eerst naakte cijfers hebben, en dus antwoordde hij: 841 huizen voltooid en met zes andere zijn we bezig, waarna hij me de blauwzwarte nagel van zijn linkerduim toonde, een zoveelste oorlogswond, zei hij lachend.

In Nederland zullen broeder Jan en broeder Bertus weer bij de andere broeders zijn die hier ook vele jaren hebben gewoond en gewerkt: broeder Toon, broeder Clemens, broeder Laurentius, en uiteindelijk zullen ze voorgoed mogen rusten in de milde schaduw van het kloostergebouw, waar broeder Tinus sinds een paar jaar begraven ligt.

Ikzelf blijf op mijn eiland, ook al had de congregatie liever gehad dat ik mijn medebroeders zou volgen. Maar ik heb er niets te zoeken. Het is me daar te koud, te donker, bovendien heb ik hier nog veel werk. En zolang ik de kracht heb, ga ik door. Daarna leg ik me wel neer op de rode aarde van Tera Kòrá.

Op mijn negende heb ik voor God gekozen, of beter, voor pater Amado Römer, die op een dag ons huis bezocht. Ik woonde in Boka Samí, bij mijn ouders, met mijn twee broers en twee zussen, ik was de oudste. Mijn moeder was ernstig ziek, mijn vader had geen werk. Pater Römer was net teruggekeerd naar onze parochie na een doctoraat in Rome. Hij was een jonge priester, donker van huid, alleen dat al, maar ook geboren op Curaçao, hij sprak onze taal, in woorden die hij tijdens de preek tot ons richtte, niet over ons heen stortte. Drie jaar eerder was hij tot priester gewijd. Heel Otrobanda vierde toen feest, de straten waren versierd, de klokken luidden onafgebroken, met een stoet jongens liepen wij achter pater Römer aan, ons amper bewust van wat zijn wijding betekende voor de arme bevolking. Maar we vonden het allemaal prachtig, hij lachte, hij zwaaide, ik was toen al behoorlijk onder de indruk. Korte tijd later stond hij bij ons voor de deur, ik deed open. Hij wilde weten hoe ik heette en of hij even binnen mocht komen. Mijn moeder lag in bed, mijn vader was uit cactushout pijpen aan het snijden, die hij op straat in Punda probeerde te verkopen.

Pater Römer had eten voor ons bij zich. Hij heeft een uur lang met mijn vader en moeder gepraat en bij haar ziekbed gebeden. Mijn vader wilde hem een pijp cadeau geven, maar hij stond erop om te betalen, hij kocht er zelfs twee. Bij zijn vertrek vroeg hij aan mij wat ik later wilde worden.

'Priester,' zei ik. Het was eruit voor ik het wist. Ik had er nooit over nagedacht.

Hij zei: 'Mooi zo. Flinke jongens als jij kan het volk gebruiken.' Dat zei hij, het volk, niet de Kerk.

Nog geen week later kreeg mijn vader werk in de haven, waar de pater goede contacten had. Mijn moeder werd beter, al bleef haar gezondheid zwak. Toch kreeg ze nog een kind. Mijn jongste broer. Ze stierf acht jaar later, veel te jong. Ik stond toen op het punt naar Nederland te gaan om een priesteropleiding te beginnen. De dood van mijn moeder deed me besluiten op Curaçao te blijven en mijn vader bij te staan. Dat heb ik ruim drie jaar gedaan. Maar het bleef knagen: ik wilde iets voor mijn volk betekenen, de woorden van pater Römer indachtig, en liefst zo snel mogelijk.

'Meer vormer dan herder,' werd er over de pater gezegd. Hij had inmiddels vakbonden helpen oprichten om de arbeidende klasse een stem te geven en kredietverenigingen in het leven geroepen om de zwarte bevolking te leren sparen. Hij stimuleerde jongeren uit de arme wijken om verder te studeren.

'Als je echt dingen wilt veranderen, moet je bij de basis beginnen,' zei hij toen ik een gesprek met hem had. Misschien kon ik onderwijzer worden, stelde hij voor. Als ik dat wenste, kon hij me introduceren bij de broeders op Groot Kwartier, die veel scholen onder hun hoede hadden, verspreid over het hele eiland. Nog geen week later trad ik in en begon aan mijn opleiding als onderwijzer.

Mijn jaren overschouwend ben ik gelukkig met de weg die ik toen ben ingeslagen. Er zijn weliswaar momenten geweest waarop ik me te weinig activist heb gevoeld – het idee dat ik maar wat aan de zijlijn stond toe te kijken – maar wanneer ik bedenk hoeveel jongens ik vooruit heb kunnen helpen in het leven, realiseer ik me dat mijn roeping daar lag, zoals pater Römer al vroeg had opgemerkt.

'U luisterde naar ons,' zeiden mijn leerlingen achteraf.

Of: 'U had respect voor ons.'

'En geduld.'

Maar ook: 'U sloeg tenminste niet.' Sommigen hebben alleen dat onthouden, meer dan mijn lessen.

Al tijdens mijn eerste jaar in Barber hadden mijn collega's me aangeraden om de leerlingen van tijd tot tijd een flinke tik op de vingers of een draai om hun oren te geven. 'Dat zijn ze gewend van thuis,' zeiden ze. 'En als dat niet helpt, een flinke rammeling, zo mak als een lam worden ze dan.'

Ik heb echter altijd geprobeerd om problemen op te lossen door te praten, door iedereen kans op kans te geven, door te geloven in de kracht van het wederzijdse vertrouwen. Dat heeft vaak geholpen.

Maar ik heb ook gefaald. Zoals er elk jaar leerlingen boven zichzelf uitstegen, waren er die resoluut de andere kant op gingen en zichzelf de vernieling in hielpen. En dat werd niet beter met de jaren. Integendeel. Het verdriet om dat falen woog meestal zwaarder dan de vreugde die ik haalde uit het succes.

Opgeven heb ik echter nooit gedaan. Elke nieuwe klas was een nieuw begin, elke nieuwe jongen een nieuwe uitdaging. En niet alleen de jongens, ook hun ouders. Roy was daar een uitgesproken voorbeeld van. Hij was de eerste vader met wie ik van nabij te maken had en meteen een van mijn grootste uitdagingen. Ik wilde van hem een oprecht trotse vader maken, met maar één doel, het welzijn van Max. Een vormer, geen herder, dat hield ik mezelf constant voor ogen. Maar Roy liet zich niet vormen. Hij was een meester in het liegen en bedriegen. Te laat heb ik dat doorgehad. Te laat heb ik hem doorgehad. En te laat kwam ik er daardoor achter dat Max beter af was geweest zonder hem. Zonder vader.

'Hij kent zijn vader tenminste!'

Het was de eerste keer dat Roy mij iets toesnauwde. De eerste keer ook dat zijn immer overheersende mannelijkheid het aflegde tegen een moment van weekhartigheid. Het volgende ogenblik al bood hij zijn excuses aan en zette zich, gas gevend, weer schrap op zijn stoel, het stuur stevig tussen zijn handen, zijn blik strak op het zinderende asfalt.

Ik had hem met het oog op de toekomst van Max nogmaals gewezen op zijn plichten als vader en hem gezegd dat hij op vele manieren moest bijdragen aan Max' opvoeding, niet alleen financieel, maar ook fysiek, bijvoorbeeld door er wat vaker voor hem te zijn.

Maar in plaats van te beloven dat hij zijn leven zou beteren of allerhande drogredenen te zoeken om zijn houding goed te praten, zoals hij al vaker had gedaan, ging hij op de rem staan en snauwde, gekrenkt: 'Hij kent zijn vader tenminste!'

Ik schrok van zijn reactie, hijzelf ook.

'Sorry, broeder Daniel, sorry, sorry...'

Een verontschuldiging die gedeeltelijk verloren ging in het geluid van de optrekkende auto.

Hij had het nooit over zijn vader gehad. Evenmin over

zijn moeder. Terloops had ik weleens naar hen geïnformeerd.

'Lang geleden gestorven.' Meer zei hij er niet over. Hij begon meteen over iets anders.

Dat hij zijn vader niet kende verbaasde me minder dan de geprikkelde wijze waarop hij me dit meedeelde.

'Het spijt me,' zei ik.

Hij schudde zijn hoofd. 'U kon het niet weten.'

En na een korte pauze waarin hij wachtte tot de motor naar een lager toerental was overgeschakeld: 'Hij kwam van Saba. Op een keer is hij daar verschrikkelijk dronken geworden en toen hij wakker werd zat hij op een boot naar Curaçao. Hier heeft hij mijn moeder leren kennen, haar zwanger gemaakt en is toen als een dief in de nacht teruggekeerd naar zijn eiland. Daarna heeft hij nooit meer iets van zich laten horen.'

Tijdens het vertellen was hij strak voor zich uit blijven kijken alsof hij vreesde dat er elk ogenblik een geit of een ezel de weg kon oversteken. De emotie in zijn gezicht bleef daardoor voor me verborgen, zijn stem had vlak geklonken, als bij het voorlezen van een in memoriam uit de krant.

Uit zijn verhaal maakte ik op dat Roy van zichzelf vond dat hij het in vergelijking met zijn eigen vader niet eens zo slecht deed. Op die manier viel op den duur alles te verantwoorden, er was altijd wel een nog slechter voorbeeld te vinden.

Weldra bleek dat hij me niet de hele waarheid had verteld. Die kreeg ik van Myrna te horen.

'Hij heeft zijn vader wél gekend. Dat is een leugen... Ik weet het van zijn moeder.'

'Waarom liegt hij dan?'

'Nou... als u maar niet zegt dat u het van mij weet.'

'Misschien hoor ik het dan beter niet, Myrna, ik wil je niet...'

'O nee, u moet het weten. Ik wil niet dat hij tegen u liegt. Zijn vader...' Ze ging zachter praten. 'Zijn vader was een dronkaard en een bruut. Wat Roy vertelt over hoe hij dronken op een boot naar Curaçao belandde, is waar. Maar hij is nooit teruggekeerd naar Saba, o nee, helemaal niet. Hij is bij Roys moeder gaan wonen en ze zijn zelfs getrouwd. Hij heeft jarenlang een handeltje in zelfgemaakte rum gehad. Maar hij dronk meer dan hij verkocht. En, broeder, hij sloeg... hard... en nog harder wanneer hij gedronken had. De duivel zat dan in hem. Roy heeft veel klappen gehad. Héél véél. Ik heb zijn vader nooit gezien, maar hij moet gigantisch zijn geweest, een reus.' Ze stak haar hand ver boven haar hoofd uit. 'En Roys moeder... ze heeft het zelf niet tegen me gezegd, maar ik denk dat zij ook in die klappen deelde.'

Ik meende te begrijpen waarom hij loog. De vernedering moet enorm zijn geweest.

Myrna was het er niet mee eens. 'Hij liegt uit schaamte. Omdat hij gevlucht is.'

'Gevlucht?'

'Naar Aruba.'

'Dat was toch omdat hij hier geen werk vond?'

'Werk? Weer zo'n leugen! Hij is gaan lopen voor zijn vader. Hij was zestien. Stel je voor dat hij dat aan iedereen zou vertellen, zijn imago zou aan diggelen zijn. Weet u wat het is, hij had zijn vader beter kunnen vermoorden, dan had hij pas respect gekregen.'

'Dan heb ik toch liever dat hij liegt.'

'Misschien wel – en liegen, dat kan hij als geen ander.'

'Blijkbaar. En wanneer is hij dan teruggekeerd naar Curaçao?'

'Toen zijn vader gestorven is. Méér dan vijftien jaar later. Al die tijd heeft hij zijn moeder niet eens geschreven. Maar zij heeft hem daarna wel weer in huis genomen. Ze deed alles voor hem. Eten maken, de was, zijn rotzooi opruimen, zijn auto schoonhouden. Betalen deed hij haar er niet voor. Maar ze kon hem niets weigeren. Wilde dat ook niet. Dat zei ze zelf. Ze was bang dat hij weer zou vertrekken.'

'Ze voelde zich waarschijnlijk schuldig,' suggereerde ik. 'Heeft Roy broers of zussen?'

'Nee, het mag al een wonder heten dat er sowieso leven uit zijn vaders zaad is gekomen – sorry, broeder – maar die rum, dat tast alles aan, begrijpt u.'

'Ik begrijp het. Maar... ik vraag me nog steeds af waarom hij zich niet om Max bekommert. Je zou toch niet willen dat je zoon hetzelfde overkomt.'

Myrna liet er geen twijfel over bestaan. 'Roy is een man,' zei ze beslist, 'en daar is alles mee gezegd.'

'Er is dus geen man die deugt.'

'Nou, het scheelt niet veel.'

'Dat stelt me gerust.'

'O, maar u bent een goede man, broeder Daniel, werkelijk waar, een goede man...'

'Maar al getrouwd.'

'Hè?'

'Met God, Myrna.'

Ze stootte me lachend aan.

'En Max?' wilde ik nog weten. 'Weet hij hiervan?'

'Ai nee, als ik hem dat zou vertellen en Roy komt erachter, het zou mijn beste dag niet zijn. En voor Max is het beter zo, broeder, hij hoeft niet te weten wat voor een bullebak zijn grootvader was. Dat zijn vader niet deugt, is al erg genoeg.'

Soms, als ik terugkijk op al die uren die ik met Roy in zijn taxi heb doorgebracht, lijkt het of we maar één rit hebben gemaakt die jaren heeft geduurd en waarin we bijna onafgebroken met elkaar praatten, op de achtergrond steeds het brommende geluid van de Dodge of de muziek op de radio. Veel van wat er tussen ons gezegd is kan ik me woordelijk herinneren, alsof onze gesprekken ooit op band zijn opgenomen en ik ze maar hoef af te spelen. Andere keren hoor ik slechts flarden, die in willekeurige volgorde bij me opkomen, alsof de band op vele plaatsen gebroken is en onzorgvuldig aan elkaar geplakt. In zekere zin was dat ook zoals Roy sprak, hij verstond als geen ander de kunst om een conversatie op elk ogenblik in een andere richting te sturen, zeker wanneer ik een onderwerp ter sprake bracht dat hem niet zinde. Vooral in de weken nadat ik van Myrna het verhaal van zijn vader had gehoord en ik erop zinspeelde, hadden onze gesprekken veel weg van een dominospel, waarbij Roy geen enkele gelegenheid onbenut liet om met een opmerking of wedervraag een nieuwe vertakking te maken.

'Wat deed je ook weer op Aruba?' vroeg ik.

'Wegen aanleggen.'

'Hoe oud was je toen je daarmee begon?'

'Negentien.'

'En daarvóór?'

'Daarvóór? Hier een beetje rondhangen. *Looking for a job*. Had ik het geweten, ik was veel eerder naar Aruba gegaan. Werk zat. Zeker tijdens de Tweede Wereldoorlog met de Amerikanen. We hebben toen op Dakota de landingsbaan verlengd en de weg van Oranjestad naar San Nicolas helemaal omgeleid, langs de zee. Ik heb toen veel geld verdiend. Amerikanen betaalden ons negers tenminste correct. In dollars, hè! Van dat geld heb ik mijn eerste auto gekocht, een tweedehands Plymouth, een roestbak...'

Tijdens een ander gesprek: 'Hoe hield je op Aruba contact met je moeder?'

'Met mijn moeder? Ik schreef haar. Niet zo heel vaak want daar klaagde ze altijd over, maar ik was ook *very busy*. 's Avonds was ik doodop. En mijn vingers stonden krom van het werken, ik kon geen pen meer vasthouden. Soms maakte ik dagen van twintig uur. Maar niet tijdens de oorlog, dan mochten we 's nachts geen licht maken. U kent toch het verhaal van de U156, van die duikboot? Nee?'

Waarna hij vertrokken was voor een verhaal dat even lang duurde als de rest van de rit en ik geen gelegenheid meer had om door te vragen.

Soms zette hij gewoonweg de radio luider.

'O, kent u dit nummer, broeder? Luister, luister...'

Of hij verzon een excuus. Zo vroeg ik hem eens of hij zijn vader ooit had gemist.

'Mijn vader?'

Ik knikte en keek hem afwachtend aan.

'Mijn vader, o nee,' herstelde hij zich, 'wat je niet hebt gehad kun je niet missen.' Hij boog voorover naar het instrumentenbord. 'Ik zie dat ik moet tanken. Vindt u het erg als ik daar bij het tankstation even stop?'

Maar zoals hij had opgebiecht dat hij geen elf maar vier kinderen had, zo vertelde hij me ten langen leste ook de waarheid over zijn vader.

'Broeder... ik moet u iets bekennen,' was hij begonnen nadat hij tot drie keer toe diep had ingeademd. 'Ik... ik heb gelogen over mijn vader.'

Er zat oprechte spijt in zijn stem en toen hij het verhaal van zijn kinder- en jeugdjaren begon te vertellen, kwam er een heel andere Roy tevoorschijn. Naast mij zat niet langer de imponerende, zelfverzekerde, volwassen man die ik al bijna een jaar kende, maar een nerveuze, wat schuwe, zelfs bange jongen die zich al die tijd ergens in dat machtige lichaam verborgen moet hebben gehouden.

Snel knipperend met zijn ogen, alsof hij tegen de zon in keek, vertelde hij me wat ik al van Myrna had gehoord, zij het met meer pijnlijke details: de klappen die hij kreeg, het getier, de angst, de tranen, hoe hij na school uren op blote voeten door de kunuku zwierf, bang om naar huis te gaan, hoe hij zich thuis verstopte — 'maar hij wist me altijd te vinden' — en ten slotte zijn vlucht naar Aruba.

'Op een dag dacht mijn vader dat ik zijn rum had opgedronken. Maar ik had de fles leeggegooid toen hij weg was. Ik wilde niet dat hij weer dronken werd. Er zijn toen dingen gezegd, gebeurd... — diezelfde dag nog heb ik het huis verlaten en de eerste boot naar Aruba gepakt. En ik heb gezworen dat ik pas zou terugkeren wanneer hij dood was... Ik heb woord gehouden.'

Toen ik zijn woorden had laten bezinken, vroeg ik: 'En je moeder?'

'Ze wou niet mee. Ik heb haar voorgesteld om samen te vluchten, maar ze wou niet. Ze koos voor hém.' In zijn stem klonk een nog steeds niet-verteerde woede door.

'Misschien had ze niet de moed die jij wel had,' zei ik.

'Moed? Noemt u dat moed? Ik ben laf geweest! Ik had moeten terugvechten. Als een man!'

'Je was nog een kind, Roy.'

'Ik was zestien.'

'Nog een kind dus.'

Er kwam geen reactie meer. Bijtend op zijn onderlip staarde hij voor zich uit. Zijn beide handen lagen boven op het stuur dat hij zo hard omklemde dat zijn knokkels zich scherp aftekenden in het vilt van zijn handschoenen.

'En je moeder was ook moedig,' praatte ik verder op hem in. 'Op haar manier. Misschien is ze achtergebleven zodat jij kon ontsnappen. Als ze met je mee was gegaan, was je vader vast achter jullie aan gekomen.'

'Ze heeft voor hém gekozen,' herhaalde hij koppig zonder me aan te kijken.

'Maar je bent later wel naar haar teruggekeerd.'

Hij haalde kort zijn schouders op.

'Heb je het ooit nog met haar over je vader gehad?'

'We hebben nergens meer over gepraat, nee. Niet over vroeger, niet over mijn vader. Toen ik terugkeerde uit Aruba was er niets meer in huis wat aan hem herinnerde.' Hij pauzeerde kort. 'Eén keer... één keer heeft ze het nog over hem gehad, kort voor haar dood. Ze wilde bij hem begraven worden. Dat was haar enige wens.'

'Heb je die vervuld?'

'...'

'Roy?'

'Ja, maar ik was er niet bij toen. Ik heb gewerkt die dag.'

In een ander gesprek, niet veel later: 'Ik had nooit vader mogen worden. Vroeger dacht ik nog dat wanneer ik zelf kinderen zou hebben, ik een andere vader zou zijn dan mijn eigen vader. Maar al die eerste dag dat Max er was...' Zijn blik ging naar de rozenkrans waarvan het kruisje meedeinde met de vering van de auto. 'Hij huilde de hele nacht, en ik moest vroeg op om een klant naar Hato te brengen, toen al voelde ik het...'

'Wat voelde je?'

'Dat het ook in mij zat.'

'Hoe bedoel je?'

'Wat er in mijn vader zat. Een boze geest. Het kwaad. Ik... ik wilde die jongen doen zwijgen, ik werd gek van dat gehuil, die eerste nacht al. Er zat iets... Hier.' Met zijn vuist klopte hij tweemaal op zijn borstkas. 'Als ik die nacht het huis niet was ontvlucht, ik had Max...'

Hij ademde diep in door zijn neus en liet de lucht traag weer ontsnappen.

'Misschien was je er nog niet aan toe om vader te worden. Hoe oud was...'

'Nee broeder,' onderbrak hij me, 'het kwaad zat al in mij voor Max er was en het is nooit, nooit weggegaan. Weet u nog, de eerste schooldag van Max in Barber? Ik heb hem toen naar huis gebracht, naar zijn moeder. Ik stond wat met haar te praten,' – ruzie te maken, ging het door mij heen – 'en Max was in de auto blijven zitten. Ik had hem gezegd nergens aan te komen en toch is hij achter het stuur gekropen. Toen ik dat zag, ik werd zo boos, zo kwaad, dat ik hem achter dat stuur vandaan heb getrokken en...' Hij stak zijn enorme hand in de lucht, de vingers gespreid, verstarde één ogenblik en zei toen: 'Myrna is er godzijdank tussen gekomen.' Waarop zijn arm slap naast zijn lichaam viel alsof hij er opeens alle kracht uit had verloren.

Ik wist niet of ik medelijden met hem moest voelen. Hij had al zo vaak de boel belazerd dat ik me afvroeg of zijn emotie ook deze keer gespeeld was. Maar als het een rol was, dan hield hij die nu lang vol, want troosteloos voor zich uit kijkend zei hij: 'Daarom mijd ik Max. Om... om hem te beschermen. Ik zou willen dat het anders was, echt waar. Dat Max en ik als twee...'

Zijn stem stokte. Hij draaide zijn gezicht mijn kant op, maar ontweek mijn blik door schuin naar omlaag te kijken, alsof hij al berouw wilde tonen voor wat hij ging zeggen.

'Ik moet u nog iets vertellen, broeder. Ik hoop dat u mij ooit al mijn leugens kunt vergeven.'

Ik zweeg. Ik vreesde voor wat hij nu weer ging zeggen. Hij sloeg zijn ogen naar me op en keek me kort aan.

'Max... hij is alleen... ik heb geen andere kinderen.'

18 juli 2001 — 21u53

Nog iets meer dan zeven uur.

Bij ons laatste afscheid heb ik Max' hand tussen mijn handen genomen en die lang vastgehouden.

'Ik zal voor je bidden,' zei ik.

Hij boog zijn hoofd licht en zei dankbaar: 'Dat zou ik op prijs stellen.'

Myrna was in tranen toen Max in Barber vertrok voor zijn eerste schooldag op het Radulphus College. Het was nog donker en ze waren samen komen lopen. Ook ik was vroeger dan anders opgestaan om hem te zien vertrekken. Behalve op de grote pick-up die de scholieren van Barber elke ochtend kwam halen, wachtte ik op Roy, die me beloofd, nee, die gezworen had te zullen komen om zijn zoon uit te zwaaien.

Max was de jongste van de twaalf jongens die in de omgebouwde laadbak van de pick-up kropen. Hij zag er piekfijn uit: een lange, donkerblauwe broek, een wit hemd met korte mouwen en glimmende, bruine schoenen. Die schoenen had hij van mij gekregen en leken zo goed als nieuw. Ze waren nog iets te groot, maar dat hadden we opgelost door een prop papier in de neus van elke schoen te stoppen. Eerst had hij ermee rondgelopen alsof hij houten klompen aanhad, vervolgens paradeerde hij over de speelplaats zoals de mariniers op het Briónplein op Koninginnedag en ten slotte dribbelde hij met een onzichtbare bal.

De chauffeur van de pick-up claxonneerde tweemaal. Max stak in de laadbak zijn hand op. Hij was nerveus maar zichtbaar gelukkig.

Toen reed de pick-up weg. Ik staarde het ene rode achterlicht na, dat steeds doffer werd, het andere achterlicht was al stuk zolang ik me kon herinneren. Tegen beter weten in hoopte ik voor Max dat er in de verte alsnog twee helwitte koplampen zouden opdoemen en dat Roy, half uit het raam van zijn auto hangend, druk naar de chauffeur van de pick-up zou gebaren dat die moest vertragen zodat hij nog even naar zijn zoon kon zwaaien.

Het zou zoveel hebben goedgemaakt.

Maar het rode achterlicht doofde helemaal uit, waarna de weg naar Barber donker bleef tot de zon opkwam.

Diezelfde ochtend was er telefoon voor mij. Broeder Tinus kwam me uit de klas halen. Iemand wilde me onmiddellijk spreken. De angst sloeg me om het hart.

'Broeder Daniel?' hoorde ik aan de andere kant van de lijn. 'Roy hier. Roy Tromp.'

'Roy,' zei ik op vlakke toon.

'Mijn arm, broeder, mijn arm,' sprak hij snel. 'Ik wou komen, voor Max, zoals ik had beloofd, maar vanochtend, mijn rechterarm, ik kon hem niet bewegen, broeder, echt waar, toen ik opstond, helemaal lam, de dokter is hier geweest, en die zegt dat dat van het liggen is, ik heb verkeerd gelegen vannacht, nu gaat het beter, daarom was ik er niet, ik kon niet autorijden, ziet u, *I'm really sorry*, broeder, ik wou echt komen, ik had de wekker gezet.'

Wat kon ik nog zeggen? Wat moest ik zeggen? Natuurlijk geloofde ik hem niet.

'Broeder Daniel, bent u er nog?'

'Je arm dus.'

'Mijn rechterarm, ja.'

'En nu is het beter?'

'Ik kan hem weer bewegen, ja, maar moeizaam, alsof hij een ton weegt. Maar de dokter zegt dat het helemaal goed komt.'

'Gelukkig voor jou, Roy.'

'Wilt u tegen Max zeggen dat ik had willen komen...'

'Dat zal ik doen, Roy, maar ik moet nu ophangen, ik ben aan het lesgeven. Een nieuwe klas. Ik kan ze niet langer laten wachten.'

'Dat begrijp ik. Ik wil u ook niet langer ophouden, ik dacht alleen, dit moet ik toch even zeggen voor u denkt...'

Toen hing ik op.

Ik heb lang gedacht dat het een leugen was, een zoveelste uitvlucht, die hij bovendien na deze eerste keer vaker gebruikte. Zijn arm, zijn nek, zijn rug, een been, altijd weer een spier die uit zichzelf samentrok, keihard werd, en pas na verloop van tijd verslapte. Als bevroren vlees dat moest ontdooien. Zo legde hij het uit. Ik ergerde me er meer en meer aan, maar Myrna bleef er opvallend rustig onder. Ze had het allang opgegeven om van de man die Roy was ook een vader te maken.

'Windt u zich er maar niet over op,' zei ze. 'Hij zou die jongen alleen maar slecht maken. Zolang hij elke maand betaalt, hoor je mij niet klagen.'

Maar dat ging niet vanzelf. Meer dan eens moest ze hem smeken of berispend toespreken of vermoedelijk, als dat alles niet hielp, hem geven waar zijn lichaam naar verlangde.

Wat ze niet wist, was dat ik vaak heb bemiddeld. Zodra de periode van betalen verstreken was, sprak ik Roy aan op het moment dat ik wilde afrekenen voor een taxirit. Met het geld nog in mijn handen vroeg ik of hij Myrna al had betaald.

'Ach, vergeten,' riep hij dan uit, daarbij zichzelf voor het hoofd slaand, en wijzend op de biljetten in mijn hand besloot hij, alsof het hem ter plekke inviel: 'Geef maar aan haar. Bespaart een hoop gedoe.'

Max deed het goed op het Radulphus College. Een bovengemiddelde leerling, voorbeeldig gedrag, ordelijk. Of, zoals een van zijn leraren zei: 'Doe mij maar een klas met allemaal Max'en. Dat zou een weelde zijn.'

Ik hielp hem zo nu en dan wanneer hij op zijn moeder wachtte tot ze klaar was met haar werk. Als hij iets niet begreep, legde ik het hem uit, soms overhoorde ik hem. Na elke proefwerkweek toonde hij me zijn rapport – ik had altijd wat voor hem klaarliggen: een potlood, een balpen, een tekenblok, een leesboek.

Hij had weinig vrienden, des te meer dieren. Vlak bij zijn huis had hij een uit het nest gevallen *prikichi* gevonden, een geelgroene parkiet die hij zelf grootbracht en sindsdien vaak in zijn buurt was te vinden. In de kunuku had hij dan weer een wilde geit gevangen en tam gemaakt. Hij had haar Speransa gedoopt, Papiaments voor hoop. Elke ochtend voor hij naar school vertrok, molk hij haar, in het donker, op de tast. Soms zag zijn bovenlip nog wit wanneer hij op de pick-up stapte, tot hilariteit van de andere scholieren. Verder hield hij in een kooi een leguaan en in een zelf omheind perkje een landschildpad. Graag had hij een hond gehad, maar zijn moeder wilde geen vlooien in huis – en tegen de dieven was het dier niet nodig, zei ze, er viel toch niets te halen.

Max was zorgzaam, te allen tijde, zoals zijn moeder.

Op een keer zei ze: 'Hij zal wél een goede vader worden. Denk ik.'

'Misschien wordt hij broeder,' zei ik met een knipoog.

'O nee, ik hoop van niet,' reageerde Myrna geschrokken. Ze zag dat ik mijn wenkbrauwen fronste. 'Sorry, zo bedoel ik het niet, u doet veel goed, broeder, heel veel, zoals u zouden er meer mensen moeten zijn, maar Max is mijn enige kind, ziet u, en, eerlijk, ik zou graag kleinkinderen hebben.'

Mijn onschuldig bedoelde opmerking moest nog enige tijd door haar hoofd hebben gespeeld, want de volgende keer, toen Max erbij zat, zei ze overenthousiast: 'Max wil later een gezinnetje stichten. En in een mooi huis wonen, nietwaar, jongen?'

Met een afwezige blik keek hij op van zijn huiswerk.

'Dat je een gezinnetje wil later,' herhaalde Myrna nadrukkelijk. 'En een mooi huis.'

Max reageerde niet.

'En kinderen. Je wil ook kinderen, hè Maxie.'

'Als ik mijn dieren maar mag houden,' zei Max.

'O, zeker,' viel zijn moeder hem bij, 'maar dan moet je wel goed blijven leren. Dan kun je later een huis met een grote tuin kopen.'

'Ik doe mijn best, mai,' zei Max verveeld.

Myrna werkte hard. Max studeerde hard. En tot hun vreugde kreeg hij elk jaar een nieuwe beurs. Zijn droom om onderwijzer te worden kwam zo almaar dichterbij. Roy echter verkeerde nog steeds in de waan dat hij voor hem zou komen werken, of wilde gewoonweg geen andere mogelijkheid tot zich laten doordringen.

'Ik ben aan het sparen voor een tweede auto. Zodra Max oud genoeg is, moet hij voor zijn rijbewijs gaan. Dan alleen nog een taxivergunning te pakken krijgen. Kost ook weer een fortuin.'

Het gevolg was dat hij Myrna nog vaker dan voorheen 'vergat' te betalen of zelfs ronduit zei dat hij geen geld meer had, ook tegen mij.

'Ik zit even krap, broeder.' Waarna een van zijn vele excuses volgde. Hij had geld nodig voor de verzekering, een onderhoud, nieuwe banden, op den duur zelfs om te tanken. Dat hij intussen ergens voor spaarde, dat geloofde ik allang niet meer.

Zonder de steun van Roy kwam Myrna moeilijk rond. Toch vroeg ze zelden om hulp. Trots bedekte haar armoede. Daardoor had ik pas laat door hoe penibel de situatie was. Zo gingen op een bepaald ogenblik de cijfers van Max sterk achteruit. Hij zat toen in het derde jaar.

'Hij is verliefd,' zei Myrna. 'Vlinders in de buik. Daardoor kan hij zich niet meer concentreren.'

Max ontkende. Er was niets aan de hand. Toch werd het niet beter. Op zijn rapport kwamen opmerkingen te staan. Hij lette niet op. Viel in slaap tijdens de lessen.

Dat laatste herkende ik van sommige jongens in mijn klas. Daarom vroeg ik aan Myrna of Max genoeg te eten kreeg. Hij groeide hard, dat was me ook opgevallen.

'Hij zegt van wel,' zei ze. 'En ik vraag het hem iedere keer, hoor, ik wil niet dat hij met honger van tafel gaat. Meer dan genoeg, mai, antwoordt hij dan. Ik kan hem toch niet dwingen?'

De volgende dag sprak ik Max erover aan. Ik had hem

twee boterhammen gegeven, die hij gulzig opat.

'Had je honger?'

Hij haalde zijn schouders op.

'Max, kijk me eens aan.'

Het wit van zijn ogen was troebel, in zijn blik ontbrak de levenslust die jongens van zijn leeftijd kenmerkt.

'Had je honger?' vroeg ik opnieuw.

Hij knikte kort. 'Maar niet tegen mai zeggen.'

'Waarom niet? Je moet toch eten.'

'Als ik veel eet, moet mai de geit slachten. Dat heeft ze gezegd. En dat wil ik niet.'

'Dat meende ze vast niet.'

'O jawel,' knikte hij overtuigd, 'ze had het mes al klaargelegd.'

'Vind je het goed als ik het er met haar over heb?'

'Doe maar.'

Myrna had het zo niet bedoeld. Hij neemt alles serieus, verdedigde ze zich. Tegelijk gaf ze toe dat ze moeite had om de maag van Max te vullen.

'Die jongen eet als een buffel.'

'Ik kan broeder Jan vragen of hij tijdens zijn ronde ook jouw huis aandoet.'

'Dat kan ik toch niet verlangen, broeder. Er zijn moeders en kinderen die het veel en veel slechter hebben...'

'Honger maakt geen onderscheid, Myrna.'

Ze sloeg haar ogen naar me op.

'Zal ik het aan hem vragen?' stelde ik opnieuw voor.

'Als u dat zou willen doen...'

Toen Max in het vijfde jaar zat moest Myrna bij het schoolhoofd van Radulphus komen. Een paar weken later zou hij eindexamen doen en na de zomervakantie kon hij dan aan de opleiding voor onderwijzer beginnen.

Omdat Max zei dat hij het zelf ook niet wist, vroeg Myrna aan mij wat de reden kon zijn. Ze was nooit eerder bij het schoolhoofd uitgenodigd.

Ik had geen idee. 'Vast goed nieuws,' zei ik om haar gerust te stellen.

Ze kreeg Roy zover dat hij haar zou brengen en halen.

'Maar hij mag niet mee naar binnen,' zei ze stellig. 'Hij heeft in al die jaren geen enkele keer naar Max' resultaten gevraagd en dan zou hij nu gaan pronken bij het schoolhoofd. Mooi niet! Hij wacht maar in zijn auto.'

Ze vertrokken kort na de middag en twee uur later, toen de school uit was, kwamen ze weer aanrijden. Ik stond op de speelplaats na te praten met een collega en verwachtte dat Roy zonder veel vertragen zou doorrijden naar het huis van Myrna, maar al van een afstand knipperde hij met zijn grote lichten, waarna hij afremde en in een brede boog de auto de speelplaats op reed. Door de voorruit ontwaarde ik Myrna, haar hoofd kwam net boven het dashboard uit. Ze leek erg opgewonden en nog voor Roy de motor had uitgedaan, gooide ze het portier al open en stapte uit de auto. Haar mollige voeten ploften neer in het zand. Ze liep naar het achterste portier en trok dat open. Op de achterbank, half in elkaar gedoken, zijn gezicht afgewend, zijn handen op zijn schoot, als een door de politie opgepakte misdadiger, zat Max. Met dwingende gebaren maakte Myrna hem duidelijk dat hij moest uitstappen en maande vervolgens ook Roy om uit de auto te komen.

Een slome Max achter zich aan sleurend, liep ze recht op me af.

'Broeder, broeder, kunnen we u spreken?' zei ze, haar gezicht was een en al ontreddering.

Zo overstuur als zij was, zo kalm kwam Roy eraan, met een grijns van oor tot oor. Wat in de consternatie niet tot me doordrong, was dat hij trok met zijn rechterbeen. Hij sleepte het bijna voort, waardoor zijn voet een langgerekt spoor in het zand naliet.

Ik verontschuldigde me bij mijn collega en nam Myrna, Roy en Max mee naar mijn klaslokaal. Ik wist niet wat me het meest zorgen baarde, de paniek van Myrna of de grijns van Roy.

In de klas barstte Myrna in snikken uit. 'Max... hij moet misschien... van school.'

Ik schrok. Mijn blik ging van Max, die met gebogen hoofd tussen zijn ouders stond, naar Roy. Die zei simpelweg: 'Hij heeft een handeltje opgezet.'

'O, doe maar niet zo koel,' snauwde Myrna hem toe. 'Je was trots toen je het hoorde. En maar lachen!'

Roy ontkende het niet eens. 'Hij verzilvert zijn talenten.'

'Had jij maar wat meer talent gehad!' viel Myrna naar hem uit. 'Je zou die jongen beter aan het praten krijgen.' Met een ruk wendde ze zich van hem af en zei tegen mij: 'Hij zwijgt als het graf, broeder.' Vervolgens richtte ze zich op strenge toon tot Max: 'Als je niets tegen ons wilt zeggen, biecht het dan maar op aan de broeder. Nou, vooruit!' Ze gaf hem een flinke por, ook al stak hij intussen met kop en schouders boven haar uit. Max bleef roerloos naar de grond staren.

Ik gebaarde Myrna te bedaren en wendde me tot Max. Of hij me wilde vertellen wat er gebeurd was.

'*Number*,' zei Roy nog voor Max een woord had kunnen zeggen.

Ik deed alsof ik hem niet had gehoord en bleef Max aankijken. Myrna nam opnieuw het woord.

‘Number, ja, hij heeft op school aan number gedaan. Stiekem.’

Number, de verkoop van lootjes. Overal op dit eiland zag en zie je ze nog steeds, vrouwen en mannen, jong en oud, die lootjes verkopen, zijzelf om er enkele guldens aan over te houden, de kopers van de lootjes in de hoop dat het fortuin hun komt aanwaaien en ze nooit meer hoeven te werken.

‘Hij was er al weken mee bezig,’ ging Myrna verder. ‘Tijdens de speeltijd. Voor en na school. En bijna iedereen deed mee, ook de jongens van het eerste jaar. Ze stalen zelfs van hun ouders om een lootje te kunnen kopen.’

‘Hij maakte zelf de boekjes,’ vulde Roy aan.

‘Thuis,’ zei Myrna. ‘Dat deed hij thuis. Onder mijn ogen. Opdracht voor school, zei hij.’

‘Twee rijen met getallen tot honderd,’ begon Roy uit te leggen. ‘Je kon per blaadje van twee getallen betalen en kreeg korting als je een heel boekje kocht. En dan moest je kop of staart kiezen van het winnende nummer van de wekelijkse loterij in Caracas. De winnaars kregen hun inzet maal vijf. En zelf hield hij er dan een flinke stuiver aan over.’

‘Hij moet alles terugbetalen,’ zei Myrna. ‘Maar hij wil niet zeggen waar hij het geld heeft gelaten.’

‘Hij heeft het opgemaakt,’ zei Roy. ‘Wat zou je zelf doen?’

Myrna schudde verslagen haar hoofd. ‘De directeur wil hem van school gooien. Zijn... zijn hele toekomst staat op het spel.’

‘Ach, wat een onzin!’ zei Roy ferm. ‘Voor die toekomst zorg ik zelf wel. Daar heeft hij die school niet voor nodig.’

Myrna reageerde furieus: ‘Je hebt hem niet eens een verleden gegeven, klootzak! Bemoei je dus ook niet met zijn toekomst!’

Roy schrok van haar harde woorden. Op zoek naar steun wendde hij zijn blik naar mij, maar ik negeerde hem opnieuw. Max zelf reageerde voor het eerst door vanuit zijn ooghoeken naar zijn vader te kijken. Die kruiste nu zijn armen voor zijn borst en ging misnoegd naar een punt ergens boven mij staren.

Ik richtte me opnieuw tot Max. 'Ik zou graag jouw kant van het verhaal horen, Max. Kijk me eens aan.'

Traag richtte hij zijn hoofd op. Er lag geen spijt in zijn gezicht, wel een verbetenheid die ik later vaker zou zien, een rotsvast geloof dat het allemaal goed en rechtvaardig was wat hij had gedaan.

'Is het waar wat ze zeggen?' vroeg ik.

Ik zag hem twijfelen. Myrna wou tussenbeide komen, maar ik gebaarde dat ze hem de tijd moest geven. Roy frutselde aan zijn das, waarvan de knoop minder strak zat dan gewoonlijk.

'Is het waar, Max?' vroeg ik nogmaals.

Hij knikte kort.

'Maar je hebt het geld niet opgemaakt,' suggereerde ik. 'Je hebt het ergens veilig weggestopt, nietwaar?'

Zijn blik vertelde me dat ik hem begreep, veel meer dan zijn beide ouders, en zeker zijn vader, ooit zouden doen.

'Waarom heb je het gedaan?' vroeg ik begripvol. 'Had je er een reden voor?'

Opnieuw aarzelde hij. Zijn ogen gingen eerst naar zijn moeder, vervolgens naar zijn vader, toen naar mij. De verbetenheid in zijn gezicht was omgeslagen in onzekerheid.

Moeizaam zei hij toen: 'Om... verder te kunnen studeren... voor als ik geen beurs krijg. Mai zegt dat pai geen geld meer wil geven voor mijn studie.'

De reacties van zijn ouders konden niet méér tegengesteld zijn. Myrna schudde verslagen met haar hoofd, Roy zei nonchalant: 'Dat hoeft toch ook niet. Waarom zou hij moeten blijven studeren? Hij kan toch...'

'Ik word onderwijzer!' verhief Max opeens zijn stem naar zijn vader. 'Ik ga niet in die stomme taxi van jou rijden!'

'Onderwijzer?' reageerde Roy gepikeerd. 'Onderwijzer? Jij wordt helemaal geen onderwijzer. Hoe kom je daar nou bij?'

'Hij wordt wél onderwijzer!' kwam Myrna fel tussenbeide. 'Ik heb jou al honderd keer gezegd dat hij dat wil worden, maar jij wil alleen horen wat je graag hoort. Nou, knoop het maar in je oren, Roy Tromp, die zoon van jou wordt onderwijzer en jij zal dat betalen!'

Met veel gevoel voor dramatiek gooide Roy zijn lange armen de hoogte in. 'Ik betalen? Vergeet het! *No way*!'

'Ik hoef zijn geld niet!' schreeuwde Max. 'Ik los het zelf wel op. Ik heb die rotvent niet nodig!' En om zijn woorden kracht bij te zetten maakte hij met zijn arm een woeste beweging in de richting van zijn vader, die in een reflex naar de pols van Max greep en zijn hand er als een klauw omheen sloeg. Haast tegelijkertijd bracht hij zijn andere arm naar achteren, klaar om er krachtig mee uit te halen, iets wat hij vast ook zou hebben gedaan als onze blikken elkaar op dat moment niet hadden gekruist. In die fractie van een seconde drong het blijkbaar tot hem door wat hij van plan was en geschrokken van zichzelf liet hij de arm van Max los en haastte zich zonder nog iets te zeggen de klas uit.

Boven het gehuil van Myrna uit was te horen hoe Roy op de speelplaats het portier van zijn auto dichtsmeet, de motor startte, het gaspedaal diep indrukte en met gierende banden wegreed.

18 juli 2001 — 22u31

'Het leek wel of mijn auto een eigen wil had. Hoe ik ook draaide aan het stuur, hij bleef recht op die *wayaká*-boom afstevenen.'

Roy zat half rechtop in bed toen ik hem in het Sint Elisabeth Hospitaal bezocht. Hij lag in een grote zaal vol mannen. De gordijnen om zijn bed waren dicht. Hoewel hij eruitzag als een bokser na een knock-out vielen zijn verwondingen al met al mee: kneuzingen aan de ribben, een lichte hersenschudding, een gebroken oogkas.

En zijn tong was nog even glad.

'God is me goedgezind geweest, broeder. En de *damage* aan de auto is minder erg dan het lijkt. Vooral blikschade. Maar ik ben goed verzekerd. Kan ik vast nog profijt uit halen. Met wie bent u trouwens hier?'

Ik was met taxi 8 gekomen.

'Daké. Pedro Daké,' wist Roy. 'Gaat binnenkort stoppen. Ik aas op zijn vergunning. Voor Max. Zeg maar tegen hem dat het met Roy Tromp allemaal goed komt, anders denkt hij vast dat ik geen kandidaat meer ben.'

Alsof er de vorige dag niets was gebeurd.

'Luister, Roy, Max heeft duidelijk...'

'Ach, hij draait wel bij. Geef hem wat tijd. Die jongen is bijna achttien. Die wil geld verdienen. Daarom ook dat gedoe met die lootjes... Wilt u het gordijn helemaal sluiten, broeder? Het licht is fel. En mijn hoofdpijn speelt weer op. Twee dagen rust, zegt de dokter. Komt vanzelf goed. Ik heb geluk gehad.'

Ik reikte naar het gordijn achter me. De gedachte om hem aan zijn lot over te laten drong zich aan me op en ook al ging ze in tegen alles waarvoor ik broeder was geworden, ik besloot geen weerstand te bieden.

'Ik moet ervandoor, Roy,' zei ik terwijl ik de kier in het gordijn sloot.

'Nu al? U bent er nog maar net.'

'Ik heb nog andere patiënten te bezoeken,' loog ik met mijn rug naar hem toe. Zover had hij me dus gekregen, dat ik sprak met een mond die niet de mijne was.

'Die zullen dat vast ook op prijs stellen. Bedankt dat u gekomen bent.'

'Geen dank.' Ik durfde hem eindelijk weer aan te kijken. 'Ik hoop dat je snel weer op de been bent.'

'Zaterdag,' zei hij beslist. 'Zaterdag kom ik u weer halen. Als mijn auto hersteld is.'

'Ik weet niet of ik zaterdag... ik bel nog wel.'

'Ook goed. En zeg tegen Daké dat ik nog steeds kandidaat ben.'

'Doe ik.'

Voor ik twee stappen had gezet, riep hij me al terug.

'Broeder Daniel...' Ik draaide me om. Hij was wat meer overeind gekomen, steunend op één hand, met de andere wees hij naar een bordje aan het voeteneind van zijn bed. 'Hebt u gezien op welk nummer ik lig?'

Ik schudde mijn hoofd.

'Nummer 7,' zei hij triomfantelijk. 'Zoals mijn taxi. Nummer 7, weet u wel, het getal van de volmaaktheid in Gods wegen en handelen. Kan geen toeval zijn, hè broeder?'

Bij het naar buiten gaan werd ik aangeklampt door hoofdzuster Maria Ursula. Met een ernstig gezicht vroeg ze me of meneer Tromp familie had.

'Ik hoefde niemand te verwittigen,' voegde ze eraan toe. 'En u bent de eerste die hem bezoekt.'

Zijn ongeval was desondanks niet lang geheim gebleven. Curaçao is wat dat betreft een dorp. Er is geen dagblad voor nodig om nieuwtjes te verspreiden. De passaatwind voert alles in een mum van tijd van de ene naar de andere kant van het eiland, geruchten, roddels, verdachtmakingen.

Ik had het nieuws van broeder Tinus vernomen. Hij had het over een taxichauffeur met een Chevrolet of een Cadillac, een Amerikaanse slee in ieder geval. Hoge snelheid. Uit de bocht gevlogen.

'Hij heeft een zoon,' zei ik tegen zuster Maria Ursula, 'maar hij kijkt niet naar hem om, noch naar diens moeder.'

'Had hij het maar wel gedaan. Hij zal hen nodig hebben.'

'Hoezo?'

'Hoe goed kent u hem?'

'Redelijk goed. Althans voor zover dat mogelijk is. Hij heeft zijn eigen waarheid, zal ik maar zeggen. Zijn zoon zat bij me in de klas. En ik rij geregeld met hem mee.'

'Geregeld? Ook de voorbije weken?'

Ik knikte. 'Afgelopen zaterdag nog.'

'Dan heeft God u behoed,' zei ze opgelucht. 'U had hier ook kunnen liggen. Hij mocht al geruime tijd niet meer rijden.'

Roy had heel lang alles en iedereen kunnen bedriegen, behalve zijn eigen lichaam. Dat had hem in een trage wurggreep genomen, die hem nog net de kans liet om de eerste ongemakken van zijn ziekte te maskeren voor de buitenwereld. Pas toen na zijn auto-ongeluk bekend werd dat hij aan een zeldzame vorm van reuma leed, besefte ik hoeveel signalen ik verkeerd had geïnterpreteerd, niet door mijn naïviteit, zoals ik mezelf in het begin verweet, maar voornamelijk door zijn sluwheid.

Zo was het me tijdens een rit opgevallen dat hij geen handschoenen meer droeg.

'Ze moeten worden gemaakt. De naden zijn losgekomen,' verklaarde hij, en ze zaten zo lekker dat hij geen nieuwe wilde kopen.

Maar ook de volgende weken droeg hij er geen. Iedere keer als ik ernaar vroeg, bleken ze nog steeds niet gemaakt. In werkelijkheid kreeg hij zijn handschoenen niet meer aangetrokken.

Voor het wisselgeld was hij een plastic houdertje gaan gebruiken, waar hij de munten makkelijk uit kon schuiven, recht in de geopende hand van de klant. Zo hoefde hij geen geld uit zijn portemonnee te vissen.

'Lekker handig. Ook om te tellen.'

En op een dag lukte het trucje met de dollarstukken niet meer. De munten sprongen weg tussen zijn handen en vielen op de grond.

'Mijn handen zweten. Dan lukt het niet.' Ik zag hoeveel moeite het hem kostte om de munten op te rapen, maar een conclusie trok ik niet.

Zuster Maria Ursula vertelde me dat de ziekte zich onder meer manifesteerde in allerlei ontstekingen van organen en gewrichten, die konden komen en gaan, maar ten slotte tot vergroeiingen en immobilisatie zouden leiden. Eerst raakte de fijne motoriek aangetast, in een volgende fase de grove motoriek. Roy zat al in die tweede fase, vandaar de klachten over stramme spieren en stekende pijnen in de nek, de schouders, de armen en recentelijk zijn been. Klachten die hij niet meer had kunnen verbergen, maar waarvoor hij op den duur wel een heel lijstje leugens had verzonnen: hij had zich geforceerd bij het verwisselen van een lekke band of bij het tillen van een veel te zware koffer, hij was gestruikeld bij het uitstappen of ergens achter blijven hangen bij het instappen, hij had kougevat door met open raam te rijden, al kon het evenzeer door de airconditioning zijn die hij van een veeleisende klant op maximale kracht had moeten laten blazen.

Medisch ongeschikt verklaard om nog een voertuig op de openbare weg te besturen.

Dat was het vonnis. Hij had het meteen naast zich neergelegd. En dankzij de automatische transmissie van de Dodge, die werd bediend met eenvoudige drukknoppen op het dashboard, kon hij nog geruime tijd rijden, zelfs met een onwillige arm of een slepend been.

'Wat zijn de vooruitzichten?' vroeg ik aan zuster Maria Ursula.

Ze wond er geen doekjes om. 'Eerst een wandelstok, daarna een rolstoel. Het kan snel gaan.'

'Weet hij dat?'

'Het is hem al meermaals verteld. Het haalt niets uit. Hij weigert het te geloven.'

De volgende dag keerde ik naar hem terug. Ik had Myrna ingelicht, maar haar woede was nog niet bekoeld.

'Hij zoekt het maar uit. Dat heb ik ook altijd moeten doen.'

Hierna had ik contact opgenomen met de zusters van Roosendaal, die een paar jaar eerder in landhuis Habaai, aan de rand van Willemstad, een bejaardentehuis voor behoeftigen hadden opgericht, Huize Welgelegen. Zij konden hem eventueel opvangen, maar alleen als hij uit vrije wil kwam en dus om te beginnen zijn ziekte erkende. Ik had gezegd dat ik mijn best zou doen.

'Broeder Daniel, u opnieuw hier.' Roy schrok licht toen ik bij zijn bed verscheen, maar herstelde zich meteen. 'Wat een verrassing. Was u in de buurt?'

Hij zat half rechtop, een kussen in zijn rug. Hij droeg een hemdje zonder mouwen, dat zijn blote schouders en armen toonde. Het was moeilijk voor te stellen dat de nu nog strakke spieren binnen afzienbare tijd krachteloos zouden worden en vervolgens langzaam wegslinken.

'Ik kom voor jou,' zei ik.

'Speciaal voor mij? Dat waardeer ik zeer. Maar het gaat al beter, hoor. Ik...'

'Ik denk dat we eens ernstig met elkaar moeten praten.'

'Met mij? Ik zie niet in...'

'Ik weet wat er aan de hand is, Roy, en ik wil je graag helpen.'

'O, maar de dokter zegt dat het een kwestie van dagen is. Straks spring ik weer rond als een jonge hengst. *The black stallion!*'

Hij grinnikte om zijn eigen grapje, ik gaf geen krimp, waardoor zijn lach snel uitdoofde. Hij ging wat rechter zitten, daarbij met zijn linkerarm reikend naar het kussen in zijn rug, een beweging die een grimas aan zijn gezicht ontlokte. Hij zag dat het me niet ontging, wilde iets zeggen, maar zweeg toen toch.

'Ik heb gehoord...' begon ik.

'Hoe is het met Myrna?' onderbrak hij me. 'En met Max? Gaat hij alweer naar school?'

'Ik heb gehoord,' hervatte ik, 'dat je al een tijdje geen auto meer mocht rijden.' Ik sprak op vlakke toon om niet verwijtend te klinken.

Hij twijfelde kort over zijn antwoord. 'Ach, u kent die dokters toch. Ze maken de dingen altijd erger dan ze zijn. Ze moeten natuurlijk geld verdienen om hun dure huis en auto te betalen. En ik voel zelf toch wel wat ik kan en niet kan. Dat hoeft niemand mij te vertellen.'

'Dan heb je het deze keer verkeerd ingeschat.' Ik wees naar zijn gezwollen gezicht. 'Het had veel erger kunnen zijn.'

'Ik reed gewoon te hard. Het heeft niets te maken met... met...' Hij kreeg het woord niet eens over zijn lippen.

'Waarmee, Roy?'

'Ik reed gewoon te hard. Punt.'

'Je had nooit in je auto mogen stappen. Het was niet verantwoord. Je been...'

'Mijn auto is mijn wérk!' verhief hij zijn stem. 'Ik ben taxichauffeur, dat begrijpt u toch wel? Waar moet ik van leven als ik niet meer mag rijden? De dokters geven me geen cent. Die strijken alleen maar op.'

Ik zag de verbetenheid in zijn gezicht, de bitterheid ook.

'Natuurlijk begrijp ik dat,' zei ik kalm. 'Maar je ziet toch zelf ook wat er is gebeurd...'

'Ik reed te hard,' hield hij koppig vol.

'Roy, luister, ik ben hier om je te helpen, niet om je te veroordelen.'

'Ik heb geen hulp nodig. Ik heb altijd alles alleen gedaan. Dat zal nu ook wel lukken.'

'Je eindigt in een rolstoel.'

'Die past in mijn auto. Hij is groot genoeg.' Hij kruiste zijn armen voor zijn borst en wendde zijn gezicht van me af.

‘Je verzetten heeft geen zin,’ drong ik aan. ‘Je maakt het alleen maar erger.’

Er kwam geen reactie. Ik schuifelde naar de stoel aan het hoofdeind van zijn bed en ging bij hem zitten.

‘Roy... luister... er is niemand die je zal verzorgen.’

‘Alle vrouwen houden van mij,’ hoorde ik hem mompelen.

‘Van een kreupele?’

‘Ik ben niet kreupel. Wat moet werken, doet het nog uitstekend.’ Dat laatste zei hij zo luid dat ook de mannen aan het andere eind van de zaal het konden horen. Zelfs in zulke omstandigheden bleef hij zich bewust van zijn imago.

Ik negeerde zijn opmerking. ‘Roy... ik heb contact gehad met de zusters van Roosendaal. Zij hebben een verzorgingstehuis in...’

‘Een verzorgingstehuis!’ Met een bruuske beweging kwam hij overeind uit zijn kussen. Zijn verontwaardiging was zo groot dat hij zijn pijnen niet eens meer voelde. Zijn stem galmde door de zaal. ‘Ik ben geen ouwe zak! Wat denkt u wel? Ik ben vierenvijftig. Vierenvijftig!’

‘Het was niet mijn bedoeling...’

Met een handgebaar brak hij mijn zin af en zei op strakke toon: ‘U kunt maar beter vertrekken, broeder.’

‘Roy...’

‘Met alle respect.’

Ik was te voortvarend geweest. In mijn streven om hem te helpen had ik hem al te zeer mijn eigen wil proberen op te leggen. Ontgoocheld had ik de zaal verlaten, in mijn rug de weifelende blikken van de andere zieke mannen, die niet wisten met wie ze het meeste medelijden hadden.

Tijdens het avondgebed met de andere broeders van mijn congregatie bad ik langdurig voor Roy opdat hij steun zou vinden in God en snel zou berusten in zijn lot. Hierbij moest ik voortdurend denken aan wat zuster Maria Ursula had gezegd toen ik haar vertelde dat ik Roy niet had kunnen overtuigen hulp te aanvaarden.

'De reuma zal hem wel op de knieën krijgen, letterlijk en figuurlijk, broeder Daniel.'

Haar voorspelling kwam sneller uit dan verwacht. Twee dagen later belde ze me in lichte paniek. Roy had zonder toestemming het ziekenhuis willen verlaten, maar was al na een paar passen midden in de ziekenzaal door zijn benen gezakt. Liggend op de grond was hij in woede uitgebarsten en vier sterke verplegers waren nodig geweest om hem een kalmeringsmiddel in te spuiten.

Of ik nog één keer op hem wilde inpraten. Hij kon het nu niet meer ontkennen.

Onderweg naar het ziekenhuis vertelde de taxichauffeur – een donkere man van tegen de twee meter, met een groot hoofd en een dikke, zwarte snor – dat hij en zijn collega's al langer een vermoeden hadden dat er met Roy Tromp iets mis was.

'Bij het dominospelen was zijn enthousiasme verdwenen. Hij graaide niet meer naar de stenen als hij gewonnen had en vroeger, als hij verloor, gooide hij soms tafel en al in de lucht, maar dat deed hij ook niet meer. Roy Tromp is oud geworden, dat zeiden we allemaal. Op den duur wilde hij zelfs níét meer spelen. Geen zin meer, zei hij. En een neger die geen domino speelt, dan scheelt er wat, en zeker bij Roy, die zou nog zijn schoenen inzetten om te kunnen spelen. Reuma, heb ik gehoord. Is dat waar? Dat krijg je toch pas als je heel oud bent? En zijn vergunning? Doet hij die weg? Zegt u maar dat ik iemand ken die interesse heeft. Boeboe Fiel is mijn naam. Hij weet wie ik ben.'

Toen ik even later de ziekenzaal binnenkwam, zag ik dat Roy niet alleen was. Tot mijn stomme verbazing zat Myrna bij zijn bed, haar handen als een schelp om zijn hand geslagen. Zodra ze me opmerkte, trok ze haar handen snel terug en kruiste haar armen voor haar borst. Ze had zich opgedirkt. Haar oogleden waren nog blauwer dan de gezwollen oogkas van Roy, haar lippen waren vuurrood en opvallend afgelijnd met een zwart potlood, in haar oren had ze grote, goudkleurige ringen. Ze droeg een panterblouse en een korte rok, dezelfde kleren vermoedelijk als toen de gedeputeerde bij haar op bezoek was geweest. Roy zat als een sultan op zijn bed. Van de woede waarover zuster Maria Ursula had gesproken was geen spoor meer te bekennen.

'Broeder Daniel,' knikte hij me vriendelijk toe.

'Roy. Myrna.' Meer kreeg ik niet gezegd. Ik had een bang voorgevoel.

'Ik mag morgen naar huis,' klonk het opgelucht uit Roys mond.

'Naar huis?'

'Naar Barber,' zei hij glunderend. 'Ik trek bij Myrna in.'

Myrna durfde niet naar me te kijken. Ze bestudeerde haar gelakte vingernagels, hetzelfde vlammende rood als haar lippen.

Triomfantelijk in het rond kijkend zei Roy: 'Ze is zo'n lieve vrouw. Een door God gezonden engel.'

Met een verlegen glimlach op haar gezicht wuifde Myrna zijn compliment weg. Haar ogen meden me nog steeds. Ik voelde een diepe teleurstelling in haar, alsof ze een stilzwijgend contract tussen ons eenzijdig had opgezegd. Pas later begreep ik dat ze deze kans niet voorbij wilde laten gaan. God had Roy naar haar gezonden, niet andersom.

'En Max?' vroeg ik.

'Max?' zei Roy. 'Ach, die heeft straks een meisje. Dan is hij het huis uit en zit Myrna daar eenzaam en alleen. Dit is de beste oplossing voor ons allemaal.'

'Max kan blijven studeren,' zei ik. 'Hij wordt niet van school gestuurd. Ik heb met de directie gesproken.'

Roy schudde met zijn hoofd. 'Myrna en ik hebben het erover gehad. Max gaat zijn rijbewijs halen en met de taxi rijden. Myrna kan dan minder gaan werken om voor mij te zorgen, ziet u. Zo is het toch, hè Myrna?'

Myrna sloeg haar ogen naar hem op, maar zei niets. Ik hoopte dat ze zich nog zou verzetten tegen het plan dat Roy zelf moest hebben beraamd.

Ik wendde me tot haar. 'Myrna?'

In mijn ooghoeken zag ik dat Roy zijn hand over de matras naar haar toe schoof. Zijn vingers stonden krom als bij een klauw die net naast een prooi had gegrepen.

'*Dushi*...' zei hij. Schatje.

Myrna richtte haar hoofd op en keek me met schichtige ogen kort aan. Schoorvoetend zei ze: 'Het is de beste oplossing voor ons allemaal.'

Max verdween twee dagen en twee nachten toen zijn moeder hem vertelde dat zij voor zijn vader ging zorgen en hij van school moest om te gaan werken. De politie en de kustwacht werden ingeschakeld, tegen de wil van Roy in, die zei: 'Ach, die jongen komt vanzelf terug.'

Myrna was ten einde raad. Ze had gemeend dat Max begrip zou hebben voor de situatie. Roy was tenslotte zijn vader. En een zieke man.

De eerste dag vervloekte ze haar zoon. De tweede dag zichzelf.

Roy vervloekte ze niet.

'Ik kan hem toch niet aan zijn lot overlaten,' jammerde ze tegen mij.

Misschien wel, ging het door me heen, maar ik zei: 'We moeten een oplossing kunnen vinden waar iedereen vrede mee heeft.'

Op de ochtend van de derde dag trof ik Max voor de schoolpoort aan. Het was nog vroeg. De eerste leerlingen zouden een halfuur later arriveren. Hij zat op de grond, zijn benen gestrekt, zijn hoofd tegen de poort. In het licht van de straatlamp zag ik dat zijn kleren en schoenen sporen van rode aarde en modder droegen, in zijn gezicht en op zijn blote armen had hij schrammen. Hij moest zich verstopt hebben in een van de grotten op Tera Kòrá, waar in het verleden gevluchte slaven zich voor hun landheer schuilhielden. Met de klas maakte ik elk jaar een uitstap naar die plek.

Het raakte me dat Max naar *mij* was teruggekeerd.

Hij zei niets, keek me enkel aan met die grote, donkere ogen van hem, waarin voor het eerst iets ruigs zat, alsof zijn afzondering in de woeste verlatenheid van Tera Kòrá het meest primitieve in hem naar boven had gebracht.

'Je zult wel honger hebben,' zei ik en stak mijn hand uit om hem overeind te helpen.

Ik nam hem mee naar de eetzaal en gaf hem een wafel. Het viel me op dat hij een lichte stoppelbaard had, ik wist niet dat hij zich al moest scheren.

'Heeft mai voor de dieren gezorgd?' was het eerste wat hij vroeg.

'Ja, maar Speransa wilde geen melk geven,' antwoordde ik.

Hij knikte alsof hij niets anders had verwacht en begon te eten.

'Je ouders waren ongerust,' zei ik.

Hij zei niets.

'Ik ook,' vulde ik aan.

'Mijn mening wordt nooit gevraagd,' zei hij. 'Alles wordt altijd achter mijn rug besloten.'

'Er is nog niets definitief besloten,' zei ik tegen beter weten in, want Roy was al bij Myrna ingetrokken. 'We vinden wel een oplossing zodat je kan blijven studeren.'

'Hoe kan ik studeren als die... die man altijd in huis is?'

Die man. Het woord 'vader' kreeg hij niet over zijn lippen. Hij stak het laatste stuk van de wafel in zijn mond en begon zwijgend de kruimels op tafel bij elkaar te vegen.

'Wil je er nog één?' vroeg ik.

'Nee, dank u.' Met beide handen wreef hij over zijn ogen. Als hij was komen lopen van Tera Kòrá was hij een groot deel van de nacht onderweg geweest.

'Ben je moe?'

'Gaat wel.' Met een wazige blik keek hij om zich heen. Alle stoelen waren boven op de tafels gezet zodat zijn moeder de vloer makkelijk kon dweilen. Het was al een hele tijd geleden dat hij haar daarbij had geholpen.

'Ik moet maar eens naar huis,' zei hij toen.

Maar hij bleef zitten.

'Wil je dat ik meega?' vroeg ik. Dat was vast de reden van zijn komst. Hij durfde niet alleen naar huis. Ik vergiste me.

'Hoeft niet.' Hij leek nog iets te willen zeggen, maar liet toen zijn hoofd zakken. Meteen daarna richtte hij zich toch weer tot mij. 'Wat vindt u ervan dat mijn vader bij ons komt inwonen?'

'Eerlijk? Ik had hem liever in een verzorgingstehuis gezien. Hij zal veel hulp nodig hebben.'

'Mai zegt dat hij straks niet meer kan lopen. Helemaal niets meer kan.'

'Dat is zo. De dokters zeggen dat het snel kan gaan.'

'Dus zal er geen geld meer overblijven voor mijn studie. Ik móét gaan werken.'

'We vinden wel een oplossing,' zei ik opnieuw. 'Om te beginnen kan de auto worden verkocht. Zodra hij is opgelapt, brengt hij vast nog een aardig bedrag op. Je vader heeft hem altijd uitstekend onderhouden.'

Max schudde zijn hoofd. 'Er is geen geld om hem op te lappen. De verzekering weigert te betalen omdat hij niet meer mocht rijden. Zijn schuld bij de bank is nu groter dan wat de auto nog waard is.' Ik keek Max verbaasd aan. 'En dat is nog niet alles,' ging hij verder. 'Mai heeft mee getekend voor de lening en nu dreigt de bank ermee om beslag op háár loon te leggen... We zitten diep in de problemen, broeder.'

Het leek wel of Max in die twee dagen van zelfgekozen eenzaamheid volwassen was geworden. Het proces was natuurlijk al langer aan de gang, alleen had ik er geen oog voor gehad. Ik was hem blijven zien als de twaalfjarige jongen die bij mij in de klas had gezeten, braaf, stil, nog enigszins naïef. Maar die ochtend bij me op school werd het me duidelijk dat hij welbewust handelde, waarbij hij alle gevolgen van een beslissing langdurig wikte en woog alvorens die ook daadwerkelijk te nemen.

'Ik heb echt geen keuze. Ik móét gaan werken. En dan nog liever met de taxi rijden dan me door de Shell te laten uitbuiten.'

'En je droom om onderwijzer te worden?'

'Ik doe het voor mai. Zij heeft ook alles voor mij gedaan.'

'Je hoeft geen offers te brengen, Max. Je mag gerust aan je eigen toekomst denken.'

'Ik offer niets op, niet op lange termijn. Mai heeft gezegd dat ik een deel van wat ik verdien, mag houden. Als ik goed spaar, kan ik over twee of drie jaar weer gaan studeren.'

Ook dat moest Roy bedisseld hebben, vermoedelijk om Myrna over de streep te halen. Maar ik was er zeker van dat hij op termijn alle geld zou opeisen en zo niet, dat als Max eenmaal had geproefd van de vrijheid van een taxichauffeur, hij nooit meer terug naar school zou willen.

'Ik weet het niet,' zei ik. 'Ik heb zo mijn twijfels.'

'Ik heb geen keuze.' Hij keek me langdurig aan, in zijn blik de hoop, nee, de wens dat hij mijn zegen kreeg, dat was de ware reden van zijn komst.

Ik zuchtte diep. Ik had het gevoel een nederlaag te hebben geleden. Toch kon ik niet anders dan hem volgen in zijn besluit. Ik zag ook geen andere uitweg meer. Wel vroeg ik hem eerst nog eindexamen te doen.

'Met succes,' voegde ik eraan toe.

Dat beloofde hij me. En vroeg nog een wafel.

18 juli 2001 — 23u12

Om vijf over elf in de voormiddag landt Max' vliegtuig op Schiphol. Hier is het dan vijf over vijf 's morgens.

'Ik kan u toch niet uit bed bellen.' Dat zei Max toen ik hem vroeg om me een seintje te geven zodra hij aankwam.

'Ik ben dan allang op. Een broeder heeft niet veel slaap nodig.'

'Ik zal u een berichtje sturen.'

'Ik wil je stem horen.'

'Je lijkt Lucia wel,' lachte hij.

Die lach zie ik nu voor me. En ook hoe hij, licht trekkend met zijn been, naar zijn auto liep en wegreed. Nog eenmaal claxonneerde hij. Het was niet meer dan een hees geluid dat vanonder de motorkap vandaan kwam, alsof de Dodge in ademnood verkeerde.

Max kreeg zijn eerste rijlessen in de straten van Barber. De Dodge zag er in die dagen uit als een mooie vrouw met een blauw oog — de woorden van Roy. Er was geen geld voor nieuwe onderdelen of dure reparaties en dus was de schade aan de carrosserie met wat hamer- en plamuurwerk opgelapt en overschilderd met een matte azuurkleurige verf, die afstak tegen het glanzende zeegroen van de overige lak. Nog geen uur nadat de garagehouder de auto bij Roy had afgeleverd, nam Max plaats achter het stuur en reed met zijn vader als passagier de weg op, ook al was hij te jong om een auto te mogen besturen. Maar Roy wilde geen tijd verliezen.

'De dag dat hij achttien wordt, mag hij afrijden,' wist hij. 'Dus tegen die tijd moet hij er helemaal klaar voor zijn. Eerst theorie en daarna meteen de weg op in Otrobanda. Nou, daar ken ik het kleinste steegje. Dat wordt *peanuts*.'

Hij kreeg Max zelfs zover dat die ondanks zijn belofte eerst de school af te maken meer dan eens spijbelde.

'Heb je geen les vandaag, Max?' vroeg ik hem. Hij was aan het oefenen met de auto achteruit parkeren tussen de twee palen van de schoolpoort.

'Hij krijgt toch les,' antwoordde Roy snel in zijn plaats, 'van mij, de beste leerschool.'

Max protesteerde niet. De magie van de Dodge, die hij lang had kunnen weerstaan, begon ook hem te betoveren.

En zo kwam het dat ik vader en zoon geregeld voorbij zag rijden, de ene keer met een slakkengang en een strak voor zich uit kijkende Max op de bestuurdersstoel, de andere keer veel te snel, met Roy die in paniek naar het stuur reikte om een aanrijding te voorkomen. Max was in het begin veel te zenuwachtig en ik vreesde dan ook dat zijn vader binnen de kortste keren zijn geduld zou verliezen. Maar Roy deed zijn uiterste best om zich te beheersen. Blijkbaar was het helemaal tot hem doorgedrongen dat hij van Max en de Dodge afhankelijk zou zijn als hij bij Myrna wilde blijven wonen.

Hij had natuurlijk een andere uitleg. 'De reuma heeft ook het kwaad in mij bedwongen.'

Toch had hij nog kuren, wist ik van Myrna. Dan vervloekte hij zijn weigerachtige lichaam.

‘Maar hij raast enkel tegen zichzelf. En ik wacht geduldig tot de storm weer over is.’

Ondanks alles was Myrna meer dan tevreden met de nieuwe situatie. Ze had eindelijk haar man in huis en het voordeel van zijn reuma was dat hij niet meer zou gaan lopen, althans niet zo heel ver. Bovendien had ze nog moederliefde over van alle kinderen die ze nooit had gekregen. Roy zou op termijn qua motoriek als een baby worden, niet in staat om te lopen, zelfs niet om te kruipen, over onbepaalde tijd zou ze hem moeten helpen met eten, hij zou in luiers eindigen.

‘Alsof al mijn spieren te kort zijn geworden, zo voelt het,’ zei Roy over zijn kwelduivel.

Sinds hij de ziekte had erkend, leek die nog harder toe te slaan. De ontstekingen in zijn lichaam volgden elkaar snel op en zelfs de soepele vering van de Dodge kon niet verhinderen dat wanneer Max over een hobbel of in een put reed, Roy een pijnsteek voelde alsof er een mes in een van zijn gewrichten werd gestoken.

‘Is dit een straf van God, broeder Daniel?’ vroeg hij eens. ‘Omdat ik nooit trouw was? Niet naar mijn zoon omkeek?’

‘Dan zouden veel mannen op Curaçao vroeg of laat kreupel worden.’

Daar kon hij gelukkig nog om lachen.

Max behaalde zijn einddiploma hbs in juli 1967. Ook al had hij de laatste weken van het schooljaar een deel van de lessen gemist, toch was hij geslaagd zonder één onvoldoende, voor mij opnieuw een bewijs dat hij op termijn de onderwijzersakte kon behalen. Maar Roy liet er geen twijfel over bestaan waar de toekomst van zijn zoon lag. De intensiteit van de rijlessen werd onmiddellijk opgedreven en het oefenterrein uitgebreid over het hele eiland. Drie weken later zou Max achttien worden en die dag moest hij niet alleen zijn rijbewijs halen maar ook alle knepen van het vak kennen zodat hij meteen als taxichauffeur aan de slag kon.

'Hij heeft me getoond waar ik moet parkeren als er een vrachtboot in de haven aanmeert,' vertelde Max me later. 'Niet te veel in het zicht, want dan krijg je meteen een hoop matrozen op je dak en daar verdien je niks aan. Ik moet wachten op de stuurlui, heeft hij gezegd. Die komen later van boord. En met wat geluk krijg je de kapitein te pakken. Hoe meer strepen, hoe meer dollars, ziet u. Maar als er een cruiseschip aankomt, moet ik wel helemaal vooraan staan, want de eersteklastoeristen mogen eerst van boord. O, en weet u wat hij nog zei? Dat ik aan Amerikaanse toeristen altijd moet vragen waar ze vandaan komen, maar in gebroken Engels – *where you from?*, zoiets –, dan is het alsof je je best doet, hoe dom je ook bent, en dat vinden ze sympathiek, een neger die zich uitslooft.'

Hierna toonde Max me een schriftje dat zijn vader hem had overhandigd alsof het een kostbaar erfstuk was. Het stond vol woorden en zinnen in verschillende talen, die hij in de loop van zijn carrière had opgepikt. Een Colombiaan die Spaans sprak, een Braziliaan die enkel Portugees kende, een Franse, een Engelse of een Duitse toerist, om het even wie er in Roys taxi had plaatsgenomen, hij had keer op keer een goede indruk gemaakt met enkele woorden in hun moedertaal.

'Fooi verzekerd, dus leer al die zinnetjes vanbuiten,' had hij Max op het hart gedrukt.

Verder had hij hem de souvenirwinkeltjes getoond waarmee hij afspraken had om er zo veel mogelijk klanten te droppen – 'Eenmaal per week strijk je de commissie op' –

en liet hij hem kennismaken met zowel de gegoede buurten van Emmastad en Julianadorp als met de meest louche straten van Otrobanda, waar hij hem langs illegale goktenten en bordelen leidde, echter zonder er naar binnen te gaan. Wie Roy had gekend, moest hem zich herinneren als de stier die hij ooit was geweest.

Max aarzelde om me te vertellen wat zijn vader hem over de prostituees had gezegd, maar dat wist ikzelf wel ongeveer. Roy had me al eerder toevertrouwd hoe het er in die wereld aan toeging.

'Ik zeg het maar zoals het is, broeder, maar in Campo zitten veel lichtgekleurde meisjes uit Venezuela en die doen niet alles wat de mannen willen, begrijpt u. Die breng ik dan naar een Colombiaans of een Dominicaans meisje ergens in een achterbuurt. Die doen nergens moeilijk over, ze blijven altijd kalm en geven niemand een grote mond. Wel een enge ziekte als je niet oppast.'

De belangrijkste les die Roy Max gaf, was hoe hij de prijs per klant moest bepalen. De taxi's op Curaçao hebben geen meter en er bestaan dan wel afspraken tussen de taxichauffeurs onderling, toch zit er behoorlijk wat rek in de tarieven.

'Nog voor een klant je aanspreekt, moet je weten welk vlees je in de kuip hebt, Max. Is hij gehaast? Draagt hij ringen of kettingen? Is hij dronken? Is het een neger of een jood? Loopt hij te pronken met een meisje? Is hij gekleed als een heer maar mist hij tanden in zijn bek? Dat moet je allemaal in één oogopslag gezien hebben zodat je al een prijs in je hoofd hebt voor hij zegt waar hij heen moet. Vraag nooit té veel, dan krijg je geen fooi of heb je gezeur, maar vraag zeker niet te weinig, want daar krijg je altijd spijt van. En onthoud één ding, Max, toon nooit, *never ever*, medelijden als iemand over de prijs wil onderhandelen!'

Max gruwde ervan, maar opnieuw had hij geen keuze: 'Alle taxichauffeurs doen het zo. Pai zegt dat ze anders de wielen onder mijn auto vandaan zullen rijden, bij wijze van spreken. De *business* wordt momenteel overspoeld met Colombianen en Puerto Ricanen en die verzieken de hele boel.'

Business. Toen Max dat woord in de mond nam, wist ik dat Roy hem helemaal aan zijn kant had. Tegelijk was ik er bijna zeker van dat hij het moeilijk zou krijgen. Zijn karakter was te zacht, zijn inborst te nobel. Toch hoopte ik nog dat ik me vergiste, haast wenste ik hem de gehaaidheid van zijn vader toe.

Max slaagde meteen bij de eerste keer voor zijn rijexamen. Ik was die dag met Alejandro en Juanito Sanchez, een tweeling die het jaar moest overdoen, mijn klaslokaal aan het opknappen voor het volgende schooljaar toen hij voor de schoolpoort parkeerde. Hij stapte uit en even meende ik dat hij Roy was, maar het was wel degelijk Max, die zich in een van de pakken van zijn vader had gehesen, compleet met pet, das, vilten handschoenen en laqué schoenen. Alejandro en Juanito lieten alles uit hun handen vallen en renden naar buiten. Ik volgde hen en zag hoe Max, net als zijn vader vroeger, de jongens van de auto probeerde weg te houden.

'Hé, blijf daar van af, nee, niet aankomen...'

Maar Max had nog niet het gezag van zijn vader en terwijl hij Juanito wegjoeg, kroop Alejandro achter het stuur en liet de claxon weerklinken. Max dook half de auto in en begon met zijn pet naar Alejandro te slaan, die snel naar de passagierszijde kroop. Op hetzelfde moment opende Juanito het portier, waardoor Alejandro als in een slapstickfilm uit de auto rolde. Vloekend en lachend kroop hij overeind en begon zijn broer om de Dodge heen te achtervolgen.

Ik riep de tweeling tot de orde en verontschuldigde me bij Max. Hij zette zijn pet weer op, trok zijn das recht en controleerde of zijn hemd en zijn pantalon er nog keurig uitzagen, zoals zijn vader hem dat van meet af aan had opgedragen.

'Een zwarte taxichauffeur moet er op elk moment uitzien als een butler, niet als een slaaf.' Nog zo'n credo van hem.

'Gefeliciteerd, Max,' zei ik. 'Je bent geslaagd.'

Hij knikte overtuigend. 'Niet één fout bij de theorie. En op de weg ging het uitstekend. Ook de hellingproef. Pai was trots op mij.'

'Waar is hij?'

'Ik heb hem thuisgebracht. Hij had veel pijn. Mai zegt dat hij te weinig rust. Hé, blijf daar af of ik zal je...'

Max maakte een dreigende beweging in de richting van Alejandro, die op de soepele antenne van de auto tokkelde.

'Ik word later ook taxichauffeur, hoor,' riep Alejandro uitdagend naar hem.

'Nou, daar zul je nog hard voor moeten leren,' riep Max terug.

'Je hebt het gehoord, hè Alejandro,' zei ik. 'Je best doen op school. En blijf daar nu van af of mijnheer hier wordt boos.'

Max fronste. 'Mijnheer?'

'Wen er maar aan,' zei ik.

Hij liet het woord nog een paar keer over zijn tong gaan. Het stond hem wel aan om bij de volwassenen gerekend te worden. Dat die wereld harder en geniepiger was, zou hij snel ervaren.

'Moet u ergens heen, broeder?' vroeg hij hoopvol. 'Ik sta tot uw dienst.' Hij klikte de hielen van zijn glimmende schoenen tegen elkaar en ging stijf als een bidsprinkhaan in de houding staan.

'Ik denk dat ik klaar ben voor vandaag,' zei ik om hem een plezier te doen. 'De rest is voor een andere keer. Ik pak even wat spullen. En als je me dan naar het klooster wil brengen...'

'Vijf gulden,' zei hij prompt. 'Dat is dan vijf gulden. U mag ook in dollars betalen. Liever nog.'

Hij merkte dat ik schrok van zijn assertieve toon, die Roy er vast bij hem in had gedrild, en werd al meteen een stuk toegeeflijker.

'Vier gulden is ook goed. Voor u. Niet tegen pai zeggen.'

'Nee, vijf gulden lijkt me een prima tarief. Dat betaal ik altijd.'

De Dodge zat Max nog niet zo lekker als het pak van zijn vader. Het viel me op hoe hij zijn handen zoekend over de vele knoppen op het dashboard liet gaan als een beginnende pianist die al meteen een mazurka moet spelen. Dat Alejandro en Juanito met hun gezicht tegen de ruit plakten, maakte hem bovendien nog nerveuzer dan hij al was. Ongewild duwde hij het gaspedaal veel te diep in, waardoor de auto met spinnende banden vertrok. Door de achterruit zag ik hoe de tweeling verdween in een wolk van stof en zand, die hun weliswaar voor korte tijd de adem benam maar niet de ambitie om zelf ooit taxichauffeur te worden. Nog zeker honderd meter liepen ze achter ons aan en bleven daarna staan zwaaien tot we helemaal uit het zicht verdwenen waren.

Ik had me op de achterbank geïnstalleerd en me voorgenomen de hele weg lang te zwijgen om hem niet uit zijn concentratie te brengen, maar hij probeerde voortdurend zelf een praatje aan te knopen, een zoveelste tip van zijn vader.

'Bloedheet vandaag, hè. Geen zuchtje wind.'

'Hebt u veel nieuwe leerlingen volgend schooljaar?'

'Ik moest bergop vertrekken bij het examen. En daarna heel Otrobanda door', waarna hij de route minutieus beschreef.

Al pratend wierp hij zo nu en dan een blik naar mij in de achteruitkijkspiegel. Zijn houding was nog wat stijfjes, maar hij reed goed en lette voortdurend op zijn snelheid. Eén keer slechts maakte hij een onverwachte manoeuvre waardoor hij even van zijn rijstrook week en een tegenligger hem claxonnerend passeerde.

'Sorry, broeder, sorry,' verontschuldigde hij zich nadrukkelijk.

'Je rijdt prima,' zei ik. 'Ik wou dat ik het kon.'

Hij leunde iets meer naar achteren, zijn armen maakten een minder scherpe hoek, een glimlach verscheen op zijn gezicht.

'Ik heb al een klant!' riep hij naar iemand die vanaf de kant van de weg de taxi wenkte, en over zijn schouder wierp hij me een knipoog toe. Zijn zelfvertrouwen groeide per rollende meter.

'Waarom hebt ú geen rijbewijs?' vroeg hij.

'Heb je niet nodig om in de hemel te komen.'

Mijn antwoord bracht hem even in de war, toen schoot hij in de lach, waardoor hij bijna de weg naar het klooster voorbijreed.

Hij stopte voor de ingang, zette de auto in zijn vrij en trok de handrem aan. Ik haalde mijn portemonnee uit mijn tas terwijl hij in het handschoenenkastje naar iets begon te zoeken.

'Ik hoef geen bonnetje,' zei ik.

Hij schudde zijn hoofd. 'Ik neem een boekje om op te

schrijven wat ik verdien. Ik moet van pai de kilometerstand noteren na elke klant. Voor de belastingen.'

Om te zien of zijn zoon niets achterhoudt, dacht ik.

Ik gaf hem vijf gulden en stopte hem nog een muntstuk van één gulden toe. 'Die is voor jou, fooi. Hoef je niet op te schrijven.'

'O, dank u wel,' zei hij opgetogen.

'Je wil toch nog wel onderwijzer worden?' vroeg ik uitdagend zodat het niet opviel dat ik eraan was gaan twijfelen.

'Tuurlijk, u denkt toch niet dat ik mijn hele leven rondjes blijf rijden.'

Mijn bezorgdheid was dus voorbarig. Roy noch de Dodge had hem van gedachten kunnen doen veranderen.

'Je zou je inderdaad maar als een hamster in een looprad voelen,' viel ik hem bij. 'Voor ik het vergeet, ik heb nog wat voor je.'

Ik gaf hem een boek dat ik al langer had klaarliggen voor als hij zijn rijbewijs had gehaald.

'Ah, Cola Debrot, onze gouverneur,' zei hij enthousiast. 'Hebben we op school al moeten lezen. *Mijn zuster de negerin*. En een ander boek waar ik niets van begreep. Iets met wolken, geloof ik.'

'*Bewolkt bestaan*, zul je bedoelen,' zei ik. 'Dit hier zijn gedichten van hem. Om te lezen tijdens de dooie momenten. En wie weet moet je de gouverneur ooit nog eens ergens heen brengen. Kun je er meteen een handtekening in laten zetten.'

Hij schudde weifelend zijn hoofd. 'Hij zal vast een eigen auto hebben. Met chauffeur.'

'Dat denk ik ook. Iets voor jou?'

'Een auto met chauffeur?'

'Gouverneur,' verduidelijkte ik.

‘O nee, dan moet je alle problemen van de Antillen oplossen.’

‘En daar is geen beginnen aan natuurlijk,’ lachte ik.

‘Nee, geen beginnen aan,’ herhaalde hij geamuseerd. ‘Bovendien, ik ben te zwart.’

Dat laatste zei hij droogweg. Louter een vaststelling van iets wat op ons eiland inderdaad nooit anders was geweest. Geen enkele openbare of hoge functie was voor zwarten weggelegd. In het verleden was er, op wat gemor en gemompel na, weinig protest tegen gerezen, maar langzamerhand scheen er wat los te komen. In Punda waren al geruime tijd elke zaterdag demonstraties en in het bij de arme bevolking populaire weekblad *Vitó* werd bij momenten nadrukkelijk opgeroepen tot verzet tegen de regering en de kapitalisten. Ook bij de raffinaderij was de onrust aan het toenemen. Vele arbeiders, voornamelijk zwarten, waren door de Shell ontslagen en opnieuw tewerkgesteld door onderaannemers, maar dan voor een veel lager loon voor hetzelfde werk.

Daarom zei ik tegen Max: ‘Je mag daar niet zo laconiek over doen. Er zouden weleens dingen kunnen veranderen. Op het Gomezplein staan bijna elke week jongens van jouw leeftijd te protesteren. Ze nemen het niet meer. Discriminatie, uitbuiting, armoede, en de regering die halsstarrig de andere kant op blijft kijken.’

Max had andere dingen gehoord. ‘Nou, pai zegt dat de meeste zwarte Antillianen gewoon lui zijn. Ze slapen liever dan dat ze werken. Geef ze een trap onder hun gat en ze leggen zich op hun andere zij.’

Hij had zich half omgedraaid op zijn stoel, ik leunde wat meer naar voren.

‘Lui? Nee, dat lijkt me niet het juiste woord. Geduldig,

zou ik zeggen. We zijn het niet gewend om het initiatief te nemen en wachten daarom liever tot het vanzelf beter wordt.'

'Dan kunnen we nog lang wachten.'

'Vermoedelijk wel. Zolang we aan het handje blijven lopen, zal er niet veel veranderen.'

'Ik moet dus mee gaan protesteren,' besloot Max.

'Nee, al dat geroep en getier lost niets op. Dat maakt de dingen alleen maar erger. Ik denk dat we meer vertrouwen moeten hebben in ons eigen kunnen. We moeten eindelijk eens ambitie tonen. En zelftrots, dat zou ons ook al een flink eind vooruithelpen.'

'Zelftrots,' herhaalde Max nadenkend. 'Wat zegt u dat mooi. U zou moeten preken in de kerk.'

'Die eer is niet weggelegd voor broeders.'

'Voor zwarte broeders?'

'Voor alle broeders.'

'Dat is toch ook discriminatie?'

'Bij ons heet dat hiërarchie,' zei ik met een glimlach. 'En, eerlijk, ik heb die ambitie niet, ik spreek liever met mijn handen.'

'Met de vuisten, zou pai zeggen.'

'Ik bedoel met daden, niet met woorden.'

'Ik begrijp wel wat u bedoelt. Ik plaag u maar wat.' Hij wierp een blik op het klokje in het dashboard. 'Ik moet ervandoor. Over een halfuur arriveert er een cruiseboot in Caracasbaai. Mijn vader zou het me nooit vergeven als ik het al bij mijn eerste grote afspraak verknoei.'

'Ik hou je niet langer op. Wees voorzichtig.'

'De Heer is met mij, broeder.' Met een knipoog maakte hij me attent op de rozenkrans van zijn vader, die nog steeds aan de achteruitkijkspiegel hing.

‘Dat stelt me gerust. Doe je ouders mijn groeten.’

‘Zal ik doen,’ zei hij, stapte uit en liep snel om de auto heen om breed lachend mijn portier te openen.

19 juli 2001 — 0u00

Middernacht.

Max heeft er altijd van gehouden om zelf de dingen in de hand te houden. Gehecht aan zekerheden, het toeval verfoeiend, beredeneerd in alles, maar zonder het daar vaak mee gepaard gaande verlangen naar eigengewin. Daardoor heeft er nooit een rebel in hem gezeten. Ook niet in de woelige tweede helft van de jaren zestig, toen hij als taxichauffeur werkte en er van alles aan het gisten was op het eiland: gemompel werd geroep, opgekropte frustratie werd woede, slaafsheid veranderde in opstandigheid.

Max liet zich door dat alles niet van de wijs brengen. Hij verdiepte zich liever in de gedichten van Cola Debrot — 'Het lijken wel raadsels,' zei hij — dan in de artikelen in *Vitó*, die mettertijd agressiever van toon werden.

'Ze hebben me die in handen geduwd,' legde hij uit toen ik een stapeltje van het gestencilde blaadje op de passagiersstoel zag liggen. 'Of ik ze over het eiland wil verspreiden. Ik kom toch overal. Maar ik wil dat niet. Wie erom vraagt, kan het van me krijgen. Zo zie ik het. Ik kom ook in Julianadorp en Emmastad. Daar zouden ze maar wat vreemd opkijken als ik zoiets uitdeel, begrijpt u. Een taxichauffeur moet neutraal blijven, zegt pai. Luisteren en knikken. En aan het eind je hand uitsteken om te incasseren. Pai moet trouwens weer nieuwe medicatie krijgen. Veel duurder. Ik kan het me niet veroorloven om klanten te verliezen.'

Max werkte toen bijna dag en nacht, waardoor hij vaker in de auto dan in zijn bed sliep. Dat had nog een reden.

'Het huis is te klein voor ons drieën. En pai woelt en kermt aan één stuk door. Hij vindt maar geen houding om zonder pijn te slapen. Er zou een ziekenhuisbed moeten komen, maar dat wil hij niet. Dat ze dan maar meteen een kist meebrengen, zegt hij. Mai gaat nu kijken of ze slaappillen voor hem kan krijgen.'

Op een middag sprak Myrna me aan. 'Weet u wat Roy nu heeft gedaan? Hij is vannacht uit bed gekropen en in zijn eentje naar de auto gelopen, vraag me niet hoe. Max heeft hem achter het stuur gevonden. Werkelijk, ik geloofde mijn ogen niet. Hij was helemaal stijf, als een blok hout. We hebben hem naar binnen moeten dragen. Hij jankte als een klein kind. Die arme Roy, broeder, hij heeft het moeilijker dan ooit. Hij gaat veel te snel achteruit. Dat wilde hij eerst niet geloven, maar nu merkt hij het zelf. Hij heeft bij alles hulp nodig. En ik doe wat ik kan, maar ik heb slechts twee handen, ziet u.'

En toch, Myrna verzette bergen. Vijf halve dagen per week kwam ze op school schoonmaken, de rest van haar tijd besteedde ze aan de verzorging van Roy. Ze hielp hem bij het overeind komen en gaan liggen, bij het wassen en aankleden, ze schoor hem, ze sneed zijn eten in stukjes, ze masseerde elke dag meer dan een uur lang zijn spieren, ze ondersteunde hem als hij naar buiten wilde om onder een boom in een oude leunstoel te gaan zitten en hielp hem na een paar minuten alweer naar binnen als de insecten hem te veel irriteerden.

Ik probeerde eens per week langs te gaan, zij probeerden

eens per maand de mis bij te wonen in de kerk van Barber. Eén arm over de schouders van Myrna, de andere arm over die van Max, half naar voren hangend als een drenkeling die net uit het water is gehaald, liet Roy zich dan de kerk in slepen – een rolstoel weigerde hij. Tijdens het gebed en de zang klonk zijn stem luider dan die van alle andere kerkgangers.

Hij hoopte nog op een mirakel. 'Dat verhaal van Jezus en de lamme, daar moet ik vaak aan denken.'

Myrna zou al gelukkig zijn als de achteruitgang vertraagde. 'Ik bid elke dag dat God hem genadig is.'

En Max? Max reed zijn rondjes op het eiland. Of wachtte ergens op een volgende klant terwijl hij een boek las of de auto voor de zoveelste keer vanbinnen en vanbuiten een beurt gaf. Met andere taxichauffeurs had hij weinig contact, ze meden hem zelfs, hij werd beschouwd als een indringer. Dat hij via zijn vader aan een vergunning was gekomen en op zijn jonge leeftijd al met zo'n auto kon rondrijden, stak vele chauffeurs de ogen uit.

Voor Roy was dat een teleurstelling. Hij had graag van Max willen horen hoe het zijn vroegere collega's verging. En of ze af en toe vroegen hoe het met hém was. Maar wat hem het meest teleurstelde, zelfs verontrustte: 'Hij gaat niet eens Campo in. *You won't believe it!* Ik heb hem zelfs verteld met welke meisjes hij een deal kan maken, dan kost het hem bijna niets als hij zelf een keer...'

'Max spaart,' zei ik. 'Hij heeft andere wensen.'

Zijn blik zat vol ongeloof. 'Max is mijn zoon. Hij heeft een eer hoog te houden.'

Myrna maakte een einde aan de praat van Roy. 'Had jij die eer van jou maar wat minder vaak hooggehouden, Roy Tromp, dan hoefde Max nu niet rond te rijden om geld te verdienen. Hij is een keurige jongen en jij gaat hem niet slecht maken!'

Toch had ze zelf ook al eens bij Max gepolst hoe het zat.

'Niet dat ik ongerust was,' verdedigde ze zich tegenover mij, 'maar als moeder wil je sommige dingen weten, begrijpt u. Nou, hij zei: "Mai, daar heb ik geen tijd voor. En je weet toch dat vrouwen je een fortuin kosten, ze zijn nooit tevreden." Nou, dat is dan toch iets goeds dat hij van Roy onthouden heeft.'

Max werd hoe langer hoe minder spraakzaam tegenover mij, stiltes die hij in de auto steeds vaker opvulde door de radio aan te zetten. Soms vroeg ik naar een boek dat hij gelezen had, maar veel kon hij daar nooit over zeggen. Hij las blijkbaar zoals hij op den duur reed, meer en meer op routine terwijl zijn gedachten afdwaalden.

Ik had de indruk dat hij zich met de dag nuttelozer voelde worden, maar wanneer ik informeerde hoe het met hem ging, reageerde hij altijd positief, soms zelfs uitgelaten, te uitgelaten om nog geloofwaardig over te komen – hij had niet het acteertalent van zijn vader.

Uiteindelijk begon hij er toch over, zonder dat er een aanleiding toe was. Ik was nog maar net in zijn auto gestapt.

'Alles goed, Max?'

'Ik rij van A naar B, van B naar C, en van C terug naar A, om dan opnieuw te beginnen. Dat is mijn leven.' Het kwam er in één keer uit, waarna hij somber voor zich uit staarde.

Het enige wat hem keer op keer achter het stuur deed kruipen, zei hij, was de gedachte dat hij aan het eind van de dag zijn geld kon tellen. En hoewel hij al meer had kunnen sparen dan verwacht, ging het hem niet snel genoeg.

Hij zocht naar manieren om bij te verdienen, bijna met de moed der wanhoop.

'Mag ik u iets persoonlijks vragen? Als u niet wilt antwoorden, hoeft dat niet. Maar... verdient u ook wat als broeder? Ik bedoel, u verdient als onderwijzer, neem ik aan, maar ook als broeder?'

'Een broeder die niet werkt, verdient niks, Max. En wat ik verdien, geef ik af aan mijn orde. En die stopt dat geld dan weer in goede doelen of werken. We hebben een gelofte van armoede afgelegd.'

'U geeft alles af?'

'Soms krijg ik wat zakgeld. Om een taxi te nemen bijvoorbeeld.'

Ik knipoogde naar Max. Hij zuchtte diep.

'Als broeder word je geroepen,' zei ik, 'dat doe je niet voor het geld.'

'Hm,' deed hij.

Zijn verlangen naar een andere toekomst bleek zo groot dat ik bang was dat hij weldra verleid zou worden om op een illegale manier aan geld te komen.

Zo zei hij op een keer: 'Ze hebben een taxichauffeur gepakt met zijn reservewiel vol cocaïne.' Uit de toon van zijn stem kon ik geen oordeel afleiden.

'O,' zei ik.

'Die man had enorme schulden gemaakt met gokken, ziet u. Ze zouden zijn auto in beslag nemen. Nu is hij alles kwijt.'

'Een les voor anderen die met dat idee spelen.'

Hij gaf niet het antwoord dat ik had gehoopt. 'Hij praatte te veel. Dat is zijn fout geweest.'

Een andere keer vroeg hij me aan het eind van de rit of ik een lootje wilde kopen. Nee, het was officieel, zei hij er meteen bij, niet zoals toen op school. Hij haalde uit zijn binnenzak een boekje met voorgedrukte tombolanummers.

Met gemengde gevoelens kocht ik drie blaadjes.

'Daar zit een winnend lot bij, zeker weten,' zei hij.

Vervolgens hoorde ik er weken niets meer van.

'Was er een winnaar?' vroeg ik dan maar zelf.

'Winnaar?'

'De tombola, weet je nog?'

Hij was net een kruispunt op gereden, de richtingaanwijzer klikte nog. Het geluid scheen niet tot hem door te dringen. 'De tombola... O ja, in Santa Maria, een moeder van zes kinderen.'

'Hoeveel heeft ze gewonnen?'

'Eh... vijfhonderd, ja, vijfhonderd was het.' En toen deed hij iets wat ik herkende van zijn vader. Hij kaartte een ander onderwerp aan. 'Er is gisteren iemand bijna verdronken op Jan Thiel. Had u dat al gehoord?'

Later ontdekte hij dat er een andere manier bestond om meer te verdienen, zelfs zonder dat hij de trukendoos van zijn vader hoefde te openen.

'Ik vertel de *makamba's* gewoon de waarheid.' Hij had het over de blanken, en in het bijzonder de Nederlanders. Omdat hij zo jong was kreeg hij vaak de vraag of hij al lang als taxichauffeur werkte. Nog niet zo lang, antwoordde hij dan, waarna hij begon te vertellen over zijn vader die ernstig ziek was, zijn moeder die hem verzorgde en hoe hijzelf intussen nog wat probeerde te sparen om alsnog onderwijzer te kunnen worden.

'Maar ik zeg het niet op een zielige manier, hè. Gewoon, eerlijk. En dat werkt! Aan het eind krijg ik altijd een fooi. Mooi, toch?'

Hij deed niets illegaals, integendeel, niettemin zat het me dwars.

'Zo hou je de discriminatie in stand,' merkte ik op.

'Hoe bedoelt u?'

'Dat je daarmee de verhoudingen op dit eiland bevestigt. De arme zwarte wordt afgescheept met een aalmoes terwijl de rijke blanke bij zichzelf denkt dat hij een fortuin heeft gegeven want anders had die neger niets, zie je.'

Max fronste zijn wenkbrauwen. 'Wat is daar mis mee? Anders hád ik toch ook niets, of in ieder geval minder', waarna hij iets zei waar ik niet van terug had: '*By the way*, u geeft mij toch ook altijd een fooi. Scheept u mij dan ook af met een aalmoes?'

Te vaak heb ik in die periode aan hem getwijfeld. Ik vreesde dat de verlokkingen van het eiland hem zouden veranderen. Dat de geur van geld hem zou bedwelmen. Ik moet toegeven dat ik me vergist heb. Zijn ambitie weerstond alles. Zelden heb ik een leerling gehad die er zoveel voor overhad om zijn droom waar te maken. Max had het doorzettingsvermogen van zijn moeder, de intelligentie van zijn vader, met dit verschil dat die bij Roy tot sluwheid leidde en bij Max tot luciditeit. Hij wist precies waar hij mee bezig was en hoe hij zijn doel kon bereiken.

Roy hoopte nog steeds dat zijn zoon de rest van zijn leven als taxichauffeur zou werken en juist daarom was hij zo ontroerd toen bleek dat Max de Dodge had laten repareren. Van de schade door Roys ongeluk was niets meer te zien. Geen deuk, geen kras, de lak was overal weer glad en groen als de zee op een windstille dag. Als Max met een mooi meisje was thuisgekomen, zou Roy niet trotser zijn geweest. Hij vroeg niet eens wat de reparatie had gekost. Max hield eindelijk van de Dodge zoals ook hij dat altijd had gedaan. Dat was zijn conclusie.

Max liet zijn vader voorlopig in de waan. Dat hij de auto had laten herstellen, was louter met het oog op de verkoop ervan. Die kosten zou hij er gemakkelijk uit halen.

'U zult een andere chauffeur moeten zoeken.'

Zo bracht hij me op de hoogte. Het was april 1969. Ik was net ingestapt. In de achteruitkijkspiegel had zijn blik de gloed van geluk.

Hij was toen bijna twee jaar aan het werk en had een groot deel van zijn vaders schulden afbetaald. Nog vier maanden, had hij uitgerekend. De zomervakantie kwam eraan. De lucratiefste periode van het jaar. Daarna zou hij zijn vergunning en de auto verkopen – hij had de Dodge laten schatten en de waarde bleek hoger dan hij had gedacht. Samen met zijn spaargeld zou hij dan voldoende hebben om twee jaar te kunnen studeren en tegelijk bij te dragen aan het levensonderhoud van zijn ouders. Zelf wilde hij op kamers gaan wonen. Een paar vierkante meter, meer hoefde hij niet, als hij thuis maar weg was.

Ik was onder de indruk, niet enkel van wat hij al bij elkaar had gespaard, maar ook van de manier waarop hij alles had uitgekiend. Dat zei ik hem ook.

Hij zei, gemeenzaam glimlachend: 'U hebt aan me getwijfeld, nietwaar?'

'Soms,' zei ik eerlijk. 'Jij ook aan jezelf, toch?'

'Niet aan mezelf. Wel of het me zou lukken. Sommige dagen had ik amper klanten. Je hebt het niet voor het kiezen als taxichauffeur. En daar had ik het best moeilijk mee. Ik heb graag alles onder controle.'

'Dat zal je dan straks van pas komen. Studeren zul je zelf moeten doen. En dáár twijfel ik niet aan. Je zult het vast goed doen op school. En je zult een uitstekende onderwijzer worden.'

'Dank u wel, broeder. Maar dat zal dan ook uw verdienste zijn. Zonder u was ik nooit zover gekomen.'

'Je bent me geen enkele dank verschuldigd. Jouw geluk is ook mijn geluk.'

Verlegen sloeg hij zijn ogen neer. In een routineuze beweging trok hij zijn handschoenen strak.

'Die hoef je binnenkort niet meer te dragen,' zei ik.

'Nee, gelukkig niet,' lachte hij, 'en die stomme pet kan ook af.'

'Je das kan wel nog.'

'Misschien,' zei hij niet geheel overtuigd. Hij maakte aanstalten om de auto te starten, maar bedacht zich toen.

'Pai,' begon hij met een bezorgde uitdrukking op zijn gezicht, 'hoe moet ik het hem vertellen? Hij zal nooit willen dat ik de auto verkoop. En wat ik er ook voor vang, het zal nooit genoeg zijn.'

'Maak je daar niet te veel zorgen over. Het zal wel loslopen.'

'Ik hoop het. Ik wil hem geen verdriet doen.' Net als zijn moeder dacht hij nooit in de eerste plaats aan zichzelf.

'Je eigen toekomst gaat nu voor, Max. Je hebt genoeg offers gebracht.'

Hij knikte, staarde een korte poos voor zich uit en startte de auto.

Het geluid van de motor bracht me in herinnering dat ik hem ook nog wat moest vertellen. In mijn leven ging er eveneens iets veranderen. Ik leunde naar voren en zei: 'Ik ga binnenkort ook voor mijn rijbewijs. Broeder-overste wil een bestelbusje kopen om makkelijker spullen rond te brengen en hij vindt dat ik ermee moet gaan rijden. Ik ben de jongste.'

'O, kijk eens aan, van harte,' zei Max oprecht blij. 'Ik kan u wel wat tips geven. En als u dat wilt, kunnen we ook een keer de examenroute rijden. Ik weet precies waar u op moet letten.'

'Zal me zeker van pas komen. Dank je.'

'Mijn beste klant kwijt. Dan stop ik precies op tijd. Zegt u maar tegen broeder-overste dat hij een automaat koopt. Daar kan een kind mee rijden. Misschien heeft hij interesse in een Dodge? Ik ken iemand die een Dodge Matador verkoopt. Bouwjaar 1961. In prima staat. Wat zeg ik? Zo goed als nieuw!'

'Ik zal het hem voorstellen. Daar heeft hij vast oren naar. Geen betere auto dan een Dodge Matador om de Blijde Boodschap in te vervoeren.'

'Plaats zat, broeder! Plááts zat!'

19 juli 2001 — 0u21

Toen kwam 30 mei 1969. *Trinta di mei*, zoals het in ons collectieve geheugen gegrift staat. Nog maar een paar weken eerder had pater Römer harde woorden gesproken tijdens een mis op de raffinaderij. Hij waarschuwde dat er snel dingen moesten veranderen, want anders zouden de onderdrukten in opstand komen, en dan zou er bloed vloeien. Zo had hij het letterlijk gezegd. Achteraf hadden de blanke heren in hun koele kantoren er schande van gesproken dat de pater zo'n toon durfde te gebruiken. Conclusies hadden ze niet getrokken. Zelfs valse beloftes bleven uit. Wat ze daarbij over het hoofd zagen, was dat pater Römer precies wist wat er leefde bij de arme bevolking.

Dertig mei viel dat jaar op een vrijdag. Een snikhete dag. Er stond geen zuchtje wind. Toen broeder Tinus en ik die ochtend van ons klooster in Groot Kwartier naar Barber reden viel ons onderweg de massa voor de raffinaderij op. Tweeduizend, misschien wel drieduizend arbeiders hadden zich verzameld bij Post 5, een van de ingangen tot het terrein. Er werd al een paar dagen gestaakt voor gelijke lonen voor gelijk werk, zoals op spandoeken te lezen viel, maar zoveel mensen hadden we niet eerder gezien.

'Bijna allemaal zwarten,' stelde broeder Tinus vast.

Ik herinnerde hem aan wat pater Römer had gezegd.

'Laten we voor één keer hopen dat hij ongelijk krijgt,' zei hij. 'Niemand zou erbij gebaat zijn.'

Ikzelf betrapte me erop dat ik het tegenovergestelde dacht. Misschien was een opstand de enige manier om iets te veranderen. Maar toen wist ik nog niet hoezeer alles uit de hand zou lopen. Het eerste nieuws daarover vernam ik toen broeder Tinus rond tien uur mijn klas binnenkwam en zei dat alle leerlingen zich met hun spullen op de speelplaats moesten verzamelen. Hij nam me even apart om me in te lichten. De staking bleek geëscaleerd en een groeiende stoet van opgehitste demonstranten was op weg naar Fort Amsterdam om het aftreden van de regering te eisen. Onderweg hadden ze al de supermarkt van Henderson geplunderd en de gebouwen van Texas Instruments bestormd. Blanken werden bedreigd, zelfs aangevallen, auto's in brand gestoken. Op de radio was opgeroepen alle winkels te sluiten en ouders werd aangeraden hun kinderen van school te halen.

'*Nos lo siña nan respetá nos*. Dat scanderen ze,' zei broeder Tinus. We zullen ze leren ons te respecteren.

Hierna was ik me nog amper bewust van wat ik tegen de leerlingen zei, maar blijkbaar handelde ik routineus genoeg om niets te laten merken van de onrust die er in mij heerste. Ze pakten hun spullen en volgden me in alle stilte naar buiten. Aan de blikken van mijn blanke collega's die zich daar al hadden verzameld, zag ik dat ze zich afvroegen wat er in me omging, maar niemand vroeg ernaar.

Tegen de middag kwam het bericht dat een van de vakbondsleiders door de politie was neergeschoten en twee demonstranten waren omgekomen. Toen brak de hel pas goed los.

'Willemstad brandt.'

Broeder Tinus kwam het ons fluisterend vertellen om de achtergebleven leerlingen niet te verontrusten, maar de angst op zijn gezicht kon hij voor niemand verborgen houden.

Ik geloofde het eerst niet, tot ik vanaf de speelplaats in de verte dikke rookwolken zag, die als zwarte vuisten boven het eiland hingen en steeds hoger de lucht in gingen.

Broeder Tinus was bij me komen staan en legde een hand op mijn schouder.

'Gaat het?' vroeg hij.

Ik maakte een hulpeloos gebaar met mijn hand en zei: 'Ik weet niet eens of ik me moet schamen voor mijn volk.'

Broeder Tinus schudde zijn hoofd en zei: 'Mijn volk moet zich schamen.'

Het brandde zowel in Punda als in Otrobanda. De ene winkel na de andere werd geplunderd. Later hoorden we hoe moeders en kinderen winkelkarren vol levensmiddelen naar buiten reden – zakken suiker en rijst, hompen vlees, conserven –, anderen renden weg met dure kleren, koffers, tot matrassen en koelkasten toe.

Ik probeerde wanhopig mijn vader te bereiken om te horen of hij in veiligheid was, maar bij de buren, die telefoon hadden, zeiden ze dat hij niet thuis was. Mijn collega's waren intussen ook vertrokken om hun kinderen op te halen, broeder Tinus en ik bleven achter bij onze leerlingen.

Uiteindelijk belde mijn vader zelf. Nog steeds hoor ik zijn stem, net voor hij ophing: 'Zijn dit *yu di Kòrsou*?'

Kinderen van het eiland.

Ik wist niet wat te zeggen.

Tegen het eind van de middag reden broeder Tinus en ik terug naar ons klooster in Groot Kwartier. We zeiden geen van beiden een woord. Onderweg hoorden we op de radio dat het Sint Martinus College van de Zusters van Roosendaal in brand stond. Het gezicht van broeder Tinus verstrakte. Ik sloot mijn ogen om in stilte te bidden.

Bij het naderen van Willemstad konden we de brand ruiken. Broeder Tinus deed zijn raampje dicht en zette de ventilatie uit. De lucht boven de daken zag rood van de hoog oplaaiende vlammen. Trucks met gewapende Nederlandse mariniers haalden ons in.

Via de Schottegatweg reden we langs de terreinen van de raffinaderij naar Groot Kwartier. De ringweg lag bezaaid met stenen en stokken, verderop zagen we uitgebrande auto's, een Volkswagen, een pick-up, een jeep. We kwamen langs de geplunderde en verlaten Henderson. Het gebroken glas glinsterde in de zon. Er doolden nog demonstranten rond, in gescheurde shirts, op blote, bebloede voeten, en in hun blik een waas alsof ze in trance waren.

In het klooster luisterden we de rest van de dag naar de radio. De ene brand werd geblust, de andere werd aangestoken of laaide weer op. De avondklok werd ingesteld, maar dat kon niet verhinderen dat het bisschoppelijk paleis ook nog in vlammen opging.

'Bisschop Holterman is ongedeerd. Godzijdank.'

Dat zei broeder-overste, terwijl door me heen flitste: bisschop Holterman spreekt niet eens de taal van het eiland.

De volgende ochtend hadden de mariniers de stad hermetisch afgesloten. De zusters van Roosendaal hadden onze hulp gevraagd om hun archieven te verhuizen en onder begeleiding van een patrouille liepen we via Punda, over de pontjesbrug, Otrobanda binnen. De toestand bleef gespannen. De vakbonden wilden dat de gearresteerde leiders van de opstand werden vrijgelaten en eisten nog steeds het aftreden van de regering.

De stad lag erbij alsof hij de hele nacht was gebombardeerd. Gebouwen in puin, zwartgeblakerde gevels, kapotgesprongen ruiten, de straten vol stof en stenen, en – allesoverheersend – de indringende geur van rook.

Van het klooster van de zusters was slechts het skelet overgebleven. Enkel de muren stonden nog overeind, het dak was verdwenen, binnen was alles weggevaagd. Ook de aanpalende school was verwoest. Zuster Modesta leidde ons door de uitgebrande klaslokalen. De schoolborden waren kromgetrokken van de hitte. Op de tafeltjes van de leerlingen lag een dikke laag roet, van sommige stond het blad nog open, zo overhaast waren de meisjes naar buiten gevlucht, schriften en boeken waren achtergelaten en half verkoold.

Ik kreeg tranen in mijn ogen. Het voelde alsof mijn ouderlijk huis was afgebrand. Naast me maakte broeder Tinus een kruisteken en zei: 'Moge God het hun vergeven.'

Toen zag ik tot mijn verbazing Max.

Hij stond op het binnenplein van de school en keek me aan door een van de gaten in de buitenmuur, waar voorheen ramen hadden gezeten. Zuster Modesta had hem ook opgemerkt en riep, met in haar stem nog de angst van de vorige dag: 'Wat doe je daar? Maak dat je...'

'Max,' zei ik snel, 'dat is Max. Een leerling van mij.' Ik gebaarde dat het in orde was en haastte me het klaslokaal uit.

Ik schrok toen ik hem van dichtbij zag. Het leek alsof hij op de vlucht was voor iets of iemand. Zijn hemd was helemaal bezweet en hing half uit zijn pantalon, een van zijn mouwen was gescheurd, zijn pet en zijn das waren verdwenen, zijn schoenen zaten onder het stof. Ook zijn gezicht was nat van het zweet en in zijn anders zo heldere ogen lag de blik van een schuw dier.

'Max, wat is er? Hoe kom je hier?'

'Ze zeiden in het klooster dat u hier was. Ik moest u zien.'

'Waarom? Wat is er?'

'Volg mij. U moet me volgen. Kom.'

'We kunnen geen kant op.'

'U moet meekomen. Alles is voor niets geweest.'

'Wat, Max?'

Maar hij had zich al omgedraaid en liep van me weg.

'Max, wacht!' riep ik.

Zonder om te kijken rende hij het binnenplein over. Ik ging achter hem aan.

Even was ik hem kwijt, toen zag ik dat hij langs een deur aan de achterzijde van het gebouw de straat op was gegaan, waar hij op me wachtte. Zodra ik bij hem was, zette hij er weer stevig de pas in. Het kostte me moeite hem bij te houden. Hij wist precies hoe hij moest lopen, langs verlaten straten en steegjes waar ikzelf nooit eerder was geweest. We kwamen niet één patrouille of versperring tegen.

Hij liep helemaal door tot aan de kustweg. Daar stopte hij abrupt, alsof er een muur voor hem was opgedoken.

'Kijk dan!' zei hij. Zijn stem schoot de hoogte in. 'Kijk dan!'

Ik zag niet meteen iets opvallends. De straat was op een rij geparkeerde auto's na leeg. In de verte, richting Punda, was de weg afgezet. Aan de overzijde strekte de zee zich uit tot aan de horizon. Hoog in de staalblauwe lucht zweefde loom een fregatvogel.

Ik wendde me tot Max. Hij trilde over zijn hele lichaam. Ik legde een hand op zijn onderarm.

'Rustig maar,' zei ik.

Hij schudde krachtig zijn hoofd. 'Ze waren bezeten. Bezeten! Kijk! Dáár! De Dodge!'

Hij had gewoon zijn werk gedaan. Zo zag hij het. Plichtsgetrouw, en ook, elke cent telde, elke gulden bracht hem dichter bij zijn doel.

Hij was die ochtend in de buurt van Post 5, waar de stakers zich hadden verzameld. Algauw had hij door dat er daar geen klanten te halen vielen en was naar de ingang aan Dam Negropont gereden, aan de andere kant van het fabrieksterrein.

Toen was bij Post 5 de mars van start gegaan en het geweld begonnen. Max hoorde ervan op de radio. Hij aarzelde of hij moest blijven staan of vertrekken. Hij liet de motor in ieder geval draaien.

Vanuit een van de gebouwen op het fabrieksterrein kwam een man naar hem toe gelopen, een blanke, in een wit hemd met een das, een bediende, misschien wel hoger. Toen hij Max zag, keerde hij eerst nog op zijn schreden terug.

'Omdat ik zwart was. Dat viel zo van zijn gezicht te lezen.'

Daarna vroeg hij toch om hem naar het Sint Albertus College in Punda te brengen. Hij droeg Max op zo snel als hij kon te rijden en betaalde meteen, veel meer dan Max ooit zou hebben gevraagd.

Max dacht niet verder na en reed naar Punda. De stad stond nog niet in brand toen.

De passagier zei geen woord. Hij zat schuin op de achterbank en keek voortdurend nerveus om zich heen. Max zelf zei ook niets, hij had het te druk met op de weg te letten, hij reed harder dan ooit.

Bij de school moest Max op hem wachten tot hij terug

was. Van overal kwamen ouders aangereden om hun kinderen op te halen. Ze vluchtten alsof er een enorme vloedgolf over de stad zou komen.

De man kwam terug zonder kinderen.

'Ze zijn al opgehaald,' zei hij.

Hij wilde naar de Asteroïdenweg worden gebracht, naar zijn huis, opnieuw met spoed, opnieuw tegen een flinke betaling.

'Voor dat geld moet ik soms een maand werken. Dus ben ik meteen omgekeerd, de kortste weg terug, langs Berg Altena en zo via Schottegatweg Zuid.'

Bij het Autonomiemonument aan de Rijkseenheid Boulevard kon hij niet meer verder. Een menigte, zo groot als hij nog nooit had gezien, kwam hem tegemoet, allemaal zwarte jongens en mannen. Ze zwaaiden dreigend met stokken en ijzeren staven en hadden grote flessen sterkedrank bij zich, die ze aan elkaar doorgaven.

'Keer om! Keer om!' schreeuwde de man op de achterbank in Max' nek.

Uit de menigte hadden zich al demonstranten losgemaakt. Ze kwamen recht op de auto af.

Max stapte uit om te tonen dat hij een van hen was. Eén moment slaagde hij erin ze tegen te houden. Tot er werd geroepen: '*Aki, un makamba!*'

Ze hadden de blanke man op de achterbank ontdekt en begonnen op de ruit te tikken, eerst met één vinger, daarna met een vuist, ten slotte met een stok, waarmee ze de ruit insloegen.

Max schreeuwde de longen uit zijn lijf dat ze moesten stoppen.

'Maar hun ogen waren helemaal wit, broeder.'

In zijn wanhoop vloog Max een van de geweldenaars aan,

die hem met zo'n kracht van zich af duwde dat hij enkele meters werd teruggeworpen en achterover op de grond viel.

'Traidó! Traidó stinki!' hoorde Max toen roepen, een kreet die door anderen werd overgenomen. Dat hij een verrader was! Een vuile verrader!

Ook hoorde hij dat er nog een ruit sneuvelde, en nog één, vervolgens brak het glas van de voorste en ook van de achterste lampen. En toen hij opkeek, zag hij dat twee jongens, niet veel ouder dan hij, op het dak van de auto aan het springen waren, met blote voeten, hun armen hoog in de lucht geheven. Anderen gaven daarbij het ritme aan door met ijzeren staven op de motorkap en de chromen bumpers te slaan, steeds harder, steeds sneller.

Dat de passagier uit de auto werd gesleurd, was Max' redding. Als hyena's stortten de relschoppers zich op de man, waardoor Max kans zag om ongemerkt naar zijn auto te kruipen en weer achter het stuur plaats te nemen. Zonder nadenken duwde hij onmiddellijk het gaspedaal in, keerde om en stoof weg, naar niets of niemand meer omkijkend, niet naar de passagier die hij achterliet, en evenmin naar de jongens die nog met stenen naar zijn auto gooiden en hem nariepen.

'Traidó! Traidó! Traidó stinki!'

19 juli 2001 — 0u52

In de eerste dagen na de opstand overheersten verdriet en ongeloof, niet enkel bij mezelf, maar bij vele eilandbewoners, onder wie de vandalen zelf. Ik zag mannen, anders groot en fors, ineengedoken zitten huilen als een klein kind om wat ze zelf hadden aangericht. Moeders keerden terug naar de winkel met de spullen die zij of hun kinderen gestolen hadden of lieten ze achter op een plek waar de eigenaar ze zou vinden.

'Het was sterker dan ikzelf, broeder, vergeef me, ik wist niet wat ik deed.'

Bij de meerderheid van de blanke bevolking was er veel onbegrip en woede. De schuldigen moesten worden gestraft, de kosten van de ravage betaald door de arbeiders en de vakbonden.

Gelukkig kreeg de rede snel de overhand en opeens konden er dingen die voorheen onmogelijk waren. De regering trad af, de gearresteerden werden vrijgelaten, onderhandelingen begonnen. Langzamerhand groeide de hoop dat er werkelijk dingen zouden veranderen, wat aanvankelijk ook gebeurde. De arbeiders kregen hogere lonen, er kwamen verkiezingen en voor het eerst werden allerhande verantwoordelijkheden en functies aan zwarten toegekend, tot in de hoogste bestuurlijke organen toe. Vervolgens liep het mis. Wat sommigen beschouwden als een groeiende vorm van wederzijds respect, bleek slechts een oppervlakkige toenadering. De kloof tussen blank en zwart, arm en rijk, die er al sinds generaties was, kon niet simpelweg gedicht worden met enkele verschuivingen op papier. Ik merkte het iedere keer wanneer ik mijn oor te luisteren legde bij de ouders van mijn leerlingen en bij mijn collega's op school. Mijn medebroeders vingen dezelfde signalen op. De jaloezie bleef, de achterdocht nam toe en de haat gloeide ook na weken en maanden nog na, veel wind was er niet nodig om het vuur te doen opflakkeren.

Met lede ogen zag ik hoe de ene na de andere leraar naar Nederland terugkeerde, voorgoed, hun tropenjaren en vele onuitgesproken woorden meenemend. Hun paradijs was verloren. Ook meer en meer geestelijken vertrokken, nadat ze er zelf om hadden gevraagd of door het moederklooster waren teruggeroepen. De missie zat er grotendeels op, werd gezegd, de vorming had haar vruchten afgeworpen, de bevolking kon het nu wel alleen aan.

Dat was niet zo. De nood was hoger dan ooit. De vrijheid, de zelfstandigheid, de verantwoordelijkheid, dat alles was te veel in één keer. De met zoveel moeite verkregen zelftrots veranderde binnen de kortste keren in overmoed en ijdelheid en een volstrekt gebrek aan zelfkritiek. Wie macht kreeg, wilde die niet meer kwijt. Corruptie, wanbeheer, graaicultuur, uiterlijk vertoon, alles bleef zoals het was, ook met zwarten in het bestuur. Elke nieuwe regering beloofde beterschap, niet één heeft die in alle volgende jaren gebracht.

Maar ik loop op de dingen vooruit. Zelfs na al die tijd laat ik me nog leiden door mijn teleurstelling omdat we de kans gekregen hebben en het verknoeiden. Keer op keer.

Dat besef ik vannacht opnieuw, nu ik het verhaal van Max vertel en mezelf dwing de balans op te maken hoe het zover heeft kunnen komen dat hij momenteel in het vliegtuig zit, op weg naar Nederland.

Aan de motor van de Dodge scheelde niets. Die verkeerde zelfs in een uitstekende staat. Dat was het enige goede nieuws dat de garagehouder had toen Max en ik daags na de opstand de schade lieten opnemen.

The Super Red Ram. Onverwoestbaar. Ik hoorde het Max nog zeggen die eerste dag bij me in de klas.

Daarna kwam het slechte nieuws. De Dodge Matador was slechts één jaar geproduceerd door de fabrikant, Chrysler. Nieuwe onderdelen waren daardoor schaars en duur en tweedehands stukken zo goed als onvindbaar. Voorts zou het uitdeuken van de carrosserie sowieso al een fortuin kosten.

'Eerlijk, jongen,' zei de garagehouder, 'je kan maar beter een andere auto kopen. En ik geef je voor dit wrak, wel, laat ik zeggen, vierhonderd gulden.'

'Vierhonderd?' riep Max verontwaardigd uit. Het was niet eens een fractie van wat hij er een paar dagen eerder voor zou hebben gekregen.

'Vierhonderdtwintig. Meer kan ik echt niet geven.'

Max keek me met een radeloze blik aan.

Op korte termijn was de beste oplossing inderdaad dat Max van zijn spaargeld een tweedehands auto zou kopen en opnieuw voor enige tijd als taxichauffeur aan de slag ging. Op de verzekering hoefde hij niet te rekenen, evenmin als alle andere slachtoffers van de vernielingen en plunderingen. Schade door geweld was door geen enkele polis gedekt.

Max besefte dat hij geen andere keuze had, maar wilde toch eerst met zijn vader overleggen. Het was tenslotte diens auto. Hij vroeg of ik bij dat gesprek aanwezig wilde zijn. En liever vandaag dan morgen. Er was toch geen weg meer terug.

Omdat er regen was voorspeld, plakten we de ingeslagen ruiten dicht met plastic en reden vervolgens naar Barber. Het eiland verkeerde nog in shock. Er was verwarring, schaamte, onzekerheid, angst. Bij Max bleef enkel dat laatste over naarmate we dichter bij zijn huis kwamen. Hij ging almaar trager rijden. Zijn bovenlip zag nat van het zweet. Zijn handen plakten aan het stuur. Tussen ons in lagen zijn pet, zijn das en zijn handschoenen. De achterbank lag nog vol glasscherven. Op de leren bekleding zaten bloedvlekken.

Meestal hoorde Roy de Dodge aankomen en tilde hij het doek van het raam waarachter hij zijn dagen doorbracht al op wanneer zijn zoon de laatste bocht naar huis nam. Deze keer liet Max de auto van ver uitrollen. Pas toen hij geparkeerd stond en de handrem aantrok, verscheen Roy aan het raam. Hij knipperde een paar keer met zijn ogen om het beeld dat hij zag scherp te stellen. Zijn gezicht vertrok alsof zijn hart stopte met kloppen. Naast me wendde Max zijn blik gegeneerd af. Een paar seconden was alleen nog te horen hoe de wind speelde met het deels losgekomen plastic van de zijruiten. Toen klonk de stem van Myrna. Ze was vanachter het huis tevoorschijn gekomen, in haar handen wat maiskolven, die ze net had geplukt en nu liet vallen.

'O, mijn god!'

Ze liep om de auto heen, recht naar het portier, dat ze met een ruk opentrok, boog naar voren en begon Max af te tasten, zijn gezicht, zijn schouders, zijn armen, zijn borst, tot ze er zeker van was dat hij niets had gebroken, niet bloedde. Wel drie keer kort na elkaar vroeg ze wat er gebeurd was.

Max zei enkel: 'Alles komt goed, mai, maak je geen zorgen.' Maar zijn stem klonk allesbehalve overtuigend.

We gingen naar binnen, want Roy had de kracht niet gevonden om naar buiten te komen. Evenmin slaagde hij erin een woord uit te brengen terwijl Max zijn verhaal deed. Al die tijd hield hij zijn blik gericht op zijn kromme klauwen, die in korte spasmen onophoudelijk bewogen. Wanneer de woorden in Max' keel stokten, nam ik zijn verhaal over.

Myrna en Roy wisten nog niets van de hele opstand, noch van enig geweld of van buitensporige vernielingen. Myrna had rook gezien, dat wel, maar die kwam van de raffinaderij, zoals zo vaak, had ze gedacht. Toen ze dat zei drong het pas goed tot me door dat ze, op de dagen dat ze niet hoefde te werken, op haar eigen eiland leefde, niet veel groter dan het krimpende lichaam van de man die ze dag en nacht verzorgde.

Toen Max klaar was vroeg ik me af of Roy er ook maar één seconde met zijn gedachten bij was geweest, tot hij opeens, in de lange stilte die volgde, zijn stem door de kamer liet rollen.

'Rotnegers!' riep hij uit.

Bij het weggaan voelde ik me opgelucht dat het bij die ene korte uitbarsting was gebleven. Hij bleef zelfs stoïcijns kalm toen Max hem inlichtte dat het beter was om een andere auto te kopen. Voor de Dodge zouden ze nog wat geld kunnen krijgen.

Hij had niet eens gevraagd hoeveel.

Wat er daarna is gebeurd, is lang voor mij verzwegen en ik heb er ook nooit het fijne van geweten. Roy heeft er immers geen woord over losgelaten en Max kon er pas na jaren over praten en dan nog slechts met grote terughoudendheid. Myrna begon er als eerste over, maar ook zij heeft nog een hele poos gedaan alsof er niets aan de hand was. Wanneer ik haar vroeg of Max al een andere auto had gekocht, herhaalde ze wat Roy haar op de mouw had gespeld toen hij en Max waren teruggekeerd nadat ze samen naar een andere auto waren gaan kijken.

'Er zijn tientallen auto's vernield bij de opstand, en die handelaars maken daar natuurlijk misbruik van. Zelfs voor een roestbak vragen ze een fortuin. Allemaal zakkenvullers. Ze teren op andermans ellende. Roy zegt dat Max daarom beter nog wat wacht.'

Max zelf zag ik geruime tijd niet, op een toevallige keer na, zo'n twee weken na de opstand. Het was vroeg in de ochtend, nog donker, en ik stond bij de schoolpoort de eerste leerlingen op te wachten toen ik een auto met redelijk hoge snelheid zag naderen. Hij kwam van de kant van San Pedro. Met uitgestoken arm maande ik de chauffeur te vertragen, wat hij ook deed. Maar nog voor hij bij de schoolpoort was, trok hij alweer op, waarbij de motor een geluid maakte als een stofzuiger. De auto schoof voorbij en in een flits herkende ik de Dodge en, door de achterruit, ook het silhouet van Max, die aan het stuur zat. Ik zwaaide nog met beide armen, maar hij reed verder, blijkbaar naar huis. Het voorval hield me nog enige tijd bezig en ergens halverwege de ochtend drong het tot me door dat de lichten hadden gebrand, zowel voor als achter, weliswaar zwak, maar ze deden het weer.

Toen ik Myrna erover aansprak, schrok ze, maar meteen herstelde ze zich.

'Als hij niet kan slapen, gaat hij rondjes rijden.' Daarom ook had hij de lichten laten maken. Maar alleen de gloeilampjes, wist ze, het glas zelf was vervangen door plastic.

Ik stelde mezelf er verder geen vragen bij en doordat het einde van het schooljaar naderde, met alle drukte die daarbij kwam kijken, was ik het voorval weldra vergeten.

Niet veel later, twee of drie dagen voor de vakantie begon, kwam ik Myrna tegen in de gang en vertelde haar terloops dat ik drie weken naar het moederklooster in Nederland zou gaan om wat tot rust te komen. Dat ik voor lange tijd weg zou zijn, leek haar onaangenaam te verrassen. Niettemin wenste ze me een fijne vakantie toe.

'Dat hebt u verdiend.'

De volgende dag stond ze voor mijn lessenaar. Ik was de eindrapporten van mijn leerlingen aan het schrijven en had haar niet horen binnenkomen. Aanvankelijk informeerde ze naar de resultaten van mijn klas, hoeveel jongens er geslaagd waren en wat sommige gingen studeren, ook begon ze over hoe netjes mijn lokaal er altijd uitzag in vergelijking met dat van mijn collega's, enzovoort. Ik moet haar hebben laten merken dat ik het druk had, want opeens kwam ze ter zake.

'Het is misschien een wat ongewoon verzoek, broeder, en ik hoop dat u het me niet kwalijk neemt, maar... kunt u mij wat geld lenen, niet voor lang, tot u terug bent uit Nederland?'

Snel wendde ze haar ogen van me af en staarde met gebogen hoofd naar haar kleine voeten.

Haar vraag overviel me en hoewel ik graag de reden van haar verzoek had gekend, vroeg ik in eerste instantie enkel hoeveel ze nodig had. Ze noemde een bedrag dat ongeveer overeenkwam met wat ze in een maand verdiende.

Opnieuw had ze me slechts kort aangekeken, waarna ze weer naar de vloer staarde, alsof haar aandacht voortdurend werd getrokken door een stofvlok die ze was vergeten op te vegen.

Ik dacht kort na en zei: 'Ik weet niet of ik dat bij elkaar krijg. Misschien kan ik aan broeder Tinus een voorschot op je loon vragen.'

'Als u dat zou willen doen,' zei ze. 'Daar ben ik ook al mee geholpen.'

'Hij zal vermoedelijk willen weten waarom je het nodig hebt,' opperde ik.

'O, ik speel *sam*,' zei ze achteloos, alsof het de gewoonste zaak van de wereld was.

'Sam,' herhaalde ik en schudde afkeurend met mijn hoofd.

Er kwam een ontstemde uitdrukking op haar gezicht. Ze had vast op meer begrip gerekend. Maar ik was allesbehalve een voorstander van sam. In het verleden had mijn vader er een paar keer een flinke som geld mee verloren. Laat me kort uitleggen hoe sam in zijn werk gaat. Een aantal personen stort gedurende een bepaalde periode elke week of maand eenzelfde som geld in een gemeenschappelijke kas, die beheerd wordt door de samhouder. Na iedere storting keert hij of zij het totale bedrag uit aan een van de deelnemers, totdat iedereen aan de beurt is geweest. Sommigen krijgen daardoor vroeg een grote som geld, anderen later, afhankelijk van hun plaats in het beurtsysteem. Als commissie krijgt de samhouder, die zelf niet meespaart, ook één keer hetzelfde bedrag. Sam wordt gezien als een vorm van sparen, maar toch vooral, en ook in mijn ogen, van krediet voor de arme man, die zelden een lening bij de bank of een andere instantie kan krijgen. Solidariteit en vertrouwen spelen een grote rol en uiteraard de draagkracht van de deelnemers. En daar loopt het soms mis. Mijn vader was twee keer zijn geld kwijtgeraakt doordat deelnemers niet meer wilden of konden doorbetalen nadat ze zelf het geld uit de kas hadden gekregen.

Mijn houding noopte Myrna tot meer uitleg en zich verontschuldigend begon ze over Lola, haar nicht in Otrobanda. Zij was samhoudster en had haar aangeboden om mee te doen aan een nieuwe ronde.

'Ik voelde me vereerd. Dat wil toch zeggen dat ze een groot vertrouwen in me heeft. Ze vroeg zelfs niet naar mijn loonstrook. Ze geloofde me op mijn woord, heus. Nou, dan beteken je toch wat?'

Die laatste uitspraak verbaasde me. Zo had ik haar niet eerder horen praten. Ze had nooit de behoefte gevoeld om zichzelf tegenover anderen te bewijzen. Dat was altijd haar kracht.

Vervolgens ging ze over op een ander, somberder register. Ze zei dat ze wat krap zat en daarom dringend geld nodig had, want over een paar dagen moest ze weer storten. En een week later opnieuw. Maar over maximaal drie weken was het haar beurt. Dan zou zij de kas uitgekeerd krijgen. Dat had haar nicht beloofd. En dan waren alle problemen van de baan.

Ze sprak snel, soms bijna onverstaanbaar, waarbij haar blik voortdurend naar de deur ging, alsof er buiten iemand op haar wachtte. Ik dacht aan onze eerste ontmoeting, bijna tien jaar eerder, de felheid en de beslistheid waarmee ze toen had gesproken, de trots in haar houding, de volharding in haar hele optreden. Van dat alles was weinig meer over. Het was alsof ik haar op het matje had geroepen en zij zich krampachtig probeerde te verantwoorden voor haar gedrag in de hoop dat haar slechts een milde straf te wachten stond. Het ongedwongen respect dat ze altijd voor mij had gehad, was veranderd in onderdanigheid. Allemaal de schuld van Roy, realiseerde ik me. Zoals de reuma zijn eigen lichaam had gesloopt, zo had hij haar wilskracht uitgeput: gestaag, maar meedogenloos.

Toen ze uitgesproken was, wachtte ze zwijgend op mijn reactie. Buiten joelden kinderen om de naderende vakantie. Mijn blik ging kort naar het raam en keerde terug naar mijn handen, die gevouwen voor me op de lessenaar lagen.

'Ik zal kijken wat ik voor je kan doen,' zei ik. 'Maar, eerlijk, ik begrijp het niet. Ik had nooit...' Ik keek op en zag dat ze het huilen nabij was. 'Myrna?'

'Max... Hij is alles kwijt. Al zijn spaargeld. Alles.'

Bij een kop koffie vertelde ze wat ze al die tijd voor me verzwegen had. Ze was opgelucht dat ze niet meer hoefde te liegen.

Toen Max en Roy waren teruggekeerd van hun zoektocht naar een tweedehands auto, deed Roy alsof er niets was gebeurd. Max was nog even in de leugen meegegaan, tot hij zich niet meer had kunnen inhouden.

'Stel je niet aan, Max,' had zijn vader nog geroepen, maar het was te laat.

De laatste keer dat Myrna hem zo had zien huilen, zei ze, was jaren geleden, toen zijn geit was gestorven.

In het begin had ze niet meer dan wat gestamel uit hem gekregen, waaruit ze enkel had kunnen opmaken dat hij al zijn geld kwijt was. Of het gestolen was of dat hij het onderweg verloren had, daar had ze het raden naar. Tot hij ook het woord 'casino' liet vallen. Toen had Myrna haar opkomende woede op Roy gericht, ze had hem zelfs blauwe plekken geslagen, hij gaf geen kik, zijn trots wankelde niet.

De volgende ochtend zei hij, zonder enig gevoel van schaamte: 'Ik heb geprobeerd het lot een handje te helpen, maar het lot heeft mijn hulp geweigerd.'

Max daarentegen voelde niet alleen schaamte, hij nam ook alle schuld op zich, terwijl ik er zeker van ben dat hij zich aanvankelijk sterk verzet had, maar dat zijn vader hem gouden bergen beloofde, die almaar groter werden naarmate ze dichter bij het casino kwamen.

'Ik had niet naar hem moeten luisteren, mai. Íк zat aan het stuur. Ik had op elk ogenblik kunnen omkeren. Het is mijn schuld, mai, mijn eigen stomme schuld.'

De nacht had hij gebruikt om zijn verdriet te vergeten, of in ieder geval te verdringen, en om zich, zoals steeds wanneer de nood zich aandiende, te bezinnen. Soms leek het wel of zijn hersenhelften strikt gescheiden van elkaar functioneerden, één helft voor de emoties, de andere voor de rede.

Myrna had die nacht ook lang liggen nadenken. Aanvankelijk had het voor haar vastgestaan dat ze Roy zou laten opnemen, en wel nog de volgende dag, maar naarmate de ochtend naderde, was ze gaan twijfelen. Ze had naar zijn ademhaling liggen luisteren en de gedachte dat ze straks dat intussen vertrouwde geluid niet meer zou horen, nooit meer, had haar benauwd. Ze had haar arm uitgestoken en zodra ze de klamme warmte van zijn lichaam had gevoeld op de plek naast haar in bed, die jarenlang leeg was geweest, was ze weer bedaard. Daarna was ze bijna onmerkbaar dichter tegen hem aan gekropen en weer in slaap gevallen. En toen ze 's morgens wakker werd en hij vroeg of ze hem uit bed wilde helpen, zei ze niet wat ze de vorige avond nog had besloten, maar stond op en reikte hem haar beide handen aan.

Max had wel een beslissing genomen. 'Ik ga een baan zoeken,' zei hij die ochtend tegen zijn moeder. 'En zodra het kan, ga ik het huis uit. Veel heb ik niet nodig.'

Myrna was geschrokken, ook van zijn vastberadenheid, want nog geen uur later was hij vertrokken om zich aan te bieden bij snackbars, bandencentrales, marktkraampjes, loodsen, zeilmakers, wat en wie hij maar op zijn weg tegenkwam. De rede moet toen snel voor wanhoop hebben plaatsgemaakt. Het eiland likte nog zijn wonden, de argwaan bij de bewoners was groot, en overal werd hij weggejaagd, zo niet uitgelachen, en waar ze hem wel konden gebruiken, hadden ze geen geld om loon te betalen.

Myrna tegen mij, nadat ze een slok van haar koffie had genomen, die intussen bijna koud was geworden: 'En toen kwam zijn vader met een idee op de proppen. Ik was het er niet mee eens, broeder, dat u het maar weet.'

The night shift.

Max wist meteen wat zijn vader bedoelde. Geen enkele taxichauffeur hield ervan om in het holst van de nacht stomdronken lui op te pikken bij een of andere ongure tent in Otrobanda of aan de poort van Campo Alegre. Zulke klanten moest je van tevoren laten betalen, wist Max, ook uit ervaring, en een veel hoger bedrag dan gewoonlijk, want ze besmeurden de achterbank of maakten krassen in het leer, los van alle verwijten die je moest verdragen omdat je niet wilde stoppen bij een andere kroeg of een nachtwinkel om drank in te slaan. Maar met wat geluk hield je er achteraf flink wat aan over.

'Je hoeft enkel je lichten te laten maken, nieuwe lampjes erin, dat kost een paar gulden,' zei Roy tegen Max. 'Hoe de taxi eruitziet, doet er niet toe, dat weet je zelf ook. En luister, als je dat wil, ga ik wel met je mee, hoor.'

'Jij zet hier geen voet meer buiten of het is tussen zes planken, Roy Tromp!' had Myrna hem toegesnauwd.

Max had inderdaad besloten om de nacht te gaan doen. Myrna herinnerde me aan de keer dat ik hem vroeg in de ochtend naar huis had zien rijden.

'Hij kwam toen terug van zijn werk, en zoals ik al zei, ik was het er niet mee eens, maar die jongen was ten einde raad, en dus liet ik hem gaan, elke avond opnieuw, met pijn in mijn hart. En daarom ben ik naar Lola gegaan, ziet u. Dat was mijn idee. Van mij alleen. Max weet er niets van. Nog altijd niet. Ik wil hem verrassen. Als ik straks de kas uitbetaald krijg, dan kan hij de auto wat laten oplappen en hoeft hij zich niet meer elke nacht de huid vol te laten schelden door die dronken klanten. Dan kan hij weer overdag aan het werk, en over een paar jaar, wie weet, als hij weer genoeg verdiend heeft... misschien dat hij dan...'

Nu ik terugkijk op die middag staat het me weer duidelijk voor de geest hoe gelaten ik reageerde op alles wat Myrna me vertelde. Maar het schooljaar was ten einde en zoals steeds rond die periode voelde ik me moe, uitgeblust, dat jaar nog meer dan anders. De gebeurtenissen rond *trinta di mei* bleven me bezighouden. Hoe langer ik erover nadacht, hoe moeilijker ik het vond om de uitbarsting van geweld een plaats te kunnen geven. Iedere keer als ik in Willemstad kwam en het puin zag, voelde ik me diep beschaamd. De vraag of het nog mijn volk was dat dit had gedaan, kwelde me. Tegelijk raakte ik doordrongen van mijn eigen machteloosheid, een besef dat me steeds zwaarder viel, zozeer zelfs dat ik op den duur mijn roeping in twijfel trok.

Mijn worsteling was broeder Tinus niet ontgaan en een paar dagen voor het gesprek met Myrna had hij me nog bij zich geroepen in zijn kleine kantoor, dat hij als schoolhoofd moest delen met de grote stencilmachine. Hij kon niet langer aanzien, viel hij met de deur in huis, hoe ik door de school doolde als de geest van een monnik die zijn hoofd kwijt was.

Ik deed alsof ik niet begreep waarop hij zinspeelde, maar mijn reactie maakte niet de minste indruk op hem. Hij vouwde zijn handen samen voor zijn borst, alsof hij ging bidden, boog licht voorover en keek me recht in de ogen. Zijn conclusie was bondig en confronterend.

'Je kunt niet het hele eiland redden,' zei hij.

Ik kwam niet verder dan een verontschuldigend handgebaar.

'Je moet de boel hier even loslaten,' vervolgde hij vaderlijk, 'afstand nemen, een paar weken naar Nederland. Het zal je goeddoen.'

Ik was slechts één keer eerder naar het moederklooster geweest, twee weken, in de zomer nadat ik mijn onderwijzersdiploma had gehaald. Ik herinnerde me nog dat ik er warm en hartelijk was ontvangen en dat alle medebroeders vol goede raad waren, en tegelijk nieuwsgierig naar mijn achtergrond. Maar op elk ogenblik dat ik ginds was had ik naar mijn eiland verlangd, ik wilde aan de slag, ik had een roeping waaraan ik gehoor moest geven.

'Ik zal erover nadenken,' zei ik tegen broeder Tinus. Hij had echter al met vader-abt in Nederland overlegd dat ik zou gaan.

'Broeder Laurentius en broeder Jan vertrekken volgende week. Je kunt met hen meereizen.'

Aan dat gesprek dacht ik toen Myrna klaar was met haar verhaal. Ze zat tegenover me in een schoolbank, haar beide handen om de lege kop geklemd, haar gezicht was opgeklaard nu ze alles had kunnen vertellen.

Je kunt niet het hele eiland redden.

En dus zei ik tegen haar, ook al realiseerde ik me dat alle geld ter wereld haar nood noch mijn schuldgevoel zou verlichten: 'Ik zal dat voorschot regelen. Maak je geen zorgen. Ik verwacht niet dat broeder Tinus er een probleem van zal maken.'

19 juli 2001 — 1u26

Die paar weken Nederland in de vakantie van 1969 hebben veel voor mij betekend. Ik kreeg er tijd om me te bezinnen. Om te bidden. Bovendien zaten mijn medebroeders met veel vragen over de toestand op Curaçao, waar ze zelf ook graag hun mening over gaven. Dat gebeurde vaak aan de gemeenschappelijke eettafel, voor of na het avondeten. Eén discussie herinner ik me nog woord voor woord omdat die me de rest van mijn verblijf stof tot nadenken gaf. Broeder Bonifaas, die bijna een halve eeuw in Suriname had lesgegeven, bond de kat de bel aan.

'Ze hebben zich gedragen als kleine kinderen. Eerst hebben ze lange tijd zitten mokken, toen verloren ze hun kop en maakten hun eigen speelgoed kapot en de volgende dag stonden ze te huilen bij de stukken. Laat ze nu maar eens bewijzen dat ze zich ook als volwassenen kunnen gedragen en de verantwoordelijkheid nemen. En geloof me, ik hoop dat ze die kans krijgen, heus. Wat vind jij, broeder Daniel?'

Ik voelde dat alle ogen op mij gericht werden. Ik wikte mijn woorden. Ik was er zelf nog niet helemaal uit.

'Dat is een hard oordeel, broeder Bonifaas,' begon ik, 'maar met spijt in mijn hart moet ik toegeven dat in uw vergelijking een grote kern van waarheid zit. En net als u hoop ik dat wij... zij de kans krijgen zich te bewijzen.' Wij. Zij. Ik was verrast dat ik mezelf tijdens het spreken bijna onbewust had gecorrigeerd, maar de anderen was het blijkbaar niet opgevallen of ze vonden het onbelangrijk.

'Maar zullen ze het kunnen?' richtte broeder Andreas zich tot mij. 'Hebben we ze niet al veel te lang bij het handje genomen?'

'Ze hebben zich toch ook bij het handje láten nemen,' mengde broeder Lambertus zich in het gesprek.

'Hoe het ook zij, ze hebben zich er nu in ieder geval uit losgewrikt, en de vraag is hoe het verder moet,' reageerde broeder Andreas, waarna alle ogen weer naar mij gingen.

'Ik moet u eerlijk bekennen dat ik het niet weet,' zei ik na een korte pauze waarin ik aan Roy, Max en Myrna had gedacht. 'Dat ze hun verantwoordelijkheid nemen, lijdt geen twijfel, die kans laten ze niet voorbijgaan. Maar wat dan? Hebben ze een plan? Een doel? Want eerlijk gezegd, wat mij vooral zorgen baart is het gemak waarmee ze het lot uitdagen en de lijdzaamheid waarmee ze de consequenties dragen, wat die ook mogen zijn.'

'Maar als jij het al niet weet, wie dan wel?' zei broeder Andreas. 'Ik hoor trouwens dat andere ordes eraan denken om iedereen terug te halen.'

'Begrijpelijk,' zei broeder Lambertus, 'want wat heeft het ons opgeleverd? Dat ze bijten in de hand die hen tientallen jaren heeft gevoed. Ze hebben zelfs het bisschoppelijk paleis in brand gestoken. Dat valt toch op geen enkele manier goed te praten.'

Hij keek me dwingend aan, alsof hij verwachtte dat ik hiervoor verantwoording zou afleggen.

'Er zijn inderdaad dingen gebeurd waar ik van geschrokken ben. Die niet hadden mogen gebeuren. Dat is zo.'

'Een schande dus,' zei broeder Lambertus.

'Zo... zo zou je het kunnen noemen.'

Er klonk instemmend gemompel en broeder Lambertus zei: 'Ik ben blij dat ook jij het daarmee eens bent.'

Die 'ook jij' ontging me op dat moment grotendeels. Pas toen broeder Jan, die de hele tijd had gezwegen, een opmerking maakte, besefte ik hoezeer ik vooral bezig was geweest mijn medebroeder naar de mond te praten.

'Ik ben het er niet mee eens,' zei broeder Jan kalm en waardig en juist daardoor sorteerden zijn woorden nog meer effect. 'Ik zie die aanval als een hartenkreet, die we serieus moeten nemen. Bisschop Holterman is er enkel voor de blanke katholieken, de zwarte gedoogt hij zolang ze zwijgen. Ik zeg het liever zoals het is. Waarom heeft hij anders de DP in de ban gedaan, een partij die het goed deed bij de arme zwarte bevolking? Dus, eerlijk, mij verwonderde de brand van het paleis niet. Ik keur het niet goed, maar ik begrijp de frustratie die dit mogelijk heeft gemaakt.'

Het was doodstil aan tafel. De blikken die eerst op mij en vervolgens op broeder Jan waren gericht verschoven langzaam naar vader-abt, die aan het hoofdeind van de tafel zat.

Hij schraapte zijn keel. 'Je beseft toch over wie je het hebt, broeder Jan? Over de bisschop.'

'Al was het de paus zelf.'

Ik schrok. In onze communiteit op het eiland was broeder Jan altijd zwijgzaam geweest. Een stille, harde werker. Rondom mij barstte rumoer los. Vader-abt ging rechtop zitten, maar broeder Jan gaf hem niet de kans om het woord te nemen. Hij zei hardop wat ik alleen maar had durven denken, en zelfs dat soms nog niet.

'We hebben niets anders geprobeerd dan blanken van hen te maken. Liefst van al nog Nederlanders. Onze taal, onze cultuur, onze normen en waarden, alleen die telden.

We dachten dat we ze vormden, maar in werkelijkheid waren we bezig ze te vervormen. En met alle respect, dat was verkeerd. Volkomen verkeerd. Het is hoog tijd om dat te erkennen.'

Ik keerde die avond met gemengde gevoelens naar mijn kamer terug. Vader-abt had prompt een einde aan de discussie gemaakt door het eten te laten serveren en een gebed op te zeggen. Maar in mijn hoofd was het gesprek blijven malen. De woorden en vooral de houding van broeder Jan hadden me op een pijnlijke manier bewust gemaakt van mijn eigen lafheid. Ik had over mijn volk gesproken als over een vreemde stam. Ik had hen bekeken vanuit het perspectief van een fregatvogel, van hoog in de lucht, en niet meer vanuit dat van een hagedis, die zich tussen hun voeten voortbeweegt. Daardoor had ik gesproken als een bevooroordeelde broeder en niet als een zwarte tussen zwarten. Dat was een bittere vaststelling, vooral omdat ik ook tot het besef kwam dat ik al jaren zo handelde, onder meer tegenover Roy, Myrna en Max. Ik had mijn en hun achtergrond verdrongen en geprobeerd hen in een mal te stoppen waarin ze niet pasten. Broeder Jan had groot gelijk. Ik was niet bezig geweest met vormen, maar met vervormen.

Ik heb toen, kort voor ik naar Curaçao terugkeerde, een beslissing genomen die ik al veel eerder had moeten nemen: ik verruilde mijn witte habijt voor gewone kledij. De meeste van mijn Nederlandse medebroeders bleken die stap al te hebben gezet sinds de Kerk er een paar jaar eerder toestemming voor had gegeven, maar voor mij hoefde het nog niet. Ik had daar geen bijzondere reden voor, althans dat had ik al die tijd gedacht. Tijdens mijn verblijf in Nederland realiseerde ik me echter waarom ik die beslissing steeds had uitgesteld: in mijn habijt had ik me minder zwart gevoeld. Ook ik had aan een gebrek aan zelftrots geleden.

Amper was ik terug uit Nederland of ik kreeg te horen dat Roy in het ziekenhuis was opgenomen. Op een ochtend, kort na mijn vertrek, toen Myrna er niet was, wilde hij naar het toilet gaan en was ten val gekomen, waarbij hij zijn schouder ernstig had bezeerd. Al die tijd had hij erover gezwegen en de pijn verbeten, ook toen er zich ter hoogte van zijn schouder een bult had gevormd, zo groot als een tennisbal, aldus Myrna, die zich nog door Roy had laten wijsmaken dat zo'n bobbel kwam en ging, een ophoping van vocht, eigen aan zijn ziekte. Wat moet hebben meegespeeld in het zwijgen van Roy, was de angst dat hij, eenmaal het huis uit, nooit meer terug zou keren, een vrees die terecht bleek.

Toen Roy al een hele poos ook overdag in bed bleef liggen, had Myrna er toch een dokter bij gehaald, die geen moment twijfelde en een ambulance met drie uit de kluiten gewassen ziekenbroeders regelde. Maar Roy liet zich gedwee als een lam wegvoeren. De pijn had hem er eindelijk onder gekregen. In het ziekenhuis werd vastgesteld dat hij ook meerdere doorligwonden had.

Toen ik hem ging bezoeken, zat er een verband om zijn schouder, zijn arm hing in een mitella. Hij maakte een erg verzwakte indruk. Met een wazige blik nam hij me van kop tot teen op en hij moest blijkbaar diep in zijn geheugen graven om zich te herinneren wie ik was, meer als gevolg van zijn zware pijnstillers dan van mijn nieuwe kledij.

Myrna zat bij hem aan bed en fluisterde: 'Broeder Daniel is hier.'

Hij knikte kort.

'Hoe gaat het, Roy?' zei ik.

Zijn blik ging naar Myrna.

'Hij heeft nog steeds veel pijn,' zei ze. 'Hij is eergisteren geopereerd.'

De hoofdzuster had me al ingelicht over zijn situatie. Ze had me ook toevertrouwd dat de vooruitzichten somber waren. Voor het eerst sinds lang had ik medelijden met hem gevoeld.

'Als ik je ergens mee van dienst kan zijn, Roy, een half woord is voldoende.'

Opnieuw knikte hij kort en sloot zijn ogen. Met een zorgelijke blik keek Myrna me aan.

Later, in de gang, kon ik haar even alleen spreken.

'Je hebt meer gedaan dan welke vrouw ooit voor hem zou hebben gedaan,' zei ik.

'Nog niet genoeg,' zei ze. 'Maar zo kan het niet verder. Ik weet het, broeder. De dokters hebben het me al gezegd. Hij kan niet terug naar huis. Ik zal van mijn hart een steen moeten maken.'

Ik zweeg. Ik wilde de druk op haar niet vergroten. Niet dezelfde fouten als vroeger maken.

'Hoe was het in Nederland?' vroeg ze. 'U was toch in Nederland? Hebt u daar uw nieuwe kleren gekocht?' Ze wees op mijn donkergrijze broek en mijn zwarte hemd met korte mouwen en een ronde kraag.

'Broeder Jan heeft me helpen kiezen,' zei ik glimlachend.

'Het staat u goed. Had u al veel eerder moeten doen.'

'Dank je wel. Antillianen zijn altijd wat trager, nietwaar?'

'Dat is zo, broeder. Ik ook. Kijk naar die arme Roy. De chirurgen hebben uren staan opereren. Hij heeft er te lang mee rondgelopen. Ik had veel eerder een dokter moeten roepen.'

'Je hebt gedaan wat je kon, Myrna,' zei ik opnieuw. 'Je hoeft jezelf niets te verwijten. En hij is nu ook in goede handen.'

'O, zeker. Ze zijn hier allemaal even aardig. En zo jong nog sommigen. Goed dat ze hem zware pillen geven, je kent Roy, hè.'

Ik vroeg haar nog hoe het met Max was. Ze zei dat hij weer overdag aan het werk was. Met een deel van het geld dat ze van haar nicht, de samhoudster, had gekregen, had hij de kapotte zijruiten kunnen laten vervangen en nieuwe ruitenwissers gekocht. Meer had hij voorlopig niet nodig om op elk moment van de dag de weg op te kunnen gaan.

'Maar het is niet meer zoals vroeger, toen hij de klanten voor het oprapen had. De mensen blijven weg van het eiland. Ze zijn bang. Maar Max zegt dat het goed komt. Ik hoef me geen zorgen te maken. Dat doe ik natuurlijk wel. Weet u, als hij nu eens een vriendinnetje vond, dat zou goed voor hem zijn. Vlinders in zijn buik, geen muizenissen in zijn hoofd. Hij wordt straks eenentwintig. Ik ken jongens van zijn leeftijd die al een paar keer vader zijn...'

Roy was nog maar net het huis uit of ze begon de leegte die hij naliet weer met verlangens te vullen. Heel even lichtten haar ogen op, daarna dwaalde haar blik af naar de zaal waar Roy lag en verduisterden zorgen opnieuw haar gezicht.

Roy werd vier weken later opgenomen in Huize Welgelegen, aan de rand van Willemstad, onder de rook van de raffinaderij. Twee jaar was verstreken sinds de eerste keer dat ik bij de zusters van Roosendaal had geïnformeerd naar een mogelijke opname voor hem. In die tijd hadden zich zoveel hulpbehoevende bejaarden aangemeld – de meeste hadden have noch goed – dat het verzorgingstehuis te klein was geworden. Toch weigerden de zusters slechts zelden iemand. Onvermoeibaar gingen ze door met de kracht en de middelen die ze hadden, vaak maakten ze dagen van zestien uur en meer.

'Het is vechten tegen de bierkaai,' heb ik menig zuster horen verkondigen, meer als vaststelling dan als kritiek, want meteen daarna klonk het steeds: 'Maar daar hebben we voor gekozen.'

Met zijn zesenvijftig jaar was Roy de jongste bewoner. Aanvankelijk had hij zich verzet tegen zijn opname, maar eenmaal binnen de muren van het tehuis liet hij doorschemeren dat het zijn eigen keuze was. De eerste dagen was hij nog stil en in zichzelf gekeerd, maar omringd door een nieuw, voornamelijk vrouwelijk publiek leefde hij weldra op als een plant die extra licht en water krijgt. Hij begon complimenten en kwinkslagen naar de zusters te strooien, knipoogde naar zelfs de oudste vrouwelijke bewoners, speelde domino met de andere mannen en won bijna altijd, at goed, klaagde nooit, bad met luide stem tijdens de misvieringen in de kapel en zong alle liederen en psalmen mee, werkelijk een voorbeeld volgens de zusters, kortom, hij slaagde er binnen de kortste keren in zichzelf opnieuw een imago aan te meten dat niet geheel strookte met zijn ware aard. Het grote verschil met vroeger was dat hij nu niemand meer kwaad kon berokkenen en alles welbeschouwd enkel zichzelf voor de gek hield, want op elk moment deed hij zich sterker voor dan hij zich voelde. Hij was de clown die zijn dagelijks leed verborg onder een dikke laag schmink. Zijn joviale gedrag, zijn vele gepraat, zijn flinkheid, zoals de hoofdzuster het noemde, dienden voor een groot deel om de aandacht van zijn vervloekte lichaam af te leiden.

Zijn mannelijkheid, de motor van zijn trots, liet hem in de steek, veel te vroeg, en de enige manier waarop hij nog iets van zijn legendarische viriliteit kon tonen, was verbaal.

Het duurde nog vele jaren voor hij tegenover mij toegaf hoeveel verdriet en pijn hij had.

'God had me veel mogen afpakken, een arm, een been, mijn beide benen zelfs, maar niet mijn hele lichaam.'

En een andere keer zei hij: 'Ik was nog liever blind geweest.'

Kort nadat Roy was opgenomen, zegde Myrna haar baan op. Ze kon bij Lola intrekken, haar nicht in Otrobanda, die van het geld dat ze als samhoudster had verdiend een winkeltje in zelfgemaakte sieraden had geopend. Lola was een alleenstaande moeder met vijf kinderen van drie verschillende mannen. In ruil voor kost en inwoning zou Myrna bij haar het huishouden doen. Ze zou dan ook meteen een heel stuk dichter bij Huize Welgelegen wonen, vertelde ze me toen ze afscheid kwam nemen.

Ik had al langer vermoed dat ze die stap zou zetten, eigenlijk al vanaf de eerste keer dat ik Roy in het verzorgingstehuis was gaan opzoeken en ik van een afstand had gezien hoe zij, tegen hem aan leunend, liefdevol haar hand door zijn haar haalde, niet zoals een vrouw bij haar oude man, maar zoals een moeder bij haar zieke kind.

En Max? Ook voor hem had ze een oplossing gevonden. Hij kon voor een klein bedrag per week een kamer huren, eveneens in Otrobanda, niet zo ver van haar vandaan. Meer dan een bed en een gemeenschappelijk toilet was er niet, maar hij kon zich wassen in het huis van haar nicht en voor een paar gulden aanschuiven aan tafel, al maakte hij snel duidelijk dat hij zelf voor zijn eten wilde zorgen.

Over drie dagen zouden ze verhuizen, besloot ze.

Ik was verrast dat ze dit alles in zo'n korte tijd had geregeld. Nu ze door het vertrek van Roy weer ruimte voor zichzelf had gekregen, scheen ze zowel haar wilskracht als haar vastberadenheid te hebben teruggevonden. Ze was niet gekomen om mijn goedkeuring te vragen, ze kwam met een mededeling, die ze, dat zei ze er nadrukkelijk bij, met spijt in haar hart verkondigde.

Voor mijn verblijf naar Nederland had ik misschien nog geprobeerd haar op andere gedachten te brengen, en hoewel op mijn lippen de vraag brandde of ze niet overhaast te werk ging, zei ik dat ik haar begreep en wenste haar veel geluk toe.

Ze was meer dan opgelucht, zei zelfs tot drie keer toe dank u, behoorlijk uitbundig, waarbij ze even vaak in haar handen klapte. Het was op dat moment dat ik besefte hoe bang ze voor mijn reactie moest zijn geweest, ja, waarschijnlijk zelfs bang voor mij. Ik had werkelijk jarenlang op een hoge rots gezeten.

Myrna zou aan Max vragen of hij me de volgende dag na school kon wegbrengen. Ik wilde hem graag terugzien voor hij Barber definitief verliet, gewoon om wat bij te praten en te horen hoe het met hem ging. Ik had hem al een paar maanden niet meer gezien, om precies te zijn sinds ik daags na de opstand met hem mee naar zijn huis was gereden. Misschien komt hij niet opdagen, dacht ik, en moet ik besluiten dat hij zijn eigen weg wil gaan, zonder enige bemoeienis of ook maar belangstelling van mijn kant.

Maar hij kwam, in de Dodge Matador, die nog duidelijk de wonden van de opstand droeg. Het dak en de motorkap vertoonden diepe deuken. Over de hele breedte van de auto zaten krassen. Op sommige plekken was de carrosserie al aan het roesten. De zijruiten waren inderdaad vernieuwd, alleen, wat ik later zou merken, ze konden niet meer tot boven dicht, ze kwamen uit een ander type Dodge.

Max zelf was veranderd zag ik toen hij uitstapte. Hij had een ringbaardje laten staan dat de jeugd uit zijn gezicht had verdreven. Zijn haren had hij naar achteren gekamd en plat tegen zijn schedel geplakt, tegen de geest van de tijd in – zwarten durfden eindelijk hun kroeshaar weer weelderig te laten groeien. Ook zijn kledij had hij aangepast. Zijn pet, das en handschoenen had hij achterwege gelaten, de keurige, zwarte pantalon van zijn vader vervangen door een spijkerbroek. Wel droeg hij nog diens witte hemd en laqué schoenen, het hemd had hij echter maar half dichtgeknoopt, de mouwen ervan slordig opgerold. Van een afstand leek hij in niets meer op zijn vader, misschien opzettelijk, en zag hij eruit als de doorsneetaxichauffeur van het eiland.

Ik groette hem. Knipperend met zijn ogen nam hij me van kop tot teen op, waardoor het tot me doordrong dat ikzelf ook een transformatie had ondergaan. Ik was al aan mijn burgerkleren gewend geraakt.

'Alleen de verpakking is anders,' probeerde ik het ijs te breken. 'Bij jou ook, zie ik.'

Mijn opmerking ontlokte geen reactie. Zijn blik dwaalde even af, tot hij zich blijkbaar herinnerde waarvoor hij gekomen was.

'Moet u naar het klooster?' vroeg hij en reikte al naar het achterportier om het te openen.

Ik was liever voorin gaan zitten, dat praatte makkelijker, maar zijn gestrekte arm wees dwingend naar de achterbank.

Routineus. Dat woord kwam bij me op. Hij handelde routineus.

Zodra hij aan het stuur had plaatsgenomen, keek hij me kort over zijn schouder aan.

'Zes gulden, aan het eind betalen.' De toon van zijn stem schommelde tussen beleefdheid en afstandelijkheid.

'Zes gulden,' herhaalde ik voor mezelf. Hij begreep me verkeerd, alsof ik kritiek had gegeven.

'Nieuwe prijzen,' legde hij uit. 'Beslissing van de bond van taxichauffeurs. Alles wordt duurder door de opstand.'

'O. Je bent bij de bond.'

'Samen sterk,' zei hij overtuigd. 'Als we met één stem spreken kunnen we de nieuwe regering ervan overtuigen om ons te steunen in onze strijd.'

'Strijd?'

'Tegen de reisbureaus die de toeristen zelf van het schip komen halen en in grote bussen naar hun hotels in de stad brengen. Dat is óns werk, ziet u. Zij verdienen al genoeg aan alles. De vorige regering deed er niets aan.'

Het was duidelijk dat iemand hem die woorden in de mond had gelegd. Hij had niet enkel zijn kledij en houding aangepast aan die van andere taxichauffeurs, hij sprak ook hun taal.

Hij startte de motor en begon te rijden, de radio stond aan, luider dan gewoonlijk.

Ik trok mezelf half overeind aan de rug van de stoel voor me en vroeg: 'Hoe gaat het met je? Het is al even geleden.'

'Goed, goed,' zei hij zonder zijn ogen van de weg af te wenden. 'De klanten komen en gaan.' Een ontwijkend antwoord dat zo uit de mond van zijn vader had kunnen komen.

Ik wachtte even en zei toen, iets nadrukkelijker: 'Je gaat verhuizen. Morgen? Overmorgen?'

'Morgen,' mompelde hij voor zich uit.

'Morgen al.'

'Morgen.'

'Als je hulp nodig hebt...'

'O nee, dank u wel. Mijn neef komt.'

'Je neef?'

'Nou ja, hij is niet echt mijn neef. Een zoon van Lola, de nicht van mijn moeder.'

Ik knikte. Zijn aandacht ging naar de radio, die was begonnen te kraken. In plaats van hem uit te zetten, zocht hij een andere zender. Ik leunde weer naar achteren. De zon stond al laag en scheen onder de zonneklep door op zijn kin. In het licht zag ik dat de haartjes van zijn ringbaardje overal precies even lang waren. Myrna vertelde me dat hij ze met een nagelschaartje bijknipte tijdens het lange wachten op klanten.

Van zijn gezicht liet ik mijn ogen naar zijn handen aan het stuur gaan. Ik had mijn rijlessen bijna achter de rug en zou al snel afrijden. Het gemak waarmee Max een bocht nam en de ene hand over de andere sloeg, soms zelfs met één hand stuurde, deed me beseffen dat ikzelf nog veel moest oefenen. Een van de vorige keren had hij me nog beloofd om samen het examenparcours af te leggen en daarom zei ik, in de hoop dat hij het zich zou herinneren: 'Ik ga volgende week mijn rijexamen afleggen.'

Opnieuw was zijn antwoord kort. 'Geen kunst aan.'

Het leek alsof er een glazen wand tussen ons in stond, zoals in de Amerikaanse taxi's.

We kwamen op het lange, rechte stuk tussen Tera Kòrá en Grote Berg. Max draaide het raampje aan zijn kant helemaal open en hing zijn arm half uit het raam. Ik dacht aan onze vroegere gesprekken, waarbij hij me steeds in vertrouwen had genomen en om raad of hulp had gevraagd. Nog geen drie maanden eerder was hij me in paniek zelfs komen zoeken in een belegerde stad, tussen het puin van afgebrande gebouwen. Nu gaf hij me het gevoel dat ik een passagier als alle andere was.

Ondankbaar – heel even kwam dat woord bij me op, maar ik schudde het van me af. Dit was nu eenmaal Max. Na het verlies van al zijn geld had hij alle mogelijkheden gewikt en gewogen en was tot de conclusie gekomen dat er geen uitweg meer was. De Dodge en hij waren tot elkaar veroordeeld, zoals hijzelf later zou zeggen. En dus legde hij zich erbij neer. Geen getreur, geen nostalgie, geen spijt. Met elke kilometer die hij reed liet hij zijn verleden verder achter zich. Ook ons gemeenschappelijk verleden. Zijn leven was niet meer of minder dan de som van de omstandigheden van het moment. Dat bleek nogmaals tijdens diezelfde rit.

'Broeder Daniel?' Opeens richtte hij zich toch tot mij. We waren bijna bij het klooster. Hij had zijn bovenlichaam half naar me omgedraaid, één arm losjes over de rugleuning geslagen. 'Hebt u misschien honger? Ik heb *pastechis*. Misschien wilt u een pastechi?'

'Een pastechi? O nee, dank je, ik krijg dadelijk...'

'Ik heb er meer dan genoeg, hoor.' Hij keek me vrij lang aan, met in zijn ogen de licht smekende blik van vroeger wanneer hij wachtte tot ik hem de toestemming zou geven om het bord schoon te vegen of stencils te maken. Ik wilde hem niet teleurstellen, niet nu hij eindelijk zelf toenadering had gezocht.

'Lekker,' zei ik.

'Wilt u vlees of kip? Ik heb ze allebei.'

'Doe maar kip.'

Hij knikte enthousiast, reikte naar het handschoenenkastje en begon erin te graaien. Met zijn andere hand hield hij de auto op de weg. Hij kwam weer overeind en gaf me over zijn rug een pasteitje aan, dat in een servet was gewikkeld.

'Dank je wel,' zei ik.

'Dat is dan één gulden.'

'O.'

Beduusd staarde ik een korte poos naar het pasteitje in mijn hand, toen haalde ik mijn portemonnee tevoorschijn en zei, naar voren leunend: 'Doe mij er nog maar eentje. Met vlees. Daar is broeder Tinus dol op.'

19 juli 2001 — 1u57

De jaren sleten weg onder de wielen van de Dodge. Dag in, dag uit reed Max zijn rondjes, van het vliegveld naar het Hilton, van Caracasbaai naar Punda, van de raffinaderij naar Julianadorp. Winst maakte hij nauwelijks, en die ging dan ook nog voor een deel naar de bank. Er was te veel concurrentie van andere taxi's, ook illegale, bovendien slempte de Dodge benzine, soms drong een dure noodreparatie zich op wanneer een kabel of een riem het had begeven, op een dag viel de achterbumper eraf. Zo nu en dan had hij een meevaller, die een slechte week goed kon maken. Een cruisetoerist die wilde dat hij hem in zes uur tijd het hele eiland liet zien. Een rijke Amerikaan of Duitser die hij terug naar de boot bracht en al zijn overgebleven Antilliaanse guldens als fooi achterliet. Een zakenman die zich na een lange dag van onderhandelen in Campo Alegre liet verwennen en wenste dat Max op hem zou wachten tot hij klaar was, wat soms lang kon duren, de meisjes hadden ook hun trucjes. Dat hij de ene keer pastechis of brownies verkocht, de andere keer balpennen of lootjes, was niettemin meer een bewuste keuze dan een noodzaak, want zelf leefde hij zuinig. Hij wilde echter dat zijn moeder niets tekortkwam nu ze geen inkomen meer had. Myrna weigerde consequent geld van hem aan te nemen en dus troonde hij haar af en toe mee naar een kledingzaak of de kapster, waar ze zich een nieuwe blouse of een ander kapsel liet aanpraten, niet zozeer om er zelf mee te pronken, maar omdat ze wist dat Roy het op prijs stelde als ze er aantrekkelijk uitzag.

Met Roy ging het naar omstandigheden goed. Als ik Huize Welgelegen bezocht, zo eens per maand, trof ik hem meestal aan in het midden van de grote zaal, in een fauteuil, zijn onderarmen rustend op de armleuningen, waarbij zijn stramme vingers een voor een door een zuster om het smalle hout waren gevouwen. Om hem heen zaten bijna altijd, in een halve cirkel, alsof hij de schikking zelf had bedacht, vier of vijf vrouwelijke bewoners, aan wie hij, ongeacht of ze naar hem luisterden, steeds dezelfde verhalen uit het verleden vertelde. Aangepaste medicatie en nieuwe massagetechnieken remden zijn aftakeling af en drie keer per week werd hij in een bad met warm water gestopt, een luxe die hij in jaren niet had gekend en die de pijn in zijn gewrichten voor korte tijd verlichtte.

'Ik word honderd jaar,' zei hij, en geen zuster die hem tegensprak, hoewel ze daar toen anders over dachten.

Myrna bezocht hem dagelijks en stak een handje toe bij zijn verzorging en bij het eten. Soms maakten ze een wandeling in de binnentuin of rond het tehuis. Aanvankelijk kon hij nog zelf lopen, steunend op haar arm en een wandelstok, een jaar of twee na zijn opname moest ze hem in een rolstoel rondrijden, ook al had hij zich met een looprek nog geruime tijd kunnen behelpen, maar zoiets was voor oude mensen, zei hij.

Soms kon Myrna met Max mee naar Huize Welgelegen, de andere keren ging ze met de bus, ook weleens te voet. Ondanks haar aandringen ging Max zelden mee naar binnen. Hij had wachtende klanten, een afspraak bij de garage, of er kwam een cruiseboot aan, altijd had hij wel een uitvlucht, zoals zijn vader in betere tijden.

Ik zag Max in die jaren maar weinig, en altijd terloops, als onze wegen elkaar kruisten op de pontjesbrug of, later, op de hoge Julianabrug, waarbij we dan allebei claxonneerden en onze hand door het raam naar elkaar opstaken. Ik herkende de Dodge van ver, hij het lichtblauwe Volkswagenbusje van de communiteit waarin ik in die tijd reed. Een paar keer kwam ik hem tegen bij een toko of een tankstation. Ons wederzien was steeds hartelijk, maar zijn antwoorden op mijn vragen bleven oppervlakkig. Het heeft lang geduurd voor hij weer in de achteruitkijkspiegel naar zijn eigen leven kon kijken.

Wat ik van hem wist, wist ik van Myrna. Bijvoorbeeld dat hij twee keer in vijf jaar tijd verhuisde, niet omdat hij een slechte huurder was, integendeel, maar de ene keer omdat de huisbaas na een poos een hogere huur van hem eiste dan hij redelijk vond – Max bleef een man van principes – en een andere keer omdat er in de buurt waar hij terechtkwam herhaaldelijk in zijn auto was ingebroken, zelfs overdag, eerst was zijn radio gestolen, vervolgens enkele kwartjes en dubbeltjes, alles samen minder dan twee gulden, maar daarvoor hadden ze wel een ruit ingeslagen, en – dat was de druppel – toen hij op een zeker moment lekreed, stelde hij vast dat zijn reservewiel verdwenen was.

Myrna bleef intussen de hoop koesteren dat Max een vrouw aan zijn zijde zou krijgen, die hem kinderen en haar kleinkinderen zou schenken.

'Ook voor Roy zou dat een welkome afwisseling zijn,' zei ze in een poging niet zelfzuchtig over te komen. 'Ik zie het bij de andere bewoners van dit huis. Ze leven helemaal op als er kleinkinderen komen.'

Maar haar wachten werd niet beloond en geregeld kwam die oude vrees bij haar naar boven, die ze slechts zelden uitsprak, in tegenstelling tot Roy, die onomwonden zei: 'Als hij maar geen mariku is. Ik onterf hem als dat zo is.'

Max zelf bleef er opvallend nuchter onder wanneer Myrna voorzichtig informeerde naar de stand van zaken.

'Te druk, mai. Trouwens, ik heb jou toch. Een man heeft geen vrouw nodig zolang hij zijn moeder heeft.' Een uitspraak die hem steevast een liefdevolle por opleverde.

Zijn relatie met Lucia begon inderdaad pas na de dood van zijn moeder. Toch kende hij haar al veel langer. Zij was de jongste van de vijf kinderen van Lola, de nicht van Myrna.

'Ik herinner me uit die tijd enkel zijn auto, hemzelf niet,' vertelde Lucia op een keer. 'Hij heeft me toen eens ergens heen gebracht.'

'Naar een verjaardagsfeestje in Brievengat,' herinnerde Max zich wel nog levendig. 'Het regende pijpenstelen.'

'O ja, het water liep langs de ramen jouw auto binnen. En nu weet ik het weer, ik wilde voorin zitten, maar dat mocht ik niet van jou.'

'Je hebt de hele weg zitten mokken en...'

'Ik ben uitgestapt nog voor we er waren en heb het op een lopen gezet, ja, zo was het.'

'Je luisterde toen al niet.'

'Ik kwam kletsnat op het feestje aan, helemaal doorweekt.'

'En achteraf was je moeder boos op míj.'

Een andere keer zei Max in alle ernst tegen Lucia: 'Ik heb op jou gewacht, heus.'

Lucia deed zijn bekentenis meteen af als onzin. 'Ik lach

me een breuk, Max.'

'Nee, ik meen het,' hield Max vol. En hij mompelde iets over de eerste keer dat hij haar zag, met haar vrolijke, donkere ogen, waarvan hij zijn blik niet af kon houden.

Lucia keek hem wantrouwig aan. 'Max, ik was amper tien toen. Je gaat toch niet zeggen dat je... God sta me bij.'

Max zweeg, zoals wel vaker in aanwezigheid van zijn vrouw.

Lucia wendde zich tot mij. 'Nu ja, wat hij ook beweert, als ik op hem had moeten wachten, dan was ons eiland allang gezonken.'

'Ik wacht al mijn hele leven,' zei Max voor zich uit. 'Ik doe niet anders.'

'Ach, gaan we zielig doen,' beet Lucia hem toe. 'Was dan geen taxichauffeur geworden.'

Ze houden van elkaar, veel, Lucia en Max, maar elk op zijn of haar manier, Max met te weinig woorden en temperament, Lucia met te veel.

Lucia was er, zoals dat wordt gezegd, al vroeg bij, op haar veertiende begon ze met jongens te gaan, vaak vriendjes van haar oudere broers. Max zag ze toen nog niet staan. Dat ze in die wilde jaren niet zwanger werd, zoals andere meisjes uit haar klas, was meer een kwestie van geluk dan van gezond verstand, gaf ze later zelf toe. Soms betreurde ze dat.

'Dan had ik niet al die jaren op Sonny hoeven wachten.'

'Je was wel je jeugd kwijt geweest,' zei ik.

'O, de moeder van Max had dan voor dat kind gezorgd. Zij zou niets liever gewild hebben.'

Ook Lucia wist dus van Myrna's verlangen.

Myrna heeft de komst van een kleinkind niet mogen meemaken. Ze is veel te vroeg gestorven, ze was zesenvijftig. Acht jaar lang heeft ze nog bij haar nicht gewoond. Al die tijd deed ze er het huishouden, terwijl Lola in haar winkeltje aan huis haar zelfgemaakte sieraden verkocht. Van dat geld kon Lola net rondkomen, soms net niet, en hoewel Myrna vaak heeft voorgesteld om op zichzelf te gaan wonen, al had ze geen idee hoe ze dat zou doen, stond Lola erop dat ze bleef. Haar kinderen gingen immers op den duur een voor een het huis uit, en ondanks het verdriet dat ze daarbij voelde, was ze iedere keer ook opgelucht – dat was een mond minder te voeden, maar vooral, ze was er weer in geslaagd om een kind veilig en wel groot te brengen, zonder de hulp van de vader, een prestatie waar ze trots op mocht zijn.

Uiteindelijk bleef alleen Lucia over. Op haar achttiende was ze gestopt met school, ze had niet eens de mavo afgemaakt, maar ze had geen zin meer. En dus ging ze op zoek naar werk, dat er niet was. Intussen hielp ze haar moeder in de winkel en Myrna in het huishouden.

Het was rond die tijd, begin 1978, dat Myrna te horen kreeg dat ze kanker aan de alvleesklier had, met uitzaaiingen die de lever grotendeels hadden aangetast. Ze had zich al maanden moe gevoeld.

De dokters gaven haar nog zes weken.

Daags nadat ze de uitslag had vernomen belde ze naar het klooster om me het slechte nieuws mee te delen. Ze klonk nuchter, zakelijk, de klap moest nog komen. Haar grootste zorg was hoe ze het Roy moest vertellen. Ze vroeg het niet, maar ik hoorde aan de stiltes die ze liet vallen dat ze graag had dat ik haar daarin zou bijstaan.

Diezelfde middag zaten we samen bij Roy, met wie we naar de slaapzaal waren gegaan, die toen verlaten was.

Myrna nam zijn beide handen vast en vertelde wat ze liever nooit had verteld. Ze hield zich sterk, al bij al te sterk, want vermoedelijk was het beter geweest als ze haar tranen de vrije loop had gelaten. Nu zei Roy, zijn handen losmakend uit de hare: 'Zes weken? Ach, die dokters zeggen maar wat. Wat een onzin. Jij wordt honderd jaar, Myrna, net als ik. Zo is het toch, hè broeder?'

'Ik vrees dat we de dokters moeten geloven, Roy. Het spijt me.'

Maar de hardnekkigheid waarmee hij ook zijn eigen ziekte geruime tijd had ontkend, kreeg de bovenhand. Hij wilde geen woord meer over de ziekte van Myrna horen.

Myrna deed vervolgens wat ze al die jaren had gedaan. Ze ging hem elke dag bezoeken, waarbij ze pretendeerde dat er niets aan de hand was, ook al werd ze misselijk van de geuren in het tehuis, op den duur zelfs van de geur van eten, dat ze niet meer naar binnen kreeg. Daardoor verzwakte ze snel en al na twee weken vond ze niet meer de kracht om 's morgens op te staan.

Max heeft toen nog aan zijn vader voorgesteld om hem elke dag op en neer te brengen zodat hij toch bij Myrna kon zijn, de weinige tijd die haar restte.

'Nergens voor nodig,' zei Roy. 'Morgen of overmorgen staat ze weer hier.'

Max moet toen door de zaal geroepen hebben: 'Nee, pai, ze staat hier niet meer! Morgen niet! Overmorgen niet! Nooit meer!'

Maar Roy zei, onverstoorbaar, onverzettelijk, een rots waar zelfs de hoogste golven zich te pletter op bleven storten: 'We zullen zien.'

'Hij is een lafaard! Zoals alle mannen!' brieste Lola toen ze dit hoorde.

Myrna reageerde lijdzaam, ook op haar sterfbed dacht ze niet aan zichzelf: 'Hij kan het niet aan. En misschien is het beter zo. Hij zou maar wat schrikken als hij me ziet.' Haar huid was aan het vergelen, haar gezicht ingevallen, haar lippen waren dun als rimpels geworden.

Ze had zich toen eindelijk neergelegd bij haar lot nadat ze de eerste weken verteerd was geweest door woede. Ze wilde Roy niet alleen achterlaten.

'Ik heb hem beloofd dat ik er altijd voor hem zal zijn. Tot aan zíjn dood. Het is niet eerlijk.'

'Je hebt het niet altijd voor het zeggen,' had ik haar proberen te troosten.

'Maar waarom moet Hij mij weer treffen?'

'Het kan iedereen overkomen, Myrna. De kracht van God zit hem in zijn willekeur.'

Ze had pas rust in haar hoofd en haar lijden gevonden toen Max haar had beloofd om minstens één keer per week bij zijn vader op bezoek te gaan.

'Zolang hij leeft, Max. In welke omstandigheden ook. Beloofd?'

'Beloofd, mai.'

Als hij zijn belofte niet nakwam, zou haar ziel blijven dolen op deze aardbol. Dat zei ze er terloops bij.

Toen we een ogenblik alleen waren, vertrouwde ze me toe dat haar taak hier erop zat. 'Esmeralda heeft me nodig,' zei ze. 'Ik heb haar horen roepen. Ze is lang alleen geweest.'

Ik moest even nadenken voor ik me herinnerde over wie ze het had.

'Je zult haar vast verwennen,' zei ik.

'O, wees daar maar zeker van,' zei zij.

De nakende dood van zijn moeder bracht Max en mij weer nader tot elkaar. Hij deed wat zijn vader niet kon of wilde, hij bleef hele dagen bij Myrna, ikzelf ging twee tot drie keer per week bij haar langs. Wanneer ik met Max aan haar bed zat dwong ze ons om over vroeger te praten, in de hoop dat met haar verscheiden niet ook een hoop herinneringen verloren gingen. Dan gaf ze een aanzet door te zeggen 'Weet je nog die keer dat Max...' waarna wij het van haar moesten overnemen en zij onze indrukken aanvulde of bijkleurde.

We hadden het over Max' kinderjaren, zijn schooltijd, over het huisje in Barber, de geit Speransa.

'Ik zou hem nooit geslacht hebben, hoor,' zei Myrna.

Tijdens een van die gesprekken vertelde Max voor het eerst over het bezoek met zijn vader aan het casino. Zijn moeder was toen al half in slaap en naarmate het verhaal vorderde ging Max steeds zachter praten, op den duur zelfs fluisterend, tot Myrna opeens zei, zonder haar hoofd van het kussen te lichten: 'Iets luider, Max, ik hoor het niet meer zo goed.'

Niets ontging haar. Tot op het laatste ogenblik heeft ze de touwtjes in handen gehouden. Op een nacht had ze een lang gesprek met Lucia, die toen bij haar waakte. Lucia had toen geen vriendje, te vaak teleurgesteld, zei ze, jongens wilden maar één ding, en dus was ze wel toe aan zekerheid, aan een vent die bij haar zou blijven, ook als ze kinderen zouden krijgen. Dat alles vertrouwde ze Myrna toe.

'Ze bleef maar doorvragen,' getuigde ze later, 'en ik kon toch moeilijk zeggen: bemoei je er niet mee. Ze had niet meer lang te leven.'

Myrna maakte haar attent op haar zoon Max, een aardige jongen, zorgzaam, een baan, een eigen auto, een eigen kamer.

Te oud, te verlegen, te braaf, en dat ringbaardje van hem vond ze maar niets. Dat alles dacht Lucia. Maar ook, en dat zei ze hardop: 'Hij is familie.'

Myrna zei simpelweg: 'Op Curaçao is iedereen familie van elkaar. Lig daar maar niet wakker van, dushi.'

Dat verhaal heeft Max, en met hem vele anderen, na de dood van zijn moeder nog vaak moeten horen, Lucia kwam er graag op terug. Voorheen had ze Max niet eens zien staan. Myrna had haar de ogen geopend.

Op een zondag, laat in de middag, belde Max naar het klooster om te zeggen dat zijn moeder snel achteruitging en zij zowel naar mij als naar Roy had gevraagd. Hij vroeg of ik eerst naar het verzorgingstehuis kon komen. Misschien had hij hulp nodig om zijn vader mee te krijgen.

'Vertel het hem maar niet,' stelde ik voor. 'Zeg dat je wat gaat rondrijden. Dat wil hij vast.'

Max kon er nog om lachen. 'Een broeder die me zegt dat ik moet liegen...' Maar hij vond het een goed idee.

Ik maakte nog snel van de gelegenheid gebruik om hem een hart onder de riem te steken, later die dag zou ik er misschien de kans niet meer toe krijgen. 'Je moeder is een sterke vrouw,' zei ik. 'Ik heb haar altijd bewonderd.'

Het bleef een ogenblik stil aan de andere kant van de lijn. Toen zei hij: 'Dank u. Ik wou dat ik wat meer op haar had geleken', waarna hij ophing voor ik kon reageren.

Ik ben meteen in mijn busje gestapt en naar Huize Welgelegen gereden. Toen ik er aankwam, stond Max al met zijn vader in een rolstoel bij de auto. Roy was zich aan het opwinden.

'Geen denken aan, *no way*, ik maak me niet belachelijk!'

'Stel je niet aan,' zei Max.

'Je zei dat je hem had laten opknappen! En jij zelf, kijk hoe je eruitziet. Waar is je das?'

'Tijden veranderen, pai. Ah, broeder, fijn dat u er ook bent. Kunt u me even helpen?'

Van Max ging Roys blik naar mij. 'Wat doet u hier?'

'Ik kwam net aanrijden.'

'O nee,' schudde hij zijn hoofd. 'O nee, ik heb jullie wel door. Ik ga niet mee. *No way*. Breng me naar binnen. Breng me...'

Max had genoeg van zijn praatjes. Hij gebaarde dat ik de rolstoel bij de handvatten moest vasthouden, waarna hijzelf zonder aarzelen zijn vader als een grote pop onder de armen vastpakte en hem in één beweging de auto in tilde.

'Ik vergeef je dit nooit!' riep Roy.

Met een klap gooide Max het portier dicht en deed het op slot. De rolstoel stopten we in de kofferbak. Max nam plaats achter het stuur, ikzelf ging achter hem zitten zodat ik Roy kon zien, die koppig naar beneden keek, zijn gezicht half van Max afgewend. Van zijn mondhoek naar de onderkant van zijn kin liep een gelige streep speeksel, die Myrna er allang zou hebben afgeveegd als ze erbij was geweest.

Max startte de motor. De siddering die door de Dodge ging, ging ook door het lichaam van Roy. Eenmaal van de parkeerplaats af scheurde Max weg. Roy trok zijn wenkbrauwen hoog op. Vanuit zijn ooghoeken gluurde hij naar het stuur in de handen van zijn zoon.

Op de ringweg drukte Max het gaspedaal helemaal in. Roy richtte traag zijn hoofd op om door de voorruit te kijken. Zijn gezicht bleef nog strak, maar zijn ogen begonnen te glinsteren. De wind, die door het slecht sluitende zijraampje naar binnen drong, speelde in zijn grijzende kroeshaar. Zijn blik ging geregeld naar de kilometerteller en om zijn lippen verscheen een glimlach, die almaar breder werd.

'Prima motor. Altijd geweten,' zei hij, meer tegen zichzelf dan tegen ons.

Zodra we de ringweg verlieten en Otrobanda binnenreden, verdween de glimlach van zijn gezicht.

Even nog zweeg hij, toen klonk het, dwingend: 'Keer om, Max. Ik wil terug.'

Ik boog naar voren. 'Roy, luister,' zei ik kalm. 'Myrna heeft naar je gevraagd. Ze wil je nog één keer zien. Ze heeft niet lang meer te leven.'

Nog voor Roy kon reageren, kwam Max ertussen. Met een jankende stem riep hij: 'Ze gaat dood, pai. Hoor je dat? Ze gaat dóód.'

Ik was hem even uit het oog verloren. Tranen stroomden over zijn wangen. Met één hand wiste hij ze weg. Ik legde mijn hand op zijn schouder.

'Het gaat weer,' zei hij, kort knikkend.

Roy zei niets. Hij wendde zijn hoofd naar voren en staarde naar buiten. Dat hij zweeg, was al veel.

We kwamen aan bij het huis van Lola. Max parkeerde de auto voor de deur. Amper had hij de motor stilgelegd of zijn vader zei op een toon alsof hij zich tegen een heel leger zou verzetten: 'Ik blijf zitten. Dat je het maar weet.'

Ik zag hoe Max zijn lippen samenperste, zijn handen knepen in het stuur als in vlees. Hetzelfde ogenblik verscheen Lucia in de deuropening en wenkte naar Max dat hij zich moest haasten. Max gooide het portier open, sprong de auto uit en rende het huis in.

In een ultieme poging Roy te overtuigen schoof ik naar het midden van de achterbank. Er stond een verbeten trek in zijn mondhoek gebeiteld, daar waar nog steeds speeksel hing.

'Roy...'

'Mijn besluit staat vast, broeder. Doe geen moeite.'

Ik liet Roy achter in de auto en haastte me naar binnen in de hoop dat ik niet te laat kwam.

Myrna leefde nog, maar de trage manier waarop ze ademde vertelde dat haar laatste krachten snel afnamen. Toch merkte ze het gefluister op waarmee ik Lola en Lucia begroette.

'Broeder Daniel... fijn dat u gekomen bent,' zei ze met een zwakke stem zonder haar ogen te openen.

Ze lag op haar rug, onder een gehaakte sprei, haar handen rustten op haar buik, haar vingers bewogen onophoudelijk, alsof ze papier tot snippers aan het scheuren was. Dat deed ze al uren, fluisterde Max.

'Graag gedaan, Myrna,' zei ik.

Ik boog voorover en nam kort haar hand vast. Haar gezicht was van donkere bijenwas, gladgestreken, ze had nog amper rimpels, enkel in haar mondhoeken.

Traag gingen haar lippen opnieuw van elkaar. 'Roy?' vroeg ze. 'Is Roy er?'

Lola, Max en ik keken elkaar aan. Max nam het initiatief.

'Hij weigert uit de auto te komen.'

In spanning wachtten we op een reactie. Max wisselde een blik met mij waaruit ik begreep dat hij zijn vader uit de auto zou sleuren als zijn moeder hem alsnog wenste te zien.

Maar dat verzoek bleef uit. Ze wendde zich tot mij. 'Broeder... kunnen we samen bidden?'

'Zeker,' zei ik. 'Het Onzevader?'

Bijna onmerkbaar schudde ze haar hoofd. 'Heb ik... nooit mooi gevonden.'

Ik keek naar Max, die een mondhoek optrok.

'Een weesgegroetje dan?' stelde ik voor. Er kwam geen antwoord, waaruit ik opmaakte dat ze het goedvond.

Ik knikte Max, Lola en Lucia toe en bracht mijn rechterhand naar mijn voorhoofd om een kruisteken te slaan.

'In de naam van de...'

Op dat moment ademde Myrna één keer diep in, een reutelend geluid ontsnapte aan haar keel, toen was het stil. Met mijn hand nog in de lucht wachtte ik zwijgend af.

Naast me vertrok het gezicht van Lucia. In de ogen van Lola kwamen tranen op. Max slikte hoorbaar.

Toen zei Myrna: 'Ga verder... ik wacht.'

We slaakten alle vier een zucht van verlichting, Max schudde meewarig glimlachend het hoofd. Myrna zelf gaf geen krimp. Alleen aan haar vingers, die als krabbenpoten op haar buik bleven bewegen, was te zien dat er nog leven in haar was. Ik begon langzaam het Weesgegroet op te zeggen. Af en toe dwaalde mijn blik naar Myrna's gezicht. Alle lijden van de voorbije weken was eruit verdwenen. Wat restte was een opvallende sereniteit, waarin al troost lag voor wie zonder haar achterbleef. Zelfs in haar sterven toonde ze de trots en de wilskracht die ze bij leven altijd had gehad. Het was alsof ze de dood welkom heette, maar hem verzocht nog even op de drempel te blijven staan tot zij het moment geschikt achtte. Ik was diep onder de indruk.

Toen ik klaar was met bidden, viel het me op dat haar vingers nauwelijks meer bewogen, als de pootjes van een stervend insect. Haar ademen ging nu nog moeizamer. Trager.

Lola boog over haar heen en nam haar handen vast.

'Ga maar,' zei ze. 'Ga maar, Myrna.'

Aan het gezicht van Myrna kon ik zien dat de woorden van Lola tot haar doordrongen. Een laatste rimpel in haar mondhoek verdween, de oogleden leken zich vaster te sluiten, de tijd tussen elke hap naar lucht nam toe. Gestaag ging ze van ons weg.

'Ga maar, Myrna, ga maar,' herhaalde Lola.

Naast me begon Lucia zachtjes te snikken. Max schuifelde dichterbij en boog zich nu ook over zijn moeder.

'Ga maar, mai, ga maar. Ik ben trots op je, altijd geweest.' Dat laatste kreeg hij bijna niet gezegd.

Toen werd het stil. Tien, twintig, dertig seconden.

'Is ze…' fluisterde Lucia.

Myrna ademde nog één keer. Toen vertrok ze voorgoed. Alsof ze had gewacht op die ene stem, maar die was uitgebleven.

Lola bukte zich om Myrna een kus op haar voorhoofd te geven, Lucia barstte in tranen uit, Max stond verweesd voor zich uit te kijken. Ikzelf werd een vreemde mengeling van verdriet en opluchting gewaar. Ik stak mijn hand naar Max uit en kneep hem troostend in zijn bovenarm.

'Ze is dood, hè?' vroeg hij, misschien in de hoop dat ik nog voor een wonder kon zorgen.

'Ze is in goede handen nu,' zei ik.

Toen barstte ook Max in tranen uit. Hij rukte zich van me los en liep huilend naar de verste hoek van de kamer. Lucia aarzelde geen ogenblik, ging achter hem aan en sloeg haar beide armen om hem heen.

Ik schuifelde naar de andere kant van de kamer, naar het raam aan de voorzijde van het huis, en keek naar buiten. De straatlampen waren aangegaan en in het licht ervan zag ik Roy in de auto zitten. Hij had zijn arm uitgestoken en met de gezwollen knokkels van zijn hand volgde hij het sierlijke chromen logo van de Dodge op het handschoenenkastje, letter per letter, krul na krul.

19 juli 2001 — 2u20

Toen ik een paar weken geleden rond negen uur 's morgens bij Huize Welgelegen langsging, lag Roy nog in bed. Geen van de verpleegsters had tijd gevonden om hem eruit te halen, te verschonen en eten te geven. Het was broeierig in de kamer, het stonk er, vliegen kropen over zijn voorhoofd, en de enige manier voor hem om ze te verjagen was door met zijn ogen te knipperen. Hij was verward, dacht dat het midden in de nacht was, en vroeg eerst naar Myrna, die al meer dan twintig jaar dood is, vervolgens naar Sonny.

'Sonny zit op school. Het is dinsdag vandaag.'

'School? Waarom? Sonny wordt ook taxichauffeur. Ik heb voor hem gespaard.'

Na al die jaren waren zijn leugens stopwoorden geworden. Hij had niets gespaard voor zijn kleinzoon, zoals hij dat evenmin ooit voor Max had gedaan. Hij kon ook niets sparen. Zijn schamele pensioen ging rechtstreeks naar het verzorgingstehuis, Max moest nog bijpassen.

'Dat is heel goed van je, Roy. Daar zal Sonny blij mee zijn. Zal ik je uit bed helpen?'

'Kan ik zelf.'

'Laat mij je maar even helpen. Dat is wel zo makkelijk.'

'Vooruit dan, *let the beast go.*'

Op dat moment kwam er een verpleegster de kamer binnen. Ze excuseerde zich uitvoerig. Er waren allerhande calamiteiten geweest, ze waren onderbezet, en toen stond ook nog de verdelgingsdienst voor de deur, een dag eerder dan aangekondigd, en dus moesten alle bewoners naar de grote zaal worden verhuisd. Of ik later op de dag kon terugkomen.

Ik nam afscheid van Roy en vertrok. In de hal stonden vier mannen te wachten, de vergifspuit op de rug, een mondmasker om de hals, klaar om alle ongedierte te doden, al dan niet preventief. Twee keer per jaar komen ze langs en in elke naad en elke kier van elke kamer wordt vergif gespoten, het hele gebouw ruikt er dagenlang naar. Nog geen uur later mogen de bewoners terug naar hun kamers, want ook de grote zaal moet worden verlost van kakkerlakken, duizendpoten, spinnen, pissebedden en alle andere kruipende wezens die overdag in de donkerste spleten wonen en ’s nachts tevoorschijn komen. De meeste bewoners merken er weinig van, hun bewustzijn telt meer scheuren en gaten dan de ruimtes waarin ze hun dagen slijten.

De verzorgers valt niets te verwijten. Zij doen hun taak met veel overgave. Maar met lof en respect alleen komen ze niet ver, het ontbreekt hun aan middelen, aan geld, aan de hulp van de zusters, die allemaal weg zijn. Hierdoor is er voortdurend te weinig personeel, worden de gebouwen verwaarloosd, is de apparatuur achterhaald en het materieel versleten. Andere openbare verzorgingstehuizen en instellingen kampen met dezelfde problemen, evenals de scholen – in Barber rekenen we meer op giften dan op overheidsgeld. Curaçao is een patiënt geworden, eentje met vele doorligwonden omdat hij zichzelf al jarenlang verwaarloost en elke verzorging weigert.

Max en Lucia trouwden in september 1979. Zijn ringbaardje had Max toen al afgeschoren. Hij was dertig, Lucia was negentien. De plechtigheid vond plaats in de Santa Famiakerk in Otrobanda, waar anderhalf jaar eerder afscheid was genomen van Myrna. Ik had pater Römer gevraagd het huwelijk in te zegenen, Max vroeg mij als getuige. Hij zei dat hij zich vereerd zou voelen.

'Ík voel me vereerd,' zei ik.

Max stond er in die tijd niet goed voor, de moeder van Lucia evenmin. De wereldwijde oliecrisis die dat jaar was uitgebroken, trof hen persoonlijk. Er meerden steeds minder tankers en cruiseboten op Curaçao aan en de toeristen gaven nog maar weinig uit. Lola verkocht amper sieraden, Max kon op sommige dagen de klanten op de vingers van één hand tellen. Ook had de begrafenis van Myrna hem een flinke som gekost.

Van dat alles was echter niets te merken op de dag van het huwelijk. Lola had als winkelierster en voormalig samhoudster een reputatie hoog te houden, bovendien gaf ze haar laatste kind uit handen. Max zelf luisterde voor één keer naar zijn vader, die zei dat het geluk van een vrouw te koop was, over de prijs ervan zweeg hij. En dus droeg Lucia een pracht van een bruidsjurk en door haar moeder ontworpen sieraden van bloedkoraal, Max zelf een op maat gemaakt kostuum en nieuwe schoenen. Ook kwam er een groot feest, dat duurde tot lang nadat de bruid en de bruidegom naar traditie om middernacht waren vertrokken, in de Dodge Matador, die Max voor de gelegenheid grotendeels had opgelapt. Hij had zelfs een nieuwe radio en een nieuwe achterbumper laten plaatsen – de bank had hem een lening verstrekt.

Ik telde op het feest zeker tweehonderdvijftig man, veel

gezichten die ik ook op de begrafenis had gezien. Er was warm eten voor iedereen, een witte bruidstaart in vijf verdiepingen, een bandje dat Antilliaanse muziek speelde, en achteraf, voor wie naar huis ging, een in cellofaan verpakt stukje *bolo pretu*, een andere taart, zwart van kleur, met veel drank erin, die jaren goed blijft, zoals ook van het huwelijk wordt verwacht. De ogen van Max glinsterden van begin tot eind alsof hij naar vuurwerk keek, het was de mooiste dag van zijn leven, die later enkel nog overtroffen zou worden door de geboorte van Sonny.

Ik verliet het feest kort nadat Max en Lucia onder luid applaus waren weggegaan. De hele avond had ik de gedachte niet van me af kunnen zetten dat al deze gulheid zich vroeg of laat zou wreken. Bij mijn vertrek vroeg Lola met hoeveel broeders we waren en gaf me evenveel stukken bolo pretu mee.

Max heeft me in het eerste jaar na zijn huwelijk meer dan eens uitgenodigd om te komen eten, Lucia hield ervan om bezoek te ontvangen, zei hij. Hij huurde de zolderverdieping van een oud herenhuis in Otrobanda, die hem elke maand tweemaal zoveel kostte als zijn vroegere kamer. Al de eerste keer dat ik er kwam merkte ik de nieuwe koelkast op, die echter niet functioneerde omdat de elektriciteit in het oude huis te zwak was. Maar Max wist dat hij Lucia er gelukkig mee zou maken en veel meer dan koeling vanbinnen moest het toestel voor aanzien vanbuiten zorgen.

Hoewel ik voor elk bezoek benadrukte dat ik van een eenvoudige maaltijd hield, kookte Lucia drie tot vier gerechten en kwam er een toetje. Koken had ze van Myrna geleerd, ze liet niet na dat te benadrukken. Tijdens het eten praatte ze aan één stuk door, over hoe goed ze het had, en hoe gelukkig ze was, en Max knikte almaar. Ze droeg een nieuwe armband, een nieuwe jurk of nieuwe schoenen, ze had lange, roodgelakte nagels, waarmee ze de vaat niet kon doen.

Ik voelde me ongemakkelijker bij elke hap die ik nam, aan het eind van de maaltijd zelfs schuldig, maar ik liet er niets van merken, ik wilde hun prille geluk niet verstoren. Wel betrapte ik mezelf erop dat ik op den duur listen verzon om niet op hun uitnodiging in te gaan, tot Max me op de man af vroeg of hij en Lucia misschien te min waren voor mij, een opmerking waarvoor hij zich achteraf uitvoerig verontschuldigde. Een volgend etentje is er niet gekomen, Max stelde de afspraak steeds uit, te druk, of Lucia voelde zich niet lekker, tot uiteindelijk uitkwam waarvoor ik al langer had gevreesd.

Armoede heeft de venijnige eigenschap pas zichtbaar te worden als er nog maar moeilijk aan te ontsnappen is. Bij Max en Lucia gebeurde dat zo'n twee jaar na hun huwelijk. Op een dag sprak broeder Jan me aan. Het was in de zomervakantie. Hij had Max al drie keer gezien bij een voedselbedeling. Tijdens een ronde in Fuik was hij een eerste keer door hem aangeklampt. Hij kwam een voedselpakket vragen voor een neef die dat zelf niet durfde. Diens gezin had al een week bijna niets meer gegeten.

'Natuurlijk was het voor hemzelf bedoeld,' zei broeder Jan tegen mij. 'Het liegen ging hem niet goed af.'

Hij had niet het talent van zijn vader, nee.

In de volgende dagen had Max hem nog twee keer opgezocht, telkens met hetzelfde verhaal.

De mededeling van broeder Jan stemde me dieptreurig en nog diezelfde dag ging ik Max zoeken, rijdend langs de plekken waar hij gewoonlijk op klanten stond te wachten.

Ik vond hem op een bankje onder een wabiboom aan de Caracasbaaiweg. Hij zat, half voorovergebogen, met zijn ellebogen op zijn knieën, en speelde uit verveling met een ronde kei, die hij afwisselend van de ene hand in de andere liet vallen. Hij reageerde niet eens verrast toen ik bij hem stopte en vroeg of hij tijd had om wat bij te praten. Hij stelde voor om wat te gaan rondrijden. Ik nodigde hem in mijn busje uit, de tank was vol, we konden het hele eiland drie keer rond.

Max vond het prima en nadat hij de Dodge had afgesloten, nam hij naast me plaats. Keurend betastte hij de stof van het interieur, het eenvoudige instrumentenbord, de knop van de versnellingspook.

'God wou geen automaat,' zei ik. 'Hij geeft niet graag iets uit handen.'

Hij grinnikte kort. De kruin van zijn hoofd raakte bijna het dak, in de Dodge zat hij veel lager.

Ik startte in twee, drie keer, naast me fronste Max zijn wenkbrauwen. Het bestelbusje was een jaar of elf, anders dan de motor van de Dodge was die van de Volkswagen niet gemaakt om een eeuwigheid mee te gaan.

'Zullen we naar Barber rijden?' vroeg Max uit zichzelf.

Dat leek me een goed idee en ik stelde voor om mijn school te bezoeken, zijn vroegere klas, die was nauwelijks veranderd – zelfs vandaag ziet hij er nog min of meer hetzelfde uit.

Dat wilde hij graag. Dolgraag. 'En de stencilmachine. Hebt u die nog?'

'Hij spuugt nog steeds inkt,' zei ik.

Van plezier klapte hij in zijn handen, zijn lach vulde mijn hele busje.

Zodra we vertrokken waren, vroeg hij hoe het voorbije

schooljaar was geweest. Ik vertelde erover en zei terloops dat ik zonen in de klas had van jongens die nog met hem in de klas hadden gezeten.

'Die hadden haast,' besloot Max.

'Eerder pech,' verbeterde ik hem.

Vervolgens tuimelden we van de ene herinnering in de andere – 'Die spreekbeurt over de fregatvogel, nu u het zegt, broeder, dat wist ik niet meer' –, herinneringen die hem zijn huidige zorgen deden vergeten, voor even althans, want na een poosje over vroeger te hebben gepraat beseften we allebei dat we niet veel langer konden doen alsof we oude vrienden waren die elkaar na lange tijd opnieuw waren tegengekomen.

Met onrustige ogen keek Max om zich heen naar buiten.

'Je bent bij broeder Jan langs geweest,' begon ik en dacht aan een herinnering die we nog niet hadden opgehaald. Daarom voegde ik eraan toe: 'Had je honger?'

Hij keek me kort aan met een schuchtere glimlach om zijn lippen, toen sloeg hij zijn ogen neer en zei: 'We staan er slecht voor, broeder.'

'Hoe slecht?'

'Heel slecht. Ik krijg de huur van ons huis en de verzekering van de auto niet meer betaald en de bank heeft een deurwaarder gestuurd. Die wou eerst de Dodge in beslag nemen, maar dat kan niet, de auto is ons enige inkomen, en dus heeft hij de koelkast meegenomen... en de televisie.'

Ik vertraagde automatisch. 'De televisie?'

'De buren hadden er een en dus wilde Lucia...'

Ze was te jong, ze kende de kosten van het leven niet. Haar moeder had haar steeds verwend. En Max deed hetzelfde. Hij was te verliefd op haar. Te lang eenzaam geweest. Nu probeerde hij te overleven, te redden wat er te redden viel. Maar er viel niet veel meer te redden, hij had zich diep in de nesten gewerkt, dieper dan ik ooit had kunnen denken.

'Sam. De televisie hadden we met het geld van een sam gekocht... Ik weet het, broeder, ik wéét het. Maar de moeder van Lucia was opnieuw begonnen als samhoudster, ze had zelf geld nodig. En ze genoot veel vertrouwen bij de mensen, van vroeger nog. Ze vroeg of wij ook wilden meedoen. Lucia zei dat we niet anders konden. Je familie moet je helpen. En wij hadden het voor mekaar, dat dacht iedereen. Het kwam ons trouwens goed uit, we zouden het geld van de sam al vroeg krijgen, eerst Lola zelf, en dan wij.'

Ik hoefde niets te zeggen of te vragen. De manier waarop hij sprak, in korte, soms halve zinnen, deed me aan zijn moeder denken, wanneer zij een verhaal vertelde dat ze al te lang voor zich had gehouden.

'We konden Lola niet meer betalen, niet meer nadat we het geld van de sam hadden gekregen en we... ja, dat heb ik u verteld, over de televisie die ik kocht. Ik bedoel, we hadden toch al schulden, en of je er nu veel of heel veel hebt, dat zei Lucia, wat maakt het dan allemaal nog uit, en dus kochten we die televisie. Maar Lola had op onze bijdrage gerekend, zij had die nodig om haar eigen bijdrage te kunnen betalen en dus...'

Ik hoorde hem knarsetanden. Hij probeerde zijn pijn, zijn woede, zijn schuldgevoel te vermalen.

'Haar familie heeft Lucia laten vallen. Haar broers, haar zussen, zelfs haar neven en nichten, iedereen is boos op haar, ze heeft haar moeder voor schut gezet, haar goede naam is geschonden, die van de hele familie, want veel mensen hebben door haar geld verloren. Lucia durft nu niet meer buiten te komen en ze doet voor niemand nog de deur open. Ik doe de boodschappen, maar geld voor eten is er niet, dat weet ze nog niet. Wat er in de voedselpakketten van broeder Jan zit, stop ik in andere zakken. Dan lijkt het of ik van de winkel kom, ziet u.'

Die laatste zin herhaalde hij, alsof hijzelf niet kon geloven dat het zover was gekomen. Hij liet zijn hoofd zakken en staarde een korte poos naar de lijnen in de palm van zijn rechterhand, waarin een nog donkerder toekomst geschreven stond.

'We worden uit ons huis gezet,' zei hij, weer opkijkend. 'Nog een week. Als we dan niet betaald hebben...' Hij zweeg even, toen riep hij: 'Dáár! Daar naar rechts, broeder, daar stond ons huis, weet u nog? Laten we gaan kijken!'

Zonder dat ik het had gemerkt waren we de afslag genaderd naar het huis waar hij bijna tien jaar lang met zijn moeder had gewoond. Maar zijn enthousiasme was te doorzichtig, zijn timing te perfect. Ik had meteen door wat hij van plan was.

'Max, het huis is vervallen,' haalde ik hem uit zijn illusie. 'Na je moeder heeft er niemand meer gewoond. Ratten en geiten, die komen er nog.'

'Nee, nee, het is best te doen, ik ben er pas nog geweest,' zei hij, opgewonden als een kind. 'Hier naar rechts. Hier.'

Half tegen mijn zin deed ik wat hij me vroeg. Takken van wabistruiken hingen over de weg en schuurden langs mijn busje. Max leunde naar voren tot bijna met zijn neus tegen de voorruit.

Het huis was er nog slechter aan toe dan toen ik er de vorige keer langs was gereden. Het dak van golfplaten was helemaal ingestort en iemand had de laatste ruit ingegooid. Gevelplanken lagen op de grond. De windmolen die voor water zorgde had geen wieken meer.

Max stapte uit en keek van een afstand naar het huis, zijn armen in zijn zij, zijn benen wijd uit elkaar. Zijn hoofd ging goedkeurend op en neer, alsof hij eindelijk na lang zoeken de woning van zijn dromen had gevonden. Het sprankeltje hoop dat hij in al zijn ellende zag, had voor hem de schittering van een vreugdevuur.

Ik ging bij hem staan en hoorde hoe hij voor zichzelf opsomde wat er moest gebeuren voor ze er konden gaan wonen. In zijn geestdrift leek het hem slechts een kwestie van een paar dagen. Wat planken hier, een golfplaat daar, water zou hij voorlopig in flessen aanvoeren, elektriciteit zou hij ergens illegaal aftappen, dat deed iedereen.

Ik stelde hem twee simpele vragen. Wie ging dat alles betalen? Hij had geen geld. En wie zou de boel verbouwen? Hij had in zijn leven zelden een hamer in zijn handen gehad en, zoals hijzelf had gezegd, iedereen had Lucia en hem laten vallen.

Hij was me weer enkele stappen voor. Hij had zich er al langer op bezonnen, zoals steeds wanneer hij in de problemen kwam. En hij had niets aan het toeval overgelaten. Onze hele ontmoeting, waarvan ik dacht dat ik er het initiatief toe had genomen, was blijkbaar door hem opgezet, al voordat hij bij broeder Jan was gaan bedelen in de verwachting dat die mij vroeg of laat zou inlichten.

'Er zijn toch in uw klooster twee broeders,' begon hij, waarbij hij zich in de nek krabde en van me wegkeek. 'Hoe heten ze ook weer? Ze knappen huizen op en zo... dat doen ze goed... ik heb al huizen gezien. En mensen praten vol lof over de helpers, die kunnen alles heb ik gehoord, metselen, een dak leggen...'

Terwijl hij ongegeneerd doorging, voelde ik weerzin bij me opkomen. Ik herkende de sluwheid van zijn vader en moest mezelf bijna geweld aandoen om hem niet te onderbreken en te zeggen wat ik dacht van zijn manier van handelen.

'Ze doen dat naar het schijnt allemaal voor niets, vrijwillig, dat is... hoe zeg je dat... nobel? Nobel, ja. Dus wat ik u wil vragen...' – de hand in zijn nek ging naar zijn hals, eindelijk toonde hij me zijn gezicht, zijn voorhoofd glansde van het zweet – 'of u bij die twee broeders, als u uitlegt hoe het zit, misschien dat zij dan...'

Ik schudde langzaam mijn hoofd. Zijn woordenvloed stokte. Hij keek me vragend aan. De gedachte dat hij door wanhoop werd gedreven weerhield me ervan om tegen hem uit te varen.

'Het kan niet,' zei ik bedaard.

Hij reageerde geprikkeld, alsof ik hem ergens van had beschuldigd. 'Het huis is van niemand meer! Die man is allang dood, zegt pai. En familie had hij niet.'

'Dat bedoel ik niet, Max. Het kan niet omdat broeder Bertus en broeder Harrie keuzes moeten maken. Ze willen niets liever dan heel Curaçao opknappen, iedereen een eigen huis, maar daar is geen geld voor. Ze moeten bijna alles zelf bij elkaar scharrelen, een steen hier, een plank daar, ze krijgen amper subsidies.'

Max was niet voor rede vatbaar. 'Daar kan ik zelf aan komen. Ik weet bij wie...'

Toen kreeg mijn woede de overhand. 'Max, verdomme, wat haal je je toch in je hoofd?' Ik zag dat hij schrok, maar dat hield me niet meer tegen. 'Hoe kun je nu verwachten dat anderen de problemen gaan oplossen die je zelf hebt veroorzaakt? Er zijn hier tientallen gezinnen die niet om hun eigen ellende hebben gevraagd, die al jaren in een krot wonen, met baby's nog, geen man die ernaar omkijkt. Dat hoef ik je niet eens uit te leggen. Je hebt zelf zo'n vader gehad. Die gezinnen hebben eerst hulp nodig, dat snap je toch wel?'

Max keek me met een gekwelde blik aan. Hij leek iets te willen gaan zeggen, maar wendde toen zijn gezicht van me af en staarde zwijgend naar het huis.

Even plotseling als de woede in me was opgekomen, ebde die weg.

'Begrijp me niet verkeerd, Max, ik wil je alleen maar duidelijk maken...'

'Lucia is zwanger.'

'Wat?'

'Ze is zwanger.'

Wat een vrolijk bericht had moeten zijn, klonk als een onheilstijding. Hij veegde het zweet van zijn voorhoofd en haalde zijn neus op.

'Hoe lang al?' vroeg ik.

'Drie maanden.'

'Weet haar moeder het al?' Opeens had ik een uitweg uit zijn ellende gezien.

'Niemand weet het.'

'Misschien draait ze bij, Max. En de rest van de familie ook. Dan zou je bij hen terechtkunnen.'

Hij schudde fel zijn hoofd. 'Dat wil Lucia niet. Ze wil weg uit Otrobanda.'

Hij zette twee passen naar voren en raapte een van de gevelplanken van de grond op. Zijn blik ging over het huis als over een puzzel. Toen draaide hij zich om en zei vastberaden: 'Ik ga het hier opknappen, broeder, met of zonder hulp. Voor Lucia en voor ons kind. Ik wil dat ze later trots op me kunnen zijn. En ik op hen. Daar heb ik alles voor over.'

Hij wendde zich weer van me af. Ik dacht aan Myrna, aan onze eerste ontmoeting, op deze plek, de manier waarop ze had gesproken, de wilskracht die ze had getoond om tegen haar lot te vechten. Ook herinnerde ik me het telefoongesprek met Max, kort voor haar dood, dat hij abrupt had beëindigd.

'Hé, Max,' riep ik. Hij draaide zich half om. 'Je lijkt meer op je moeder dan je denkt. Dat je het maar weet.'

Eerst fronste hij zijn wenkbrauwen, toen brak er op zijn gezicht een glimlach door.

19 juli 2001 — 2u41

Met het huis kwam het goed.

'Je hoeft je niet te verantwoorden,' suste broeder Bertus mijn geweten toen ik hem over Max aansprak.

Met een team van vier man ging hij nog diezelfde week aan de slag en na drie dagen was de woning wind- en waterdicht, meer verlangde Max niet. Hijzelf had voor balken en planken gezorgd, de kofferbak en de achterbank van de Dodge lagen vol. Ik had geen idee waar hij ze vandaan had en wilde het ook niet weten, zoals ook broeder Bertus geen vragen stelde toen een van zijn mannen een lange kabel afrolde, van het huis naar de dichtstbijzijnde lantaarnpaal, en deze in een handomdraai op het elektriciteitsnetwerk aansloot.

Aanvankelijk had ik nog twijfels over Lucia. Van een huis in het drukke hart van Otrobanda naar een bouwval in de verlaten kunuku van Barber, het was een grote stap achteruit. Maar haar vreugde om alle moeite die Max deed bleek oneindig veel groter dan haar teleurstelling om haar nieuwe verblijf. Ze wist maar al te goed hoe mannen óók konden zijn zodra ze een kind hadden verwekt. Max was godzijdank anders, stelde ze vast, en ze telde haar zegeningen. Haar tranen toen ze het huis voor het eerst zag, waren van geluk.

Ze verhuisden na zonsondergang als dieven in de nacht. Max wilde eerst alles in orde hebben voor de komst van het kind, daarna zou hij wel zien hoe hij zijn schulden regelde.

Eenmaal in Barber telde Lucia de eenzame dagen af. Elke ochtend mat ze de omtrek van haar buik, soms ook 's avonds, vertelde Max. Hij werkte zeven dagen per week en vocht voor elke klant, een paar keer letterlijk, geheel tegen zijn aard in, al volstond meestal zijn fysieke verschijning – en anders wel de verhalen over hoe zijn vader was geweest.

De nachten bracht hij door bij Lucia, ook al had hij in die uren meer kunnen verdienen dan overdag. Maar hij hield ervan om in bed zijn arm om haar buik heen te slaan en te wachten op de eerste bewegingen die hun kind zou maken.

Lucia wilde graag een meisje, dat ze later mooi kon maken. Ze had al sieraden voor haar ontworpen en was zelf verbaasd toen ze ontdekte dat ze de handigheid van haar moeder had. Max had geen wensen, behalve dat het kind gezond was.

Ik hielp zoveel ik kon. Van tijd tot tijd bracht ik eten of kleren langs en één keer heb ik voor Lucia een afspraak gemaakt bij een dokter die haar gratis onderzocht – ze had het kind nog steeds niet voelen bewegen. De dokter stelde hen gerust en liet met de stethoscoop het kloppen van het hartje horen. Hun geluk kon niet op. Max besloot het nieuws eindelijk aan zijn vader te vertellen.

Zijn band met hem was sinds de dood van zijn moeder sterk verbeterd. Hij ging zoals beloofd één keer per week op bezoek in Huize Welgelegen, soms vaker, als hij in de buurt een klant had. De gezondheid van Roy was gestabiliseerd sinds hij een longontsteking had gehad, kort na Myrna's overlijden.

‘Water op de longen,’ zei de dokter.

‘Dat komt ervan als je je tranen inslikt,’ had Lola gezegd.

Hij had bijna een halfjaar het bed moeten houden. Al die tijd was gevreesd dat hij er nooit meer uit zou komen.

‘Hij heeft de lust om te vechten verloren,’ zei de hoofdzuster tegen Max wanneer hij weer een uur bij zijn vader had gezeten zonder dat die een woord had gezegd.

Langzaamaan was het toch beter met hem gegaan, eigenlijk sinds de dag dat Max had verteld dat hij zou gaan trouwen.

‘Hij liet het niet merken, maar ik denk dat het hem wat deed.’

Twee weken later zat Roy alweer rechtop in bed en nog eens twee weken later vroeg hij zelf om in zijn rolstoel naar de grote zaal te worden gebracht. En toen Max hem vertelde dat hij de auto had laten opknappen voor het huwelijk, zei hij vol overtuiging: ‘Mooi, dan zal ik jullie rondrijden die dag.’

‘Ik wil trouwen, pai, niet sterven,’ zei Max.

Op het nieuws dat hij grootvader zou worden, reageerde hij enthousiast, uitbundig zelfs.

‘*Mi ta bira padushi!*’ riep hij luid door de zaal. Dat hij grootvader werd!

De zusters feliciteerden hem, zijn medebewoners applaudisseerden, alsof hij er zelf het grootste aandeel in had. Hij glimlachte breed. Hij was achtenzestig, een mooie leeftijd om grootvader te worden, vond hij.

Van Max wilde hij nog weten of het een jongen werd. ‘Want meisjes kosten geld. En voor je het weet zijn ze zwanger.’

Max zei dat hij een gezond kind wilde, het geslacht deed er niet toe.

'Een jongen,' drong Roy aan. 'Kan hij later ook met de taxi gaan rijden. Drie generaties taxichauffeurs. Is vast nog nooit voorgekomen.'

'We zien wel, pai.'

Roy wenkte hem toen dichterbij. 'Als ie maar zwart is, Max. Je zou de eerste neger niet zijn die bedrogen uitkomt.'

Max schudde glimlachend zijn hoofd. 'Lucia is zo niet, pai. Daar steek ik mijn hand voor in het vuur.'

Roy kneep zijn ogen tot spleetjes. 'Kijk maar uit, jongen, je zou je vingers kunnen branden.'

Het kind was donker. Zo donker als de nacht waarin het veel te vroeg ter wereld kwam.

Ik was 's morgens nog bij Lucia langs geweest om sap, brood en conserven te brengen. Haar zwangerschap toonde zich duidelijk. Doordat ze haar lange, weerbarstige haren in honderden dunne vlechten had gedwongen, een werkje waar ze uren mee bezig moet zijn geweest, viel het op dat ook haar gezicht was verdikt. Voor het eerst herkende ik trekken van Myrna erin.

Ze was hartelijk. Dankbaar. Ze praatte bedaard en volwassen. Het ongeboren kind had van haar al een moeder gemaakt.

'Nog drie maanden?' vroeg ik.

'Drie lange maanden.'

'Gaat het goed?'

'Ik denk het wel. Ik heb nergens last van. Max zegt dat hij zijn moeder dag en nacht heeft getreiterd toen ze van hem zwanger was.'

'Dat heeft Myrna mij zelf ook verteld. Duidelijk een kind van zijn vader, zei ze.'

Ze nodigde me uit binnen een kop thee te drinken. Ze

sliepen nog steeds op een matras op de grond. Een krukje dat Max vroeger had gebruikt om zijn geit te melken, diende als nachtkastje. Behalve een lampje stond er ook een ingelijste foto van Myrna op, dezelfde als die boven Roys bed hing. Zich wassen deden ze met water uit een emmer, die ook voor de vaat werd gebruikt. Van op elkaar gestapelde stenen en planken had Max een rek voor kleren en kookgerei gemaakt. Lucia had van restanten fleurige stof doeken genaaid om ervoor te hangen en zo wat kleur gebracht in de grauwe ruimte. Nu was ze bezig een jurk te vermaken, die om haar buik was gaan spannen. In een hoek van de kamer stond een tweepitter, waarop ze water kookte voor de thee. Ze had gedroogde kruiden van haar buurvrouw Rosa gekregen, een alleenstaande moeder die met haar vier kinderen in een bijna identiek huis woonde, honderd meter verder, de drie meisjes gingen in Barber naar school, de jongen was een paar maanden oud. Lucia zat vaak bij Rosa en paste geregeld op de kinderen. Van houten kralen had ze armbandjes voor de meisjes gemaakt, van ijzerdraad en kiezelsteentjes oorbellen.

Ze werd stil toen ze dat had verteld.

'Mis je je moeder?' Nog altijd meende ik dat het kind hen weer bij elkaar kon brengen.

'Ik heb geen moeder meer,' antwoordde ze kortaf. In haar stem hoorde ik de echo van Roy toen ik voor het eerst naar zijn vader informeerde.

Kort voor ik vertrok vroeg ik haar nog of ze al namen voor hun kind hadden bedacht.

Ze zei dat Max het er liever niet over had, want dat bracht ongeluk.

Ik was verrast dat te horen. Ik had nooit eerder bijgeloof bij Max bespeurd.

'Voor een meisje weet ik het zelf wel al, hoor,' zei Lucia overtuigd. 'Luna.'

'Luna. Mooie naam.'

Luna. Lucia. Lola. De traditie liet ze in elk geval niet los.

Toen ik wegreed, stond ze in de deuropening, haar beide armen om haar gezwollen buik geslagen.

Het kind moet toen al dood zijn geweest.

Max kwam me de volgende ochtend uit de klas halen. Ik had hem niet zien komen aanrijden. Hij klopte aan en wachtte tot ik de deur opendeed.

'Max?'

Hij bleef zwijgend in de deuropening staan en staarde me met glazige ogen aan. Zijn rijzige lichaam wiegde licht heen en weer. Achter mij begonnen leerlingen te fluisteren en te giechelen. Ik ging de gang op en deed de deur dicht.

'Max, wat is er?'

Even leek het of hij om zou vallen, als een gevelde boom, toen kwam hij met een schok weer tot zichzelf en zei, schuddend met zijn hoofd: 'Ons kind...'

Hij sloeg zijn ogen naar me op. In zijn blik lag iets oneindig droevigs.

'Vannacht...' begon hij te jammeren. 'Lucia... ze zei...'

Hij stond op het punt in tranen uit te barsten. In de klas zwol het rumoer aan. Ik vroeg hem even te wachten en keerde terug naar mijn leerlingen om ze een taak te geven waarmee ze zich een poos konden bezighouden. Daarna nam ik hem mee naar buiten.

We namen plaats onder de grote mangoboom, waar hij vaak na school had zitten wachten tot zijn moeder klaar was met schoonmaken. Aan de overkant van de speelplaats keerden de leerlingen van de tweede klas terug van de gymles. Max merkte hen niet op. Hij zat voorovergebogen met zijn handen op zijn knieën, zijn blik naar beneden gericht. Hij ademde zwaar. Zodra de leerlingen verdwenen waren, legde ik een hand op zijn rug en zei dat het me speet. Met een korte hoofdknik drukte hij zijn dankbaarheid uit.

Ik vroeg hoe het met Lucia ging.

'Ze heeft veel bloed verloren,' zei hij, 'maar de dokter zegt dat ze er weer bovenop komt.'

Hij vertelde dat ze hem die nacht wakker had gemaakt. De matras was helemaal nat. Ze dacht dat haar water gebroken was. Hij had het licht aangedaan.

'Bloed, overal bloed...'

Zo snel als hij kon was hij naar het ziekenhuis gereden. Lucia riep de hele weg lang dat ze geen leven meer voelde in haar buik. In het ziekenhuis namen ze haar onmiddellijk mee. Hij mocht niet bij haar blijven.

Ruim twee uur later was de dokter hem het slechte nieuws komen vertellen en was hij naar haar kamer gebracht.

Hij draaide zijn gezicht naar mij. Om zijn mond speelde kort een dunne glimlach van spijt. 'Een jongen. Het was een jongen.'

Ik boog mijn hoofd. Zijn woorden raakten me diep. Maar ook werd ik woede gewaar omdat hém dit weer was overkomen. Hij was niet beter af dan Job uit de Bijbel, ook hij moest alles afgeven, tot zijn kinderen toe.

Ik zei: 'Ik wenste dat het anders was gegaan, Max.' En daarmee bedoelde ik álles, zijn hele leven, zolang ik hem kende, vanaf dat zijn vader hem in Barber op school had afgezet — *Su nòmber ta Max. Max Tromp* — en zo zijn verdere lot had bepaald.

Hij knikte. 'Dank u, broeder.'

'Als ik iets voor je kan doen...'

Mijn woorden brachten hem blijkbaar in herinnering waarvoor hij in de eerste plaats naar me toe was gekomen, want plotseling greep hij naar mijn arm en zei opgewonden: 'Ik moet hem begraven. Ik heb dat beloofd aan Lucia. Maar er was geen kist voor hem. Dat ik hem... dat ik hem...'

Zijn stem stokte. Zijn ogen keken angstig zoekend in het rond, vonden de Dodge, die buiten de schoolpoort onder een boom stond geparkeerd, en haakten zich eraan vast.

Een benauwend gevoel overviel me. 'Max, het kind? Waar is het nu?'

Hij leek me niet te horen. Hij zei: 'Ik weet niet wat ik moet doen, broeder. Ik weet het niet.'

Ze hadden mogen kiezen of ze het kind meenamen of in het ziekenhuis achterlieten.

'Wat gebeurt er dan mee?' had Lucia gevraagd.

De gynaecoloog had haar uitgelegd dat het kind doodgeboren was en dus volgens de wet nooit had bestaan. Ook kon het niet gedoopt worden.

'Dus?' drong Lucia aan.

Tactvol was het antwoord niet, wel eerlijk. 'Het gaat mee met het afval. Zoals een geamputeerd lichaamsdeel.'

Lucia had Max gesmeekt om het kind te laten begraven. Hij had het meegekregen en was bij het krieken van de dag naar een begrafenisondernemer gereden. Die had alleen grote kisten op voorraad. Maar het kind zou toch geen graf krijgen en dus had hij tegen Max gezegd, die al radeloos was: 'Ze stoppen het zo ook wel in de grond.'

Alsof het om een dode hond ging. Max was meteen vertrokken. Hij had een uur doelloos rondgereden.

'Wilt u hem zien?'

We waren naar de auto gelopen. Ik had hem gerustgesteld. Ik zou helpen hun kind waardig te begraven.

'In een kist?'

'In een kist, Max.'

Hij opende het portier, boog ver naar voren en kwam weer tevoorschijn met in zijn handen het kind, gewikkeld in een te ruime, witte doek. Hij was even voorzichtig als onhandig. De doek viel open toen hij zich naar mij keerde.

De jongen was gaaf, zo verschrikkelijk gaaf. Maar ook klein. En in Max' grote handen leek hij nog kleiner dan hij werkelijk was.

'Hij heeft alles,' zei Max half fluisterend, alsof het kind sliep en hij bang was het te wekken. 'Armen, benen, tien vingers, tien tenen...'

'Jouw neus,' zei ik, een opmerking die kortstondig een glimlach aan zijn gezicht ontlokte.

Met mijn duim maakte ik een kruisje op het voorhoofd van het kind. Max volgde die beweging met in zijn blik lichte verbazing.

'Hij gaat toch naar de hel?' zei hij.

Iemand moest hem dat hebben ingefluisterd. Maar het klopte niet. Volgens de Kerk zou een doodgeboren kind tot de dag van het laatste oordeel in het voorgeborchte verblijven, een plek tussen hemel en hel. Het mocht God immers niet aanschouwen omdat het nog met de erfzonde was belast.

Maar dat vertelde ik Max niet. Ik schudde mijn hoofd en zei nadrukkelijk: 'Hij gaat naar de hemel. Dat is wat Jezus heeft gezegd. Hij zei: "Laat de kinderen tot Mij komen, want hunner is het Koninkrijk der hemelen." Zo staat het in de Bijbel, Max.'

Er was opluchting in zijn gezicht, alsof hij op dat moment zelf bevrijd werd van een zonde.

Ik wierp een laatste blik op het gezicht van de jongen en sloeg de doek weer terug.

'Ik ga even binnen een paar telefoontjes plegen. Kijken wat ik kan doen. Blijf jij zolang hier?'

'Ik ga niet weg zonder u, broeder.'

Ik belde eerst naar de pastoor van Barber, een oude dominicaan, en legde hem de situatie uit, maar hij wilde geen uitzondering maken. Voor zulke gevallen – dat woord gebruikte hij – was er een plek gereserveerd net buiten de kerkhofmuur, in niet-gewijde grond. Hij zou een kuil laten graven.

Daarna nam ik contact op met broeder Bertus om te vragen of hij met spoed een kist kon laten maken. Toen hij me de afmetingen vroeg, kreeg ik het moeilijk en moest een paar keer diep ademhalen voor ik weer wat kon zeggen.

We gingen de kist ophalen in Wishi, waar broeder Bertus met jongens van de ambachtsschool een huis aan het verbouwen was. Ik reed. Max zat als verstijfd naast me met het kind op schoot.

Broeder Bertus nodigde ons uit het huis binnen te gaan, waar hij de kist had klaargezet. Toen Max het terrein op liep, legden de jongens op de steigers hun gereedschap neer en vouwden de handen samen.

'Dat ze daar zo stonden, die jongens, dat deed me wat,' zei Max later.

De kist was van gladgeschuurde gevelplanken gemaakt. Mooi blank hout. Max hield zijn pas in en hapte een paar keer naar adem. Broeder Bertus vroeg of hij hem moest helpen met het sluiten van de kist. Max zei dat hij alles zelf wilde doen.

Ik bleef buiten wachten. Toen ik hoorde hoe hij de spijkers in het hout dreef, kon ik mijn tranen amper bedwingen. Ik sloot mijn ogen en prevelde een gebed.

Op de terugweg naar Barber vroeg ik of Lucia en hij een naam voor de jongen hadden. Hij zei van niet, en nu was het te laat, het mocht toch niet worden gedoopt.

'Maar voor jezelf,' drong ik aan. 'Als jullie aan hem willen denken.'

Hij zou het er met Lucia over hebben. Overtuigend klonk hij niet.

De grafdelver stond ons al op te wachten. Hij bracht ons naar een lapje grond achter het kerkhof, dat niet eens afgebakend was. Een verdorde wabistruik was het enige wat als markering kon dienen. Verder was er kruis noch steen te zien.

Het gedolven gat was groot maar niet diep. Een hond zou het zo weer open kunnen leggen. De grafdelver ging naast de kuil staan, leunend op zijn spade. Ik zei tegen Max dat hij zich niet hoefde te haasten, maar ook hij wilde blijkbaar alles gauw achter de rug hebben. Op zijn knieën zittend legde hij de kist in de kuil en kwam traag weer overeind. De grafdelver rechtte zijn rug. Ik gebaarde dat hij nog even moest wachten.

'Zullen we bidden, Max?'

Hij haalde zijn schouders kort op en dus nam ik het besluit. Ik maakte een kruisteken en vouwde mijn handen samen. Max deed hetzelfde en samen baden we het Onzevader. Max begon aarzelend, maar algauw nam zijn stem in kracht toe, luider en luider bad hij, alsof hij God in de hemel op de hoogte wilde brengen van de komst van zijn zoon.

Toen we klaar waren zag ik tranen in zijn gezicht, die hij met de rug van zijn hand meteen afveegde. Hij knikte de grafdelver toe, die een eerste schep zand in de kuil gooide. De harde brokken aarde vielen met een trommelend geluid op het deksel van de kist.

19 juli 2001 — 3u05

Over precies twee uur landt Max' vliegtuig. Dat is het tijdstip waarop broeder Bertus en broeder Jan opstaan, zoals ook ik op andere dagen. Elke ochtend om halfzes bidden we eerst samen, daarna ontbijten we en om halfzeven gaan we op pad, elk naar een andere bestemming, ik naar een van de vele achterstandswijken om er kleren en speelgoed uit te delen, broeder Jan naar het inloopcentrum voor drugsverslaafden in Otrobanda en broeder Bertus naar het zoveelste huis dat hij aan het opknappen is.

De gynaecoloog had tegen Lucia gezegd dat ze weer zwanger kon worden. En dus verdrong ze het verdriet om haar verloren kind met het verlangen naar een tweede kind. Voor Max hoefde het nog niet meteen. Hij wilde eerst het huis verder afwerken. Misschien al wat van zijn schulden aflossen. Ze hadden geen huur meer te betalen, water kwam gratis uit de grond, elektriciteit werd illegaal afgetapt. Als alles meezat zou hij zelfs wat kunnen sparen. Deze keer wilde hij wel voorbereid zijn op de komst van een kind. Lucia had trouwens al laten vallen dat ze graag een fotocamera wilde hebben tegen de tijd dat het zover was.

'Ik kijk wel uit, broeder, ik heb mijn les geleerd,' stelde Max me gerust.

In afwachting maakte hij opnieuw lange dagen. Soms deed hij ook weer de nacht. Hij had geen keuze. De crisis hield aan. Bovendien had de Shell het eiland verlaten en waren veel welgestelde blanken naar Nederland teruggekeerd. De verouderde raffinaderij was overgedragen aan de overheid, maar die had haar voor een te laag bedrag verhuurd aan een Venezolaanse staatsfirma, die niet eens belastingen op de winst hoefde te betalen. Door deze deal was het hele eiland er armer op geworden.

'En intussen vullen de politici hun zakken weer,' zei Max. 'Ze zitten nu ook in het bestuur van de ISLA. Zo kunnen ze zelf eerst nog wat van de winst opstrijken voor die naar Venezuela gaat. En ik maar rondjes rijden voor een paar gulden per dag. Gelukkig doet mijn eigen handeltje het uitstekend.'

Hij had het over de sieraden die Lucia maakte van glas, kralen, schelpen en stukjes koraal, en die hij aan zijn klanten aanbood. Soms had hij er aan het eind van de dag meer mee verdiend dan met taxiritten.

'Uniek en niet duur. Dat is wat de toeristen willen. Ze houden de hand op de knip, maar een origineel souvenir, dat kan er nog net vanaf.'

Voor Lucia was het ontwerpen van sieraden een uitkomst voor de verveling en de eenzaamheid, want verder dan Barber kwam ze niet. Ze bleef bang om haar moeder of iemand anders van haar familie tegen te komen. Max had al een keer voorgesteld om de schuld bij Lola beetje bij beetje terug te betalen, maar dat weigerde ze pertinent. Hij had niet verder aangedrongen.

Max kwam zijn belofte aan zichzelf na en knapte het huis op. Iedere keer als ik er op bezoek ging, had hij weer iets hersteld of verbouwd, vaak met meer enthousiasme dan handigheid, of had hij geïnvesteerd in spullen die het wooncomfort aanzienlijk verbeterden. Binnen had hij een gootsteen en een aanrecht geplaatst, aan het plafond zorgde een ventilator voor verkoeling, in de slaapkamer kwam een ijzeren bed op poten, de helft van de vloer in de woonkamer raakte betegeld. Buiten had hij luiken voor de ramen gemaakt en de wieken van de molen hersteld zodat hij niet meer met loodzware jerrycans vol water hoefde te sjouwen. In de moestuin van zijn moeder had hij onkruid en struiken verwijderd en mest gestrooid. Lucia kweekte er met succes boontjes, pompoenen en watermeloenen. Wat ze zelf niet opaten, stopte Max in de kofferbak en verkocht hij aan een marktkramer, soms aan een klant.

Maar intussen ging de tijd voorbij, een jaar verstreek, nog een jaar, en hoe meer het huis in orde raakte, hoe meer het opviel dat er iets wezenlijks ontbrak.

'Hij mag nu wel komen, hoor.'

Dat zei Max op een dag tegen mij. Hij probeerde erbij te glimlachen, maar het kostte hem zichtbaar moeite. Ik wist ook waarom. Bij Lucia was het verlangen naar een kind veranderd in wanhoop. Wanneer ik met haar sprak, zei ze het niet met zoveel woorden, maar toch deed ze me denken aan wat Myrna ooit hardop had gezegd: een vrouw móét kinderen kunnen krijgen. Die gedachte legde een grote druk op haar. Ze begon Max te wantrouwen. Waarom hij zo lang wegbleef? Of hij met andere vrouwen ging?

'Ze is bang dat ik haar in de steek zal laten,' vertrouwde Max me toe. 'Dat is natuurlijk onzin.'

'Zeg je haar dat ook?'

Hij liet zijn blik afdwalen.

'Praat met haar, Max. Ook over het kind dat jullie verloren hebben.'

'Dat is al lang geleden.'

'Die wonde is nooit geheeld. Praat met haar.'

Hij vond geen woorden om te uiten wat er binnen in hem omging, althans niet tegenover haar, met mij praatte hij wel.

Hij kwam zo eens per week bij me langs op school, na de lesuren, wanneer hij zag dat mijn busje nog op de speelplaats stond. In de klas vouwde hij dan zijn lichaam in een van de schoolbanken, waarin hijzelf als kind had gezeten, en keek met een blik van herkenning naar een schoolplaat aan de muur of een oefening op het bord. Langer dan twintig minuten bleef hij nooit. We spraken over zijn werk, over school, over politiek, over het eiland, nooit zaten we om een onderwerp verlegen, en heel af en toe, midden in een conversatie, als een rijpe vrucht die onverwacht uit een boom viel, begon hij over Lucia.

'Maar ik hou van haar. U moet niet denken dat...'

'Dat denk ik niet.'

'Zij wel.'

'Verwacht je nu echt van een broeder dat hij je raad in de liefde geeft?'

Met een uitdrukking van vermaak op zijn gezicht schudde hij zijn hoofd. 'Nee, u luistert naar mij. Dat is genoeg.'

'Praat met háár, Max. Meer kan ik niet zeggen.'

'Zal ik proberen, broeder.'

Waarna hij trommelend met zijn vingers op de bank een einde maakte aan het gesprek en vertrok om weer te zwijgen.

Sinds Max zijn vader had ingelicht over de miskraam was hun relatie er hard op achteruitgegaan. Roy bleek zijn teleurstelling maar op één manier te kunnen uiten en dat was door Max bij elk bezoek verwijten te maken.

'Hoe hard reed je? Je hebt vast niet hard genoeg gereden naar het ziekenhuis.'

'Je had haar eerder moeten laten onderzoeken. Je hebt te lang gewacht.'

Max was zo verstandig om er niet op in te gaan. Hij keek op zijn horloge en telde de minuten af tot hij afscheid kon nemen. Aanvankelijk duurde zijn wekelijkse bezoek een uur, later werd dat drie kwartier en ten slotte een halfuur.

Van de hoofdzuster hoorde ik dat Roy voortdurend humeurig was. Onaangenaam zelfs. Hij klaagde over alles. De hitte in het gebouw was ondraaglijk. Zijn bed was niet goed opgemaakt. Het eten was te koud of te warm. De verpleegsters waren onvriendelijk. Ook de andere bewoners kregen het te verduren. Hij verweet ze diefstal en achterklap. In de slaapzaal foeterde hij op wie snurkte of lag te woelen. Meermaals per nacht trok hij aan de bel boven zijn bed om de nachtzuster te roepen. Hij wilde pillen omdat zijn pijn niet te harden was.

Alleen dat laatste was misschien niet overdreven. De reuma had zijn nek bereikt en ook daar alles vastgezet. De minste beweging die hij met zijn hoofd maakte veroorzaakte een pijnscheut van zijn nek naar zijn linkerschouder, alsof er een speer dwars door zijn bovenrug werd geboord.

Uiteindelijk besloten de zusters hem naar een eigen kamer te verhuizen, ook al kon hij die niet betalen met het schamele pensioen dat hij sinds een paar jaar kreeg.

Toen ging het een hele poos weer goed.

'Promotie,' zei hij tegen iedereen. 'De koning van Huize Welgelegen.'

'De nar,' zeiden de verpleegsters. Hij dacht dat ze een grapje maakten.

Het venijn keerde na een paar maanden terug. Vooral Max kreeg het nog zwaarder te verduren, deze keer omdat hij er niet in slaagde Lucia opnieuw zwanger te maken.

'Heb je misschien hulp nodig?'

'Je bent toch geen mariku, hè?'

En andere dingen die Max niet tegen mij durfde te herhalen. Ook nu liet hij het allemaal van zich afglijden.

Tot Roy zei: 'Als je me wil inhalen, zul je je moeten haasten. Hoe oud ben je nu? Vierendertig? Ai ai. Ik heb er elf gemaakt, hè, elf. Méér dan je kunt tellen op de vingers van je handen. Ha!'

Max kon zich niet langer beheersen. 'Waar zijn ze dan, pai? Waar zijn die andere tien? Komen zij jou ooit bezoeken? Ik heb ze nooit gezien. Jij?'

'Ze zijn ondankbaar,' verdedigde Roy zich.

'Nee, ze zijn niet zo gek als ik. Ze laten je hier als een vod wegkwijnen. En groot gelijk hebben ze.'

'Ik spuug op ze. Hier. Pft.'

'Verdomme, pai.' Max pakte snel zijn zakdoek en veegde het speeksel van de grond. 'Als ik het mai niet had beloofd, liet ik je ook stikken, dat je het maar weet.'

'Ach, broeder, het zijn spelletjes, meer niet. Zoals met de collega's vroeger. Het leven zou hier anders maar saai zijn.'

'Als Max je laat vallen, heb je niemand meer.'

'Ach. Max.'

'En de zusters zijn je ook liever kwijt dan rijk.'

'Ze krijgen mijn hele pensioen. Ik zie er zelf niets van. Geen cent. Daar mogen ze wel wat voor doen.'

'Je hebt al een eigen kamer.'

'Dat werd ook tijd. Ik zit hier al meer dan tien jaar.'

Alsof ik tegen een muur sprak.

Lucia vermagerde zienderogen. Tegen Max zei ze dat ze meer dan genoeg at, maar veel kon het niet zijn. Hij wilde haar niet het gevoel geven dat hij haar controleerde en ging er niet over in discussie. Ze was sowieso lichtgeraakt. Of ze huilde om het minste. En 's nachts lag ze te rillen als een jong dier.

Omdat hij vreesde dat het alleen maar erger zou worden, wilde hij vaker bij haar zijn. En dus nam hij een beslissing waarvan hij wist dat zijn vader die zou afkeuren. Hij ging zich verhuren als koerier bij een vervoersmaatschappij. Hij hoefde dan niet meer nodeloos rond te rijden op zoek naar klanten of uren tevergeefs te wachten op het Briónplein, in de haven of elders op het eiland. Zes ochtenden per week zou hij zich moeten aanmelden bij het hoofdkantoor in Punda, waar hij zijn opdrachten voor de rest van de dag kreeg. Hij zou minder verdienen, hij moest veel commissie afstaan, maar hij zou wel werkzekerheid hebben. Lucia was er blij mee, zei hij. Nu hoefde ze zich geen zorgen meer te maken over waar hij bleef.

Zoals verwacht was Roy er niet over te spreken.

'Pakjes bestellen met de Dodge,' zei hij beschimpend tegen Max. '*Shame on you*. Je doet ons vak oneer aan. En mij.'

Max bleef kalm. 'Het is crisis, pai. Ik heb geen keuze. In jouw tijd stonden de klanten in de rij.'

'Mijn tijd is nog niet voorbij.'

'Nee, uiteraard niet, hier staat de tijd al eeuwen stil.'

Roy brieste een paar keer door zijn neus als een wilde stier, de enige mogelijkheid die hem nog restte om op een fysieke manier zijn irritatie kwijt te kunnen. Toen zei hij snauwend: 'Je geeft je vrijheid op. Dan ben je niet beter af dan een slaaf.'

'Nu ben ik een slaaf van het toeval, pai. Ik ga als koerier werken, wat je er ook van denkt. Ik doe het voor Lucia.'

In de nederlaag toonde Roy zich vals. Hij liet zijn blik snel van links naar rechts gaan en zei: 'Voor een vrouw die je geen kinderen kan geven. Pff, laat haar toch vallen. Ze is het niet waard.'

Het volgende ogenblik haalde Max uit en gaf hem een klap tegen de rechterkant van zijn schedel. Roy was er even beduusd van. Toen riep hij, met een bijna sardonisch genoegen: 'Jij hebt het ook, hè. Het zit óók in jou, het kwaad. Ik wist het wel. Het zit in onze familie, Max.' En luid roepend, want Max was de zaal al uit gelopen: 'In onze familie!'

Ik heb Max kort daarna alles verteld: over zijn grootvader van Saba, de drank, de agressie, over zijn vader, de klappen die hij kreeg, zijn vlucht naar Aruba, het kwaad waarvan hij dacht dat hij het geërfd had.

'Mij lijkt het eerder een smoes om zijn eigen verantwoordelijkheid als vader te ontlopen,' voegde ik eraan toe. 'Al gelooft hij er zelf wel in.'

'Hij gelooft al zijn leugens,' zei Max.

Hij staarde enige tijd voor zich uit, zijn kin rustend op zijn samengevouwen handen en zei ten slotte: 'Mijn vader is dus enig kind.'

Dat beaamde ik en in een poging een glimlach aan zijn bedrukt gezicht te ontlokken voegde ik eraan toe: 'Je moeder zei nog dat het een wonder mocht heten dat er leven uit zijn vaders zaad is gekomen.'

Wat ik zei, kwam als lood op hem neer. Hij verstarde over zijn hele lichaam. Veel te laat drong het tot me door waarom hij zo geschokt was. Ik kon mezelf wel een klap verkopen.

'Door de drank, natuurlijk, dat bedoelde ze,' zei ik snel.

Een vergeefse opmerking. Max scheen me niet te horen.

'En ikzelf, broeder?' vroeg hij. Hij keek me recht in de ogen. 'Hoeveel broers en zussen heb ik werkelijk?'

Ook al had ik willen liegen, het zou me niet zijn gelukt. Ik schudde traag mijn hoofd. Meer hoefde ik niet te doen.

Hij knikte. En bleef knikken. Met korte bewegingen. Tegelijk verslapten zijn mondhoeken. Het was alsof er iets wegstroomde uit zijn gezicht, uit zijn lichaam.

'Dank voor uw tijd, broeder,' zei hij toen, waarna hij uit de bank kwam en recht naar de deur liep zonder me nog één keer aan te kijken.

We zagen elkaar pas twee maanden later terug. Ik was eerst voor drie weken naar Nederland vertrokken en bij mijn terugkeer had ik me gestort op de administratie die bij mijn nieuwe taak als schoolhoofd hoorde. Broeder Tinus was met pensioen gegaan en mij was gevraagd hem op te volgen. Ik had meer dan twintig jaar lesgegeven en hoewel ik dat altijd graag had gedaan, was ik toe aan een nieuwe uitdaging. Ik had te veel talent verloren zien gaan, niet door onwil of onkunde, maar door armoede, honger, ziekte en ongeïnteresseerde, afwezige of verslaafde ouders, soms alle drie tegelijk. Dat was nooit veranderd, integendeel, steeds meer van mijn oud-leerlingen haakten op de middelbare school vroegtijdig af en kwamen zonder diploma op straat terecht. Als schoolhoofd hoopte ik iets te kunnen doen aan de omstandigheden waarin de leerlingen opgroeiden, onder meer door de ouders nauwer bij de school te betrekken en zo hun enthousiasme en interesse te wekken. Ook wilde ik voorlichtingscursussen organiseren, infoavonden, meer open dagen, misschien moest er een keuken in de school komen.

Broeder Tinus prees mijn geestdrift, maar zei dat de dagelijkse gang van zaken me snel weer met beide voeten op de grond zou zetten. Al na een week in mijn nieuwe functie wist ik precies wat hij bedoelde, terwijl het schooljaar nog niet eens was begonnen. Documenten, formulieren, facturen, verslagen, overzichten, voor het weinige geld dat we van de overheid kregen moesten we alles in veelvoud verantwoorden. De moed zakte me haast in de schoenen. Ik verwachtte als schoolhoofd meer tijd tussen de mensen, niet tussen vier muren door te brengen.

Tijdens mijn verblijf in het moederklooster had broeder Tinus zijn kantoor leeggemaakt en laten schilderen. Ook had hij eindelijk genoeg geld om de versleten stencilmachine door een kopieerapparaat te vervangen, dat niet eens half zoveel ruimte in beslag nam.

Trots wees hij me op het nieuwe toestel en zei: 'We zijn eindelijk in de twintigste eeuw beland. Welkom.'

Ik bevond me in mijn nieuwe kantoor toen Max eind augustus onaangekondigd langskwam. Hij stond opeens in de deuropening. Zijn lichaam wierp een grote schaduw over mijn bureau. Ik schrok, maar vooral uit schaamte. Ik had verzuimd hem na ons gesprek opnieuw op te zoeken. Te druk door mijn nieuwe functie. Te overrompeld door alle administratie. Goedkope excuses waarmee ik enkel mijn geweten probeerde te sussen. Ik wist eerlijk gezegd niet hoe ik een volgend gesprek moest beginnen en had het daardoor steeds voor me uit geschoven.

Bij hem was schaamte noch terughoudendheid te bespeuren. Hij floot tussen zijn tanden en zei: 'Zo, broeder directeur, dat hebt u mooi voor elkaar!'

Ik kende hem lang genoeg om meteen te zien dat zijn

opgewektheid geen schijn was. Mijn gevoel van onbehagen verminderde er op slag door.

'Het is nog steeds broeder Daniel,' zei ik met een glimlach. 'Ik hou niet van titels.'

'Niet zo bescheiden. Na al die jaren hebt u dit wel verdiend. En u hebt al een vervanger, zag ik. Ik was eerst naar uw klaslokaal gegaan. Een jongeman nog.'

'Meester Gerardo, een oud-leerling,' zei ik, en besefte te laat hoe wrang dat voor hem moest klinken.

Het deed hem blijkbaar niets. 'Toch één iemand die zijn geluk niet in Nederland gaat zoeken. Ik heb gisteren weer een gezin naar Hato gebracht. Een moeder met haar drie volwassen kinderen. Zeven valiezen heb ik in de kofferbak gestouwd. Hun hele hebben en houden. Ze verhuizen voorgoed. Ze hadden nog net genoeg geld voor de tickets en een taxirit.'

Hij maakte een energieke indruk, alsof hij de hele wereld aankon, zo anders dan bij onze laatste ontmoeting.

Toen zag hij dat de stencilmachine verdwenen was. En ook alle inkt van de muur.

'Mij hadden ze soms ook mogen overschilderen,' zei hij met een weemoedige glimlach en zette een stap naar voren om het kopieerapparaat te bestuderen. 'U weet toch dat die nieuwe dingen nooit lang meegaan. Al die technische snufjes. Gaan zo stuk. Niets is nog als vroeger. Kijk naar de Dodge. Bijna een kwarteeuw oud en de motor zoemt nog steeds als een bij.'

Zijn mond stond geen ogenblik stil. Ik kon er bijna geen woord tussen krijgen. Uiteindelijk nodigde ik hem uit om te gaan zitten. Hij twijfelde even en nam toen toch plaats op een van de drie stoelen voor mijn bureau.

Na een aarzeling leunde hij licht naar voren en wenkte

me dichterbij. 'Ik moet u wat vertellen, broeder,' begon hij op vertrouwelijke toon. 'Van Lucia mag ik het nog niet zeggen, maar ze is zwanger. Tien weken.'

Hij knikte een paar keer alsof hij zichzelf ook nog moest overtuigen en zakte onderuit in zijn stoel, zijn handen samengevouwen op zijn buik.

Ik keek hem aangenaam verrast aan. Zijn ogen glinsterden. 'Van harte, Max. Ik ben blij voor je. Werkelijk.'

'Dank u. Ik ben ook blij. Het is... het is...' Hij kreeg het niet gezegd en klopte dan maar met zijn vlakke hand op zijn borst. Een tel later boog hij weer naar me toe. 'Wilt u het niet tegen mijn vader zeggen? Ik laat hem liever in het ongewisse. Dat is beter voor iedereen. Stel dat...'

Hij maakte zijn zin niet af. Zijn blijdschap moest het al afleggen tegen de onzekerheid van de volgende zeven maanden.

'Mijn lippen zijn verzegeld, Max.'

Ik informeerde naar zijn baan als koerier. Die had hij meteen opgezegd toen hij hoorde dat Lucia zwanger was. Zo kon hij zijn uren zelf regelen, maar vooral ook meer verdienen.

'Die koeriersdiensten zetten je af. Mijn vader had gelijk. En eerlijk, ze wilden dat ik pakjes vervoerde waarover ik geen vragen mocht stellen. Dan weet je al genoeg, hè. Maar daar pas ik voor. Ik ga mijn dagen niet slijten in Koraal Specht. Ik wil straks met mijn kind kunnen spelen en ravotten. Ik ben al niet meer de jongste. Ik wil niet dat hij me zich als een oude man herinnert.'

Hij was vijfendertig, een jaar jonger dan Roy toen die vader werd.

De zwangerschap verliep deze keer probleemloos. Lucia kwam vrij snel aan. Haar buik groeide zienderogen. Het ongeboren kind bleek een woelwater. Schoppen, draaien, kantelen – een groot verschil met de vorige.

'Dat belooft wat,' zei Lucia.

Ik zag hen allebei elke zondag in de kerk van Barber. Ik meen dat ze in die maanden niet één viering hebben overgeslagen. Max' fanatisme viel op. De ernst waarmee hij bad. De kracht waarmee hij zong. En bij de offerande was hij de enige kerkganger die een bankbiljet in plaats van een muntstuk in de collecteschaal legde. Hij was nerveus en angstig, terwijl Lucia net bedaard was sinds ze opnieuw zwanger was. Geen huil- of driftbuien meer. Geen argwaan. Geen verwijten. Ze kon ook weer lachen. Als ik vroeg hoe het met haar ging, maakte ze week na week hetzelfde grapje.

'Zwaar,' zei ze, en dan bracht ze haar beide handen onder haar bolle buik en tilde die een paar centimeter op.

Op een keer liet ze zich ontvallen: 'Ik ben zo blij dat ik Max heb.'

'Wat zei je?' vroeg Max, die er net bij kwam staan.

'Ik had het tegen de broeder.'

Niet alles veranderde.

19 juli 2001 — 3u51

Ik kreeg als eerste het nieuws te horen. Max belde vanuit de kraamkliniek naar school. Zodra hij mijn stem hoorde riep hij: 'Hij is er, broeder! Een jongen. Sonny! Sonny!'

De vreugde spatte door de hoorn.

'Drie kilo zevenhonderd. Een stevige knaap, zei de vroedvrouw. Zo ziet ze ze zelden.'

'Een echte Tromp dus,' zei ik.

'Dat kunt u wel zeggen. Lucia heeft hard moeten werken. Maar alles is goed gegaan. Ze zal zo wel uit de verloskamer mogen. Ik moet daarom snel terug. Maar dit wou ik u al laten weten. Sonny! Sonny Tromp!'

'Een rijdende gevangenis.' Zo omschreef Max de Dodge in de eerste jaren na de geboorte van Sonny.

Hij had graag meer tijd met zijn zoon doorgebracht, maar de economie was eindelijk aangetrokken en dus koos hij ervoor het ijzer te smeden toen het heet was. Hij stond klaar in de haven wanneer er een cruiseboot aanmeerde, op Hato wanneer er een vliegtuig landde en op het Brionplein tot soms laat in de avond.

'Ik wil dat Sonny een toekomst heeft,' zei hij, 'niet dat hij straks ook als taxichauffeur zijn geld moet verdienen.'

'Je vader zou niets liever willen.'

'Mijn vader heeft al één droom in de vernieling gereden. Dat is genoeg.'

Zijn angst voor de toekomst van Sonny was niet ongegrond. De crisis had diepe sporen nagelaten op Curaçao. Meer dan dertig procent van de beroepsbevolking had geen baan, bij de jongeren liep dat op tot vijftig procent. Als broeders hadden we in die dagen de cijfers niet nodig om te weten hoe slecht het ging. Broodjes, water, kleren, nog voor we ook maar één zak in ons busje hadden geladen, waren we soms al meer dan de helft kwijt. We zagen veel nieuwe gezichten, overwegend donker tot zwart van kleur. Anderen, die al jaren om hulp waren gekomen, bleven dan weer weg en vonden we later terug in een of ander vervallen pand, waar ze de leegte in hun bestaan dag in, dag uit verdreven met drank, medicijnen, hasj, marihuana en steeds vaker coke. De drugsbaronnen uit Colombia hadden Curaçao ontdekt, ook als doorvoerhaven. Over het hele eiland nam de criminaliteit toe. Inbraken, overvallen, afrekeningen, het ging van kwaad tot erger.

'Er zijn buurten waar ik liever niet meer kom,' zei Max, 'veel te gevaarlijk.'

Veel huizen kregen hekwerken, alarminstallaties, waakhonden. En niemand die nog naar iemand omkeek. De solidariteit verdween, buren wantrouwden elkaar, families lieten elkaar in de steek, ouderen werden gedumpt. Wie kon verhuisde naar Nederland in de hoop daar het geluk te vinden, of anders in elk geval een hogere bijstandsuitkering.

Ook op een hoger niveau ging het mis. Max kon zich daar enorm druk over maken. 'Buitenlandse investeerders bouwen onze hele kust vol – bungalows, hotels, resorts – en de toeristen mogen daar de hele dag eten en drinken tot ze barsten. Niemand maakt nog geld op in de stad. En de winst wordt witgewassen in de casino's. Met medeweten van onze politici. Uiteraard! En wij kunnen weer op een houtje bijten. We houden er niets aan over. Net als met de ISLA. We leren het nooit.'

'Je begint als een echte taxichauffeur te klinken,' zei ik spottend, al begreep ik zijn opwinding wel.

'Ik probeer voor Sonny te sparen, maar ik mag al blij zijn dat hij geen honger heeft. En nog blijer als ik een shirt of een broek voor hem kan kopen. Hij draagt de kleren van onze buurjongen af en die waren al tweedehands. Zijn moeder heeft die nog van u gehad. Kan je nagaan.'

Maar al met al was hij gelukkig, eindelijk. Dat zag ik, dat hoorde ik. De leegte in zijn huis en hart was verdwenen. Sonny bleek bovendien een vrolijk kind. Hij schaterde veel, praatte al vroeg, was bijdehand, soms ook wat koppig.

'Dat heeft hij van zijn moeder,' zei Max.

Lucia ontkende dat niet. 'Ik ben al blij dat hij iéts van mij heeft. Moet je zien: helemaal zijn vader.'

Eén keer per week probeerde Max met zijn gezin bij zijn vader op bezoek te gaan. Na afloop zag ik de Dodge soms staan bij een McDonald's met een speeltuin of bij een publieke baai. Sinds ze moeder was kon het Lucia niet meer schelen of ze iemand van haar familie tegenkwam, haar geluk mocht gezien worden. Max had haar nogmaals gevraagd of hij de schuld bij haar moeder misschien toch moest aflossen.

'Dat geld gaat naar Sonny,' zei Lucia onvermurwbaar. 'Cadeau van mijn moeder voor haar kleinzoon.'

'Antilliaanse vrouwen kunnen hard als mahoniehout zijn,' zei Max tegen mij.

Het was hem gelukt om de zwangerschap van Lucia tot het eind voor zijn vader geheim te houden. Dat had hem minder moeite gekost dan te zwijgen over de leugens die Roy al zijn hele leven verspreidde. Maar hij had hem in zijn trots gelaten. Dat was alles wat hem nog restte, bedacht hij wanneer hij naar het wrak keek dat er van zijn vaders ooit zo imposante lichaam overbleef.

Op het nieuws dat hij een kleinzoon had reageerde Roy eerst met ongeloof, vervolgens met grote verontwaardiging omdat Max hem negen maanden lang onwetend had gelaten.

'Ik wil hem niet zien. En jou ook niet meer,' zei hij gekrenkt.

Toen Max en Lucia met Sonny op bezoek kwamen, draaide hij snel bij, al helemaal toen de verpleegsters zeiden dat de jongen op hem leek.

'Hij wordt vast zo knap als u, meneer Tromp.'

Roy toonde zich meteen bezorgd. Hij zei tegen Max: 'Je hebt de navelstreng toch onder de deurdrempel begraven?'

Dat had Max gedaan.

'En de placenta, heb je die begraven waar niemand die kan vinden? Anders kunnen ze het gebruiken voor *brua*. Dan laten ze allemaal boze geesten op je kind los.'

Ook dat had Max gedaan. Geloof, bijgeloof, hij omhelsde alles, als het de toekomst van Sonny maar ten goede kwam.

Op Roy had Sonny een betere uitwerking dan om het even welk medicijn. Zijn pijn werd draaglijker. Zijn humeur verbeterde. Als grootvader had hij geen verantwoordelijkheid te dragen, alleen voor vermaak te zorgen. Hij trok gekke bekken, bootste geluiden na, liet Sonny langs zijn benen omhoogklauteren en nog hoger, waarbij hij grimassend de pijn verbeet. Het was een genot om hen samen bezig te zien. Max echter moest af en toe slikken.

'Ik wou dat hij als vader ook zo was geweest.'

Zodra Sonny wat ouder was, leerde Roy hem knipogen en fluiten, ook zijn eerste Engelse woordjes. Later speelden ze met zijn tweeën domino tegen Max en mij. Sonny legde dan de stenen voor zijn grootvader op tafel en samen telden ze het aantal stippen op elke steen. Nog voor hij drie was, kon hij ze zelf tellen. Ook vals spelen lukte vrij aardig.

'Hij heeft mijn hersenen,' besloot Roy.

'Je tong,' kaatste Lucia terug. 'Zijn mond staat nooit stil. Hij wordt later advocaat. Of iets in de politiek.'

Maar wie toen aan Sonny vroeg wat hij wilde worden, kreeg te horen: 'Taxichauffeur. Mensen rondrijden.'

'En veel geld verdienen,' fluisterde Roy hem in.

'Veel geld verdienen,' herhaalde Sonny.

'Maak hem niets wijs, pai,' zei Max.

De droom van Max voor zijn zoon? Dat Sonny op een dag in Nederland zou kunnen gaan studeren. Dat zou hij al mooi vinden.

'Maar echt studeren. Niet zoals al die jongens die daar naartoe gaan om op straat rond te hangen. Dan krijgen wij hier weer een slechte naam. En hij heeft talent, toch?'

Talent alleen is niet genoeg op Curaçao. Maar Sonny had meer. Hij had om te beginnen niet de achterstand in taal waar veel kinderen uit Barber mee worstelden. Max had thuis bewust altijd Nederlands gesproken, zoals zijn moeder dat had gedaan. Ook was Sonny enig kind, met twee liefhebbende ouders, en een vader die werk had. Hij had geen honger geleden. En zodra het mocht, op zijn vierde, werd hij naar school gestuurd, wat andere moeders vaak uitstelden. Ook Lucia was dat aanvankelijk van plan, maar nadat Max me dat had verteld – het leek meer op klikken – had ik haar opgezocht.

Ze deed er niet hypocriet over. Ze zag ertegen op om weer hele dagen alleen te zijn. Max had geprobeerd werk voor haar te vinden, zoals vroeger voor zichzelf. Hij was in winkels en bedrijven gaan informeren, had zelfs de klanten in zijn taxi aangesproken, maar nergens konden ze iemand gebruiken, althans haar niet.

'Ze nemen liever iemand uit de Dominicaanse Republiek of Colombia dan hun eigen mensen,' zei Lucia.

Ze was die middag heel open tegenover mij, voor het eerst.

'Ik had gehoopt nog een kind te krijgen. Maar het is me niet gelukt.'

Me. Niet ons. Nog steeds voelde zij zich schuldig. Ze keek naar haar vingers en pulkte aan haar nagels, die een vuile rand hadden van het wroeten in de moestuin.

'Max zegt dat we God dankbaar moeten zijn voor wat Hij ons al gegeven heeft. We moeten Hem niet nog eens verzoeken. Dat woord gebruikte hij: verzoeken. Dat heeft hij vast van u.'

Het had een woord van mij kunnen zijn, maar ik herinnerde me niet dat ik het ooit tegen Max had gezegd.

'Maar ik begrijp wel waarom hij dat zegt,' ging Lucia verder. 'We mogen al blij zijn dat het met Sonny allemaal goed is gegaan na...' Ze brak haar zin af en keek me geschrokken aan. Nog steeds kon ze er niet over praten, ook niet tegen mij, want meteen veranderde ze van onderwerp. 'Nee, broeder, u hebt gelijk, Sonny moet naar school... Natuurlijk moet hij naar school. Hij kan er maar beter bij zijn vanaf het begin. Kijk naar mij. Ik heb de middelbare school niet eens afgemaakt. Te lui. Meer aandacht voor de jongens dan voor mijn boeken. En nu zit ik hier in de kunuku. Ik kan niets.'

'Je maakt prachtige sieraden,' zei ik oprecht. 'Je kunt lekker koken.'

Verrast keek ze me aan. Hoe lang was het geleden dat iemand haar een compliment had gemaakt? Zo lang in ieder geval dat ze er niet meer mee overweg kon.

'U probeert me te vleien. Ik heb u wel door.'

'Ik meen het.'

'O.' Ze liet mijn woorden even bezinken. Toen zei ze: 'We hebben u al lang niet meer uitgenodigd om te komen eten. Vroeger wel, dat herinnert u zich waarschijnlijk nog. Maar hier, ik kan hier toch niemand ontvangen. Ik kan u ook niet geven wat...'

'Lucia,' onderbrak ik haar, 'je hoeft je voor mij niet te bewijzen. Dat doe je al elke dag voor je gezin. Je bent een goede moeder en dat maakt me blijer dan de lekkerste maaltijd die je me maar kunt voorschotelen.'

Van de felheid, ook wel botheid, waarmee ze soms op dingen kon reageren, was niets meer te bespeuren. Een muur van jaren brokkelde af. Twee keer deed ze haar lippen van elkaar om iets te zeggen, pas bij de derde keer lukte het haar.

'Dank u, broeder.'

Ze was zichtbaar opgelucht, zoals Max nadat hij zijn hart bij me had uitgestort. Maar het was beter geweest als ze dat bij elkaar hadden gekund.

Hun dagen van grote armoede waren voorbij. Wel moesten ze nog elke cent een paar keer omdraaien voor ze hem uitgaven. Maar op zijn eerste schooldag stak Sonny in het nieuw. Een lichtblauw hemdje met korte mouwen, een lange, bruine broek met een vouw erin, witte sokken, bruine leren schoenen. Later hoorde ik dat Max een groot onderhoud van de Dodge had uitgesteld en al veel te lang met kale banden reed.

Sonny viel in de klas op door zijn taalvaardigheid, maar ook door zijn goede houding. Ik heb nog een verslag teruggevonden uit zijn kleuterjaren. Eén opmerking: dat hij soms wat koppig was. Dat bleef. Verder niets dan lof.

Gedrag: goed.

IJver: zeer goed.

Beleefdheid: zeer goed.

Orde: goed.

Ik zag hem soms bezig tijdens het speelkwartier. Een aardige jongen. Geen vechtersbaas. Wel liep hij graag in de kijker. Geregeld ging hij uitdagingen aan. Wie het eerst van de ene naar de andere muur of boom kon rennen, wie het hardst op de vingers kon fluiten, wie het langst op één been kon blijven staan of de adem inhouden.

'Goedemorgen, broeder directeur.' Dat zei hij elke ochtend tegen mij. Max had hem dat ingefluisterd.

Zijn enthousiasme was aanstekelijk. Zijn zachte, vriendelijke ogen werkten ontwapenend. Zijn stem kon fel zijn. Hij zou een goede straatverkoper zijn, zei ik tegen Max.

Op een ochtend zag ik dat er op de speelplaats een groepje van wel dertig jongens en meisjes om hem heen stond. Dat was daags na zijn eerste communie.

'Kijk! Kijk! Goed opletten!' hoorde ik hem roepen. Even was het stil, toen stegen er bij de omstanders kreten van verbazing en gejuich op.

Ik kwam dichterbij en zodra hij me opmerkte, zei hij enthousiast: 'Broeder, broeder, wilt u ook zien wat ik kan?'

De andere jongens en meisjes knikten me aanmoedigend toe in de hoop dat ik op zijn vraag in zou gaan.

'Graag,' zei ik.

'Kijk,' zei hij, en stak zijn handen ver uit. In elke handpalm had hij een muntstuk van één dollar, waarvan de beeltenis sterk was afgesleten. Ik wist onmiddellijk hoe hij eraan kwam en wie hem het kunstje had geleerd dat hij me ging tonen.

'Hoeveel muntstukken telt u, broeder?' Aan zijn gezicht zag ik dat hij zich al verkneukelde.

'Twee, dat is toch duidelijk,' zei ik overtuigd, om zijn plezier niet te vergallen.

'Okay. Let goed op nu. Goed kijken.' Met wat moeite slaagde hij erin de muntstukken tegen elkaar te drukken tussen de muis van zijn beide handen. 'Goed kijken, hè broeder.'

In korte, snelle wrijfbewegingen begon hij de stukken over elkaar te schuiven, niet snel genoeg om het kunstje helemaal te laten lukken, maar met wat verbeelding zag ik het, en ook de andere kinderen.

'Hoeveel ziet u er nu? Hoevéél?' riep hij, licht hijgend van de inspanning terwijl hij zijn handen op en neer bleef bewegen.

'Drie. Nu zijn het er drie,' zei ik en zette grote ogen op.

'Brua!' klonk het toen en zijn lach schetterde over de speelplaats.

Een andere keer stond hij met een jongen van zijn klas vreemde schuifelbewegingen te maken op de speelplaats. Ze hadden allebei een veel te ruime witte handschoen aan, die ze met een elastiekje om hun pols hadden vastgemaakt. Ook die handschoenen herkende ik.

'De *moonwalk*, broeder,' zei hij, 'van Michael Jackson.'

'Wonderlijk,' zei ik, 'het lijkt of je vooruit loopt en toch ga je achteruit.'

Hij groeide prompt een paar centimeter en herhaalde zijn kunstje, deze keer graaide hij ook in zijn kruis. Ik fronste de wenkbrauwen.

'Doet Michael ook,' zei Sonny.

'O.'

'Kijkt u geen MTV, broeder?'

Max, een paar dagen later: 'We hebben een televisie gekocht. Hij moet toch ook mee met zijn tijd.'

Ik zag Max soms wanneer hij Sonny 's morgens bij de schoolpoort afzette voor hij doorreed naar Willemstad of Hato op zoek naar klanten. Veel aandacht trok de Dodge toen al niet meer. Als de leerlingen op de speelplaats er al naar keken dan was het als naar iets wat ze kenden van een foto uit hun verouderde handboeken. In het straatbeeld van Barber waren de eerste splinternieuwe auto's opgedoken, een Toyota, een Mercedes, met jongens erin die ik nooit eerder in de wijk had gezien. Uit de boxen knalde muziek, die de leerlingen na school naar de auto's lokte. De rattenvanger van Hamelen op wielen.

'Probeer uw leerlingen daar ver vandaan te houden,' waarschuwde Max me, die lang voordat de kranten erover berichtten al precies wist hoe de vork in de steel zat. 'Cocaïne. Een rechtstreekse lijn met Colombia. 's Nachts worden er zakken met drugs in zee gedropt, bij een boei, en die jongens pikken die op en verkopen hier de boel verder. Met een grote winstmarge. *Chollers* genoeg op ons eiland. Daarom kunnen ze zulke auto's kopen.'

Op school zagen we het gevaar ook in. Maar wat er buiten de schoolpoort gebeurde, daar hadden we geen grip op. Wel probeerde ik de ouders ervan bewust te maken. Ik organiseerde voorlichtingsavonden, telkens met bekwame sprekers en hulpverleners, later ook met mensen van de politie. Zoals broeder Tinus me had gewaarschuwd was het moeilijker dan ik had gedacht om enthousiasme te kweken bij de ouders. Soms kwamen er maar vier mensen opdagen en vaak deed ik een uur voor het begin van zo'n avond nog mijn ronde om iedereen eraan te herinneren en om sommigen op te halen en achteraf weer naar huis te brengen.

'U maakt de mensen bang,' zei Max, die samen met Lucia een avond over verslaving had gevolgd. 'Ze worden liever dom gehouden.'

Hij was blij dat Sonny nog in de kunuku kon opgroeien, ver van de verleidingen in de woonwijken. Op verzoek van Lucia had hij weleens geïnformeerd naar een sociale woning, maar omdat ze slechts één kind hadden en hij bovendien werkte, kwamen ze onder aan een lange wachtlijst.

'Discriminatie,' zei Lucia. 'Omdat wij geen ácht kinderen hebben.'

Max vond het prima zo en begon eigenhandig een kamer voor Sonny bij te bouwen aan hun huis in de kunuku. Sonny was toen acht en hielp mee. Max deed er ruim een halfjaar over om steen na steen te verzamelen en voldoende cement bij elkaar te krijgen. Het dak van golfplaten kwam er pas na een jaar, maar toen was de kamer eindelijk af. Sonny's bed werd ernaar verhuisd, van planken werd een bureau gemaakt, Lucia naaide gordijnen, op drijfhout schilderde ze zijn naam voor aan de deur. Voor zijn negende verjaardag kreeg Sonny een papegaai, voor zijn tiende verjaardag een walkman.

Om alles te kunnen betalen deed Max er soms de nacht weer bij, Lucia maakte opnieuw sieraden. Een paar keer had ik haar langs de kant van de weg lootjes zien verkopen.

19 juli 2001 — 4u19

'Doet Sonny het goed op school?'

Max stelde me die vraag iedere keer als hij me zag. In zijn ogen herkende ik dan de verwachtingsvolle blik van zijn moeder wanneer zij bij het schoonmaken van mijn klas naar zíjn resultaten informeerde.

Sonny deed het goed. Uitstekend zelfs. Dat kon ik van maand tot maand volgen wanneer ik in elke klas de rapporten ging uitdelen. Zo kon ik min of meer op de hoogte blijven van de prestaties van alle leerlingen van mijn school. Meer dan tweehonderd verdeeld over acht of negen klassen. Op een papiertje dat de onderwijzer me toestopte stonden voor elke leerling nog enkele woorden commentaar.

Sonny was altijd bij de eerste drie van zijn klas. Anders dan zijn vader vroeger stak hij zijn vreugde om een goed rapport niet onder stoelen of banken. Wanneer ik op de laatste vrijdag van de maand zijn klas bezocht zag ik hem al vol ongeduld naar me zitten loeren, wachtend tot ik zijn naam afriep.

'Sonny. Sonny Tromp.'

'Hier, broeder, hier!' Zijn arm ging pijlsnel de hoogte in, zijn steeds langer wordende lijf schoot erachteraan, waarna hij stokstijf en kaarsrecht naast zijn bank ging staan.

'Een mooi rapport, Sonny,' herhaalde ik mezelf voortdurend. Op een keer had de onderwijzer als opmerking geschreven: 'Je bent een inspiratie voor de anderen.' Dat las ik van het briefje af en voegde eraan toe: 'Daar mag je best trots op zijn.'

Die laatste zin was overbodig. Zijn hoofd draaide als een windvaan op zijn nek en met luide stem zei hij: 'Dank u, broeder.'

In gestrekte pas kwam hij naar voren om zijn rapport in ontvangst te nemen en keerde met geheven hoofd terug naar zijn plaats, waar hij zat te glunderen alsof hij zopas een olympische medaille had gewonnen.

Als beloning voor een goed rapport kreeg Sonny meestal geld van Roy, dat hijzelf eerst bij Max leende.

'Als ik het winnende lot heb, betaal ik je alles terug.'

'Je hebt geen geld om te spelen, pai, en dat is maar beter ook.'

Eén keer was ik erbij toen Sonny zijn rapport aan zijn grootvader kwam tonen. Ik bezocht Roy in die jaren veel te weinig doordat mijn werk als schoolhoofd al mijn tijd opslorpte.

'Ik was hier gisteren nog,' zei ik wanneer hij me daarop aansprak. 'Herinner je je dat niet meer?'

Heel even verscheen er dan twijfel in zijn blik. Daarna lachte hij breed. 'O, u hebt me niet, hoor. Mijn lichaam is misschien versleten, mijn hoofd is nog helder.'

In een zeldzaam moment van openheid zei hij eens: 'Soms wenste ik dat het andersom was.' Al volstond één blik in de grote zaal om vast te stellen dat hij daar niets mee won.

Op het rapport dat Sonny hem die zondagmiddag toonde had hij voor alle vakken een 8, een 9 of een 10, alleen voor aardrijkskunde een 6, wat nog altijd beter was dan de gemiddelde leerling. Hij zat toen in de vijfde klas.

Hij had de provincies van Nederland door elkaar gegooid.

'Waarom zou je die ook moeten kennen?' zei Roy. 'Wat een onzin. Als je hier de weg maar kent.'

Hij gaf Sonny een gulden en zei: 'Als ik het winnende lot heb, krijg jij je eigen taxi. Dan koop ik een Buick voor jou. Een Buick, weet je hoe die eruitziet?'

Max kwam meteen tussenbeide. 'Hij wordt geen taxichauffeur, pai.' Daarna wendde hij zich tot mij: 'Hij brengt mijn kind het hoofd helemaal op hol. Wilt u eens wat tegen hem zeggen?'

We zaten in een halve cirkel om Roy heen, Sonny en Lucia aan weerszijden van hem. Lucia had een jurk aan waarvan ik meende dat die nog van Myrna was geweest. Bij haar binnenkomst had Roy één ogenblik naar haar gekeken alsof hij een geest zag.

Ik schraapte mijn keel en zei, niet zozeer om Max bij te staan, maar omdat het werkelijk zo was: 'Sonny zou óók naar Radulphus kunnen. Zoals zijn vader.'

'Radulphus? Onze Sonny? Wow.' Dat zei Lucia.

Max zei, licht triomfantelijk: 'Dat heb ik toch altijd al gezegd. Havo, misschien wel vwo, nietwaar broeder?'

Voor ik kon antwoorden, vroeg Roy: 'Vwo? Wat is vwo?'

'Het voorbereidend wetenschappelijk onderwijs, padushi,' zei Sonny op de belerende toon van een volwassene.

'Dan kan hij dokter worden,' viel Lucia hem bij. 'Dan leert hij jou weer lopen.'

'Nee, dan moet je Latijn en Grieks leren,' verbeterde Sonny zijn moeder. 'Dat kan niet op Curaçao. Dan moet je naar Nederland.'

'Hij zou iets met computers kunnen gaan doen,' zei Max.

'Op Radulphus krijgen ze informatica, en veel wiskunde.'

Roy keek alsof hij een zwerm bijen om zijn hoofd hoorde zoemen. 'Dat heeft die jongen toch allemaal niet nodig.'

'Iets met computers,' herhaalde Max met overdreven nadruk. 'Dat is de toekomst. Of ingenieur. Daar is in Nederland veel vraag naar. Ingenieur, Sonny, wat denk je daarvan?'

Sonny haalde zijn schouders op.

'Dat kan hij nu toch nog niet weten,' zei Lucia. 'Hij is nog maar elf.'

'Nou, ik wist het wel al toen ik zo oud was,' zei Max. Het was eruit voor hij het goed en wel besefte en ik zag aan zijn gezicht dat hij er al spijt van had.

'O, wat dan?' vroeg Lucia, hem verbaasd aankijkend. Ook Sonny wachtte nieuwsgierig af. Roy liet zijn blik door de grote zaal dwalen alsof hij naar iemand op zoek was.

Max aarzelde. Zijn blik ging kort naar mij. Toen zei hij: 'Onderwijzer.'

'Onderwijzer? Jij? Laat me niet lachen,' riep Lucia smalend uit.

Het leek of er een wolk over Max' gezicht schoof. Tevergeefs probeerde hij zich nog een houding te geven tegenover Sonny, die hem half geamuseerd, half gegeneerd aankeek.

'Had je vader makkelijk aangekund, hoor,' richtte ik me tot Sonny. Naast me hoorde ik Max opgelucht ademhalen. 'Hij had even goede punten als jij.'

'Waarom ben je het dan niet geworden?' vroeg Sonny.

'Ja, waarom?' vroeg ook Lucia.

Max boog het hoofd om over zijn antwoord na te denken. Zodra hij weer opkeek ontmoetten zijn ogen die van zijn vader. Ze staarden elkaar aan zonder te knipperen als bij een spel wie dat het langst kon volhouden.

Max verloor.

‘Omstandigheden,’ zei hij wegkijkend.

Lucia had het begrepen en zweeg. Sonny echter vroeg: ‘Welke omstandigheden?’

‘Doet er niet toe,’ wimpelde Max zijn vraag weg.

‘Ik wil het weten,’ drong Sonny aan.

‘Een andere keer,’ zei Lucia. In mijn ooghoeken zag ik dat ze naar Max’ hand zocht, maar met een opvallende beweging trok hij die weg.

Een korte poos waren alleen de stemmen van de andere bezoekers in de grote zaal te horen, toen zei Roy tegen Sonny: ‘Een Buick. Dat is een grote Amerikaan. Heb je vast al eens gezien. Welke kleur zou je willen?’

In zijn laatste schooljaar in Barber, 1996-1997, gingen de cijfers van Sonny ineens achteruit. Omdat hij als enige in zijn nieuwe klas nooit had gedoubleerd, was hij met zijn elf jaar de jongste. Ze zaten toen met negentien leerlingen in de klas, zes meisjes, dertien jongens.

Ik heb er de klasfoto bij gepakt, die aan het begin van het schooljaar is gemaakt. Sonny staat er wat bedremmeld bij. Hij weet duidelijk geen raad met zijn lange armen. Ze hangen loom langs zijn lichaam, dat hem al is vooruitgesneld in het volwassen worden. Hij lacht, maar niet voluit. Zijn blik is schuw maar alert. Hij draagt zoals alle leerlingen de verplichte lichtblauwe polo en de geruite broek, die ze goedkoop konden kopen via school – een uniform dat we een paar jaar eerder in overleg met de ouders hadden ingevoerd om de armoede gedeeltelijk onzichtbaar te maken. Links van hem staat Beto Rosario, rechts van hem Ricardo Gomez, toen al veertien, hij kijkt zo strak in de lens dat het lijkt of hij de fotograaf om aandacht vraagt in plaats van andersom.

Sonny kreeg dat schooljaar niet meer de aandacht die hij gewend was. De puberende meisjes van zijn klas lachten om zijn slungelachtige lijf. De oudere jongens spotten met zijn goede cijfers.

Dat laatste merkte ik eind oktober toen ik de rapporten ging uitdelen en hij het zijne in ontvangst nam alsof het een dwangbevel was, ook al had hij op alle vakken minstens een 8.

Toen hij terug naar zijn bank liep, siste Beto hem toe dat hij een uitslover was. Meester Gerardo gaf hem een berisping, maar het kwaad was toen al geschied.

Bij het volgende rapport lagen zijn punten een heel stuk lager. Hij had ook twee onvoldoendes.

Niet veel later werd hij zelfs de klas uit gezet en moest hij zich bij mij komen melden. Sommige leerlingen zag ik bijna wekelijks omdat ze iets hadden misdaan of een grote mond opgezet, Sonny had nooit eerder bij me op het matje hoeven komen.

Ik probeerde met elke weggestuurde leerling een gesprek aan te gaan, zelfs als hij of zij daar niet voor openstond. Ook Sonny nam die ochtend voor me plaats in een houding die erop wees dat ik op weinig medewerking kon rekenen. Hij hield zijn armen hoog gekruist voor zijn borst, zijn hoofd koppig naar omlaag. Enkel bij het binnenkomen had hij me een blik gegund.

Hij droeg een baseballpet met daarop het logo van een of andere club. Ik had hem niet eerder met een pet gezien.

'Mooie pet,' zei ik, en brak zodoende meteen door de muur die hij om zich heen had opgetrokken.

'Ik moest hem afzetten in de klas,' klonk het misnoegd.

'En dat heb je geweigerd?' vroeg ik.

Hij knikte kort.

'Waarom?'

Hij haalde zijn schouders op.

'Je had geen zin om te luisteren?'

Opnieuw schokte hij met zijn schouders. Ik wachtte geduldig.

Uiteindelijk zei hij, kort opkijkend: 'Ik wil *cool* zijn.'

'Cool?'

'Yep.'

'En met een pet op ben je cool?'

'Zeker weten.'

'Zonder dus niet?'

'Nee.'

'Je kunt toch ook cool zijn om wie je bent,' probeerde ik. 'Je karakter. Je intelligentie.'

Hij maakte een verontwaardigde beweging met zijn hoofd alsof ik iets doms had gezegd.

'Dat zíé je toch niet.'

'O, en een pet wel natuurlijk.'

'En Nikes. Je moet ook sportschoenen van Nike hebben.'

'Heb je die dan?'

'Nee, die wil pai niet kopen. Hij zegt dat mijn schoenen nog goed zijn. Maar moet je kijken, broeder.' Tot mijn verrassing legde hij met een brede zwaai van zijn been een van zijn voeten op het blad van mijn bureau. 'Daar kan ik toch niet meer mee buitenkomen!'

Welwillend boog ik naar voren om zijn schoen te bestuderen. Een eenvoudige jongensschoen, goedkoop of namaakleer, ietwat kromgelopen, maar verder in prima staat.

'Goede schoenen toch,' zei ik.

'U snapt het niet, broeder,' zei hij, zijn voet van mijn bureau halend.

Ik snapte het wel en ik wist ook precies waar zijn verlangen vandaan kwam. Op straat had ik de voorbije maanden verschillende oud-leerlingen gezien met dure sportschoenen, zelfs jongens uit de allerarmste gezinnen. Die schoenen hadden ze meestal van een oudere broer of neef en die had ze weer van een andere neef of vriend, die een partij goedkoop had kunnen inslaan. Dat althans was wat ik hoorde als ik een groepje jongeren op straat aansprak. Om hun mond hadden ze dan allemaal een glimlach van onaantastbaarheid. Maar in de beschermende afzondering van mijn busje of kantoor vertelde zo'n oud-leerling over kruimeldiefstallen en de ruilhandel van gestolen waren. Voor alles was er een markt. Een heel circuit. Meestal werkten ze in opdracht. Zo was er ook snel geld te verdienen door op een bepaald adres een pakje in een brievenbus te stoppen.

'Alsof het een geleend boek is dat je terugbrengt, ziet u.'

En nog meer viel er te halen als je met een speedboot mee de zee op kon.

'Om te gaan vissen. Altijd beet. Meer dan honderd kilo in één nacht.'

'En de kustwacht dan?'

'Dat zijn *pussies*, broeder.'

Ze spraken over criminaliteit met een vanzelfsprekendheid alsof het over een verworven recht ging. Wij zijn arm dus mogen wij stelen en dealen. Zonder schuldgevoel, zonder schaamte. Het leek wel een spel. Een partijtje domino met schoenen als inzet.

Ik zocht de ogen van Sonny, die half verborgen gingen in de schaduw die de klep van zijn pet over zijn gezicht wierp.

'Als je Nikes wil, dan zul je moeten sparen,' zei ik. 'Wat geld verdienen met klusjes. De auto van je vader wassen, boodschappen doen voor je moeder.'

Maar hij zei: 'Van werken word je moe.'

Toen ik het daar achteraf met Max over had, wond hij zich op: 'Weet u nog wat u ooit zei? Dat we meer zelftrots moesten krijgen. Dat ben ik nooit vergeten. Maar die zelftrots is iedereen naar de kop gestegen. Ze vinden dat ze alles moeten hebben wat een ander ook heeft, maar zonder er een druppel zweet voor te laten. Geld, kleren, dure schoenen. En als ze dat niet krijgen, dan worden ze ruw in de mond, of gaan ze stelen. Pak Sonny maar streng aan, hoor. Ik wil niet dat hij ook zo wordt.'

Ik heb die ochtend nog lang op Sonny ingesproken in de hoop enige invloed op hem uit te oefenen, maar zodra ik klaar was, zei hij loom: 'Kan ik nu gaan?'

Ik vouwde mijn handen samen en boog naar voren. 'Wel als je je pet afzet. Daarvoor was je naar hier gestuurd.'

Hij dacht kort na. 'En als ik dat niet doe?'

Zoals zijn vader schatte hij blijkbaar alle voor- en nadelen in alvorens een besluit te nemen.

'Ik ga ervan uit dat je het zover niet laat komen. Dat zou onverstandig zijn. En iedereen in de klas heeft nu toch gezien dat je cool bent.'

Weer wikte en woog hij. Dat stelde me gerust. Hij liet zijn verstand alsnog voorgaan boven zijn emoties.

Toen zette hij zijn pet af en veegde over zijn haar. 'Dus nu mag ik gaan?'

'Je kunt gaan.' Hij stond prompt op, maar voor hij zich omdraaide, wees ik nog naar zijn schoenen. 'Ik zou daar vroeger heel blij mee zijn geweest. En je vader ook.'

Hij haalde voor de zoveelste keer zijn schouders op.

Max vertelde me dat Sonny ook thuis opstandiger werd, onhandelbaar bij momenten. Hij smeet met deuren, sloot zich op in zijn kamer, gooide met dingen. Ook kreeg hij steeds meer kapsones. Hij wou zelfs niet meer met de auto voor de schoolpoort worden afgezet. Iedereen lachte hem uit, zei hij.

'Jouw vader hééft tenminste een auto,' had Max gezegd.

'Dat is geen auto, pai. Dat is een wrak. Waarom koop je geen nieuwe? Een Mitsubishi? Of een Toyota?'

'Omdat ik spaar voor jou. Zodat je straks naar Radulphus kunt.'

'Ik ga niet naar Radulphus. Ik ga naar Sint-Jozef. Iedereen gaat naar Sint-Jozef.'

Alsof hij hem hoorde vloeken. De ambachtsschool. Natuurlijk zou hij daar niet naartoe gaan.

'Je gaat naar Radulphus,' had Max nadrukkelijk gezegd.

'Dan wil ik Nikes. Als ik naar Radulphus moet, dan wil ik Nikes.'

'Een draai om je oren kan je krijgen,' had Lucia gezegd.

Maar hij kreeg zijn Nikes. Ik zag hem er op een ochtend mee over de speelplaats lopen als een astronaut op de maan, half zwevend, half stappend.

'Gekregen van mai en pai,' zei hij toen ik hem aansprak.

'Waarom? Je bent toch nog niet jarig.'

'Als ik beloofde mijn best te doen op school.'

'Dat heb je uiteraard beloofd.'

'Yep.' En met een korte sprint liep hij van me weg.

'Je voedt zijn hebzucht,' waarschuwde ik Max.

'Moet hij dan ongelukkig zijn omdat hij geen broers heeft die stelen? Of wilt u dat hijzelf gaat stelen? Of erger?'

'En als hij straks iets anders verlangt?'

'Dat zie ik dan wel,' antwoordde Max kortaf en gaf met een afwijzend gebaar te kennen dat hij het er verder niet meer over wilde hebben.

Toch wilde ik nog één ding weten en ik vroeg het hem op de man af: waar hij het geld vandaan had?

'Daar hebt u zich niet mee te bemoeien.' De ruwe toon waarop hij dat had gezegd verraste hemzelf blijkbaar ook, want meteen boog hij het hoofd en zei, op halfluide toon: 'Sam.'

De cijfers van Sonny gingen erop vooruit, maar zo goed als voorheen werden ze niet meer. Het leek erop dat hij zich net genoeg inspande om zowel zijn ouders tevreden te stellen als te voorkomen dat hij opnieuw een uitslover werd genoemd. Een beredeneerde luiheid die hij zich dankzij zijn intelligentie kon veroorloven.

Alsof zijn Nikes een sleutel waren waarmee hij een deur had kunnen openen, zag ik hem op de speelplaats steeds vaker bij de groep van Beto Rosario en Ricardo Gomez staan. Toch had ik de indruk dat hij louter getolereerd werd en als jongste van de kliek ook nog steeds gepest, zij het op een meer speelse dan kwetsende manier. Sonny echter scheen dat prima te vinden, als hij maar het gevoel had dat hij erbij hoorde. Om niet weer uit de gunst te vallen deelde hij in de eetzaal soms al zijn boterhammen uit en van meester Gerardo hoorde ik dat hij in de klas spullen uitleende, een pen, een liniaal, die hij zelden terugvroeg.

'Hou maar,' zei hij dan loyaal.

Slim maar naïef. Dat zei meester Gerardo, die verder weinig op zijn gedrag had aan te merken. Een meeloper. Zoals er in elke klas altijd wel een paar zijn.

Ook thuis ging het beter met Sonny. Hij was lui, dat wel, zei Lucia. Volgens Max kwam dat omdat zij hem verwende. Van haar mocht hij uren achter elkaar voor de televisie hangen of naar muziek luisteren. Ook hoefde hij zijn bord niet leeg te eten als hij iets niet lekker vond. En als hij zijn kleren liet rondslingeren, raapte zij die op.

Max had het liever anders gezien. 'Nu moet ik altijd de boeman spelen. En als ik dan nee zeg, dan zegt Lucia achter mijn rug ja. Dan houdt het op, hè.'

Over de middelbare studie van Sonny waren Max en Lucia het wel roerend eens. Hij zou niet naar Sint-Jozef gaan, ook al had hij dat nog een paar keer geopperd.

'Een diploma. Daarna een goede baan, in een mooi pak.' Dat zei Lucia. Het was alsof ik Myrna weer hoorde.

Hoewel tegen zijn zin was Sonny toch naar de open dag van het Radulphus College gegaan.

Voor Max was het een kleine overwinning. Ze waren er door de rector begroet, de vroegere leraar wiskunde van Max, die zich bewonderend over hem uitliet. Ook andere oud-leraren herinnerden zich hem nog goed en vroegen allemaal of Sonny ook zo slim was.

'Nog slimmer,' zei Max iedere keer.

Ze vroegen ook wat hij nu deed. In auto's, zei Max. Zoals zijn vader.

Tijdens de rondleiding had Sonny zijn ogen uitgekeken. De ruime lokalen met toestellen die de leerstof op de muur projecteerden, de moderne microscopen, die hem een wondere wereld van kronkelende beestjes toonden, de computers, waar hij op mocht spelen, de boxen in de eetzaal, waar muziek uit knalde en leerlingen op dansten. Onder luide aanmoedigingen had hijzelf ook een danskunstje getoond.

Of ze Sonny al mochten inschrijven? vroeg de rector aan Max bij hun vertrek. Tegen Sonny zei hij: 'Je gaat het hier vast naar je zin hebben.'

Sonny knikte met veel overtuiging.

‘Zijn ogen zijn opengegaan,’ zei Max trots tegen mij. ‘Hij is ingeschreven. Nu nog de eindtoets afwachten.’

Die eindtoets viel tegen. Sonny moest op het laatste moment zijn gaan twijfelen aan zijn keuze voor Radulphus. Hij had meerdere vragen opengelaten.

Vwo bleek uitgesloten. Havo kon wel, maar enkel wanneer ik als hoofd een positief advies gaf. Ik twijfelde er niet over om dat te doen. In de stimulerende omgeving van het Radulphus College zou hij hopelijk zijn studie-ijver terugvinden.

Max was opgelucht, alsof hij zopas had vernomen dat hijzelf geslaagd was.

Lucia zei met geacteerde verontwaardiging: ‘Havo. Dan kan ik zijn huiswerk niet meer nakijken.’

Speels stootte ze Sonny aan. Die zat zwijgend tussen zijn ouders in op mijn kantoor, als een beschuldigde tussen zijn twee advocaten.

‘Havo op het Radulphus College,’ vatte ik voor hem samen.

‘Ben ik de enige?’ vroeg hij.

Ik noemde de naam van een meisje uit zijn klas. Haar vreugde bij het horen van haar advies had in schril contrast gestaan met zijn gelatenheid.

‘Moet dan maar,’ zei hij, maar ik had intussen genoeg ervaring om aan zijn houding te zien dat hij zijn trots verborg om zich stoerder te kunnen voordoen dan hij werkelijk was.

19 juli 2001 — 4u44

Eergisteren. Max had net getankt, ik had de *Amigoe* gekocht. Het bericht stond binnenin.

Ricardo G. Tussen haakjes zijn leeftijd: negentien jaar. Doodgeschoten op straat in hartje Otrobanda. Drie kogels in de borst. Al de dertiende moord op het eiland dit jaar.

Ricardo Gomez. Na de basisschool naar Sint-Jozef gegaan. Daar vaak afwezig geweest. Op zijn zeventiende naar Nederland vertrokken en eind vorig jaar teruggekeerd.

Max wierp een schuine blik op de krant en haalde diep adem. 'Ik wil niet dat het met Sonny ook zo eindigt.'

Om hem een hart onder de riem te steken zei ik: 'Niet Sonny.' Al was ik nergens meer zeker van.

Ik wendde mijn blik naar hem. De zon stond al laag en deed zijn grijze kroeshaar oplichten, duifgrijs, nog niet de zilverkleur van zijn vader.

Hij zweeg een poos. Hij reed niet harder dan dertig kilometer per uur. Af en toe haalde een andere auto ons in. Ik zocht naar iets om te zeggen, maar na twee uur praten viel er nog weinig te verzinnen.

Ineens keek Max me aan en zei: 'Waar is het misgegaan, broeder? Ben ik te streng geweest?'

Ik schudde mijn hoofd. 'Je hebt jezelf niets te verwijten. En Lucia evenmin. Jullie zijn goede ouders. Altijd geweest.'

‘Mijn vader dan?’

‘Nee, deze keer niet.’

‘Waar dan, broeder?’

Ik staarde lang zwijgend naar buiten, naar wat er aan het raam voorbijtrok, de auto’s, de huizen, de mensen langs de weg, en hoewel het al donker was, zag ik, waar ik ook keek, het antwoord op Max’ vraag. Toch duurde het nog even voor ik de stilte doorbrak omdat ik het gevoel had iemand te moeten veroordelen die me al mijn hele leven na aan het hart lag.

‘Hier, Max… hier is het misgegaan. Op het eiland. *Na nos bunita Kòrsou.*’ Op ons mooie Curaçao.

Bij de millenniumwisseling werd er om middernacht zoveel vuurwerk afgestoken dat het hele eiland ervan trilde, alsof het zich uit de zee zou losmaken. Daags ervoor zag je overal pick-ups met de laadbak vol vuurpijlen, voetzoekers, honderdduizendklappers. Aan de antenne hing bij wijze van waarschuwing enkel een driehoekig rood vlaggetje.

Max had vuurwerk in de kofferbak. Dat verkocht hij aan Nederlandse toeristen die hij van Hato naar hun hotel bracht. Het waren lucratieve weken voor hem. Veel toeristen, veel fooien. Iedereen was gul en vol verwachting, alsof de eenentwintigste eeuw alleen maar geluk en welvaart zou brengen.

Ogenschijnlijk was dat ook zo. Wanneer ik door Barber reed zag ik meisjes en vrouwen in mooie kleren, jongens met dure mobiele telefoons, mannen met nieuwe scooters of glimmende auto’s, en allemaal droegen ze om hun hals en polsen opvallend veel goud.

‘We hebben de staatsloterij in Nederland gewonnen,’ lachte iedereen breed, met in hun mond ook goud.

Ik wist toen al goed wat er aan de hand was. *Bolitas* was het toverwoord.

Ik heb het me haarfijn laten uitleggen, eerst door de jongeren zelf, later door welzijnswerkers op school, die kwamen waarschuwen voor de gevaren.

'Bolitas. Je knipt de vingers van een plastic handschoen en stopt elke vinger vol cocaïne. Dichtbinden en dan slikken maar.'

'Slikken?'

'Een voor een.'

'Hoeveel?'

'Zestig. Zeventig. Als je echt goed bent, doe je er honderd en meer. Ruim een halve kilo. Dat lever je dan af in Nederland. Niet te veel eten onderweg. Ze moeten zolang blijven zitten, hè.'

'En hoe komen ze eruit?'

'De natuurlijke weg, zoals met voedsel. Als alles goed gaat, krijgt de slikker zo'n tienduizend gulden. Nederlandse guldens! En hij is dan nog de sukkel, want hij neemt het meeste risico. De dealers verdienen er veel meer aan, tien keer meer, schat ik.'

'En als het misgaat?'

'In het slechtste geval een paar maanden gevangenis. De dealer onderhoudt intussen de familie. Maar dat moet achteraf ook weer worden terugbetaald. En dan kom je natuurlijk in een uitzichtloze situatie terecht.'

'Ik bedoel, als het écht misgaat?'

'Als een bolletje knapt in de maag? Stekende pijnen, epileptische aanvallen, kort maar krachtig. En dan is het met je gedaan. Maar voor zoveel geld nemen ze dat risico erbij. Op sommige vluchten zitten er tien of meer. Het voordeel is dat er minder gestolen wordt op het eiland. Alles heeft een zon- en een schaduwkant.'

Aanvankelijk had ik nog een dubbel gevoel bij wat er gebeurde. Afkeer maar ook begrip, min of meer. Er werd niemand bestolen en wie al jaren werkloos was, had opeens een inkomen, een royaal inkomen.

'Waarom zouden we nog werk moeten zoeken, broeder? Of naar school gaan? Zo verdienen we snel en makkelijk veel geld.'

Vandaag is alleen nog afkeer over. Er zijn al te veel doden gevallen. En het verdiende geld gaat bijna uitsluitend naar wat niet echt nodig is.

'Zet wat op een spaarrekening. Voor later.' Dat blijf ik herhalen. Of dat ze er eten van kopen of het aan hun woning besteden. Maar slechts een enkeling die mijn raad opvolgt. En intussen blijft het dak lekken, zitten er gaten in de muren, staan in de slaapkamers gammele bedden met doorgelegen matrassen, slapen er kinderen op de grond en komt op tafel een opgewarmde bonenschotel of vaak helemaal niets.

De rijkdom die ze in het openbaar zo graag tonen is in werkelijkheid dun als bladgoud, even krabben en de armoede wordt zichtbaar.

Voor mij betekende de nieuwe eeuw het einde van mijn loopbaan in het onderwijs. In augustus vorig jaar ben ik met pensioen gegaan. Ik ben zestien jaar schoolhoofd geweest. In die tijd zijn we een moderne school geworden. We hebben een computerlokaal, een kleine bibliotheek, nieuwe handboeken die het niet meer hebben over sneeuwpret of de waterwegen van Nederland. Verworvenheden waar ik trots op ben, al had ik zoveel meer willen realiseren. Er zijn echter op mijn eiland krachten werkzaam waar ik niet tegen opgewassen bleek. Ik heb me daarbij moeten neerleggen. Ik help nu waar ik kan.

Aan mijn opvolger, een leek, had ik laten weten dat ik in stilte wilde stoppen, maar op mijn laatste dag was het hele dorp uitgelopen en bleken van overal oud-leerlingen te zijn opgedaagd, met hun kinderen, van wie sommige ook al kinderen hadden. Achter mijn rug was er een groot feest georganiseerd. Er werd voor mij gezongen en gedanst, de hele school was versierd, de leerlingen hadden tekeningen gemaakt.

Ze wisten dat ik één droom had. Ik wilde nog een keuken voor mijn school, geen professionele, gewoon een bescheiden kookplaats, waar moeders elke dag voor de leerlingen eten konden klaarmaken, een warme, voedzame maaltijd, voor een bescheiden bedrag per maand.

Ze hadden me geblinddoekt naar binnen geleid, maar de weldadige geuren die ik rook verraadden al wat ik nog niet kon zien. Wat ik had gewenst was er allemaal: gaspitten, pannen, potten, borden, bestek, en moeders, zelfs grootmoeders, die hadden gekookt, en dat zouden blijven doen.

Ik was diep geraakt, al had ik dat misschien iets meer moeten tonen. Ze vonden me vast ondankbaar, maar ik was overrompeld.

Max kwam die dag veel te laat. Hij had weer pech gehad. Zijn auto liet hem steeds vaker in de steek. Hij had op het punt gestaan een andere te kopen, maar de bank wilde hem geen lening geven. En al bij al had de Dodge na al die jaren voor veel toeristen een zekere aantrekkingskracht. Een overblijfsel uit koloniale tijden, meenden ze. Max sprak dat nooit tegen. Zoals in Cuba, zei hij, en voor een extra fooi ging hij gewillig mee op de foto.

Sinds ik met pensioen ben, komt hij me zo nu en dan halen om naar Huize Welgelegen te gaan. Daar kunnen twee weken tussen zitten, ook twee maanden. De Dodge is de enige plek waar hij vrijuit praat. Vaak heeft hij het dan over Sonny.

Soms vraagt hij gewoon wat opvoedkundig advies.

'Hoe laat vindt u dat hij thuis moet zijn van een verjaardagsfeestje?'

'Hij wil meer zakgeld. Wat lijkt u redelijk? Veel kan ik hem niet geven.'

'U moest vroeger thuis toch ook helpen? Van Lucia hoeft hij dat niet. Alleen zijn eigen kamer opruimen.'

Soms zijn het verzuchtingen.

'Vroeger gingen we op zondag weleens samen naar het strand. Nu wil hij niet meer mee.'

'Hij staat uren voor een spiegel naar zichzelf te kijken. En met een meetlint meet hij elke dag de omvang van zijn armen en borst.'

Eén keer zei hij: 'Hij praat meer met zijn papegaai dan met mij.'

Ik vroeg: 'Ben je eigenlijk trots op hem?'

Verontwaardiging. 'Natuurlijk. Wat een vraag.'

'Zeg je hem dat ook?'

'Dat zíét hij toch.'

Hij had alle reden om trots te zijn. Sonny deed het meer dan behoorlijk op Radulphus. Hij was in een sterke groep beland, en zoals ik had gehoopt was daardoor zijn studieijver teruggekeerd. Hij zat niet meer bij de besten van de klas, maar haalde wel altijd voldoendes. Drie jaar na elkaar was hij zonder problemen overgegaan. Wanneer ik naar zijn toekomst vroeg, sprak hij de wens uit om iets met informatica te gaan doen. Daarom ook had hij voor het vierde jaar Natuur en Techniek gekozen, niet de makkelijkste richting.

Hij was vijftien en bijna even groot als Max. Wel al gespierder. Sinds een jaar deed hij drie tot vier keer per week in het buurthuis aan krachttraining en thuis had hij halters gemaakt van flessen gevuld met zand en stenen.

Eerder had hij op aandringen van zijn vader andere sporten geprobeerd. Hij had aan honkbal en basketbal gedaan. Max had zijn rijtijden iedere keer zo aangepast dat hij hem naar de trainingen en wedstrijden kon brengen, soms ook bleef hij supporteren, op den duur met meer vuur in zijn stem dan Sonny in zijn benen bij het spelen. Balcoördinatie was niet zijn sterkste punt. Zijn bewegingen hadden nog steeds iets slungeligs.

Toen in het buurthuis twee oude trainingsbanken met halters werden geplaatst, had hij zich tijdens een open dag een keer laten uitdagen in het liften van gewichten en sindsdien was hij als een magneet door het verroeste ijzer van de toestellen aangetrokken.

Max had het er niet op. 'Voor hij daarmee begon ging hij nog bij de jongens en meisjes van zijn klas spelen, in de betere buurten. Of dan bleef hij na op school om extra computerles te volgen. En toneel, dat weet u ook nog wel. Maar nu... al die stoere jongens onder elkaar, dat machogedoe...'

Lucia had geen bezwaren tegen de hobby van Sonny, integendeel. 'Hij wil er goed uitzien. Dat is toch normaal. Succes hebben bij de meisjes. Die kijken alleen naar de buitenkant. En het kost geen cent. Ik moet alleen wat vaker zijn kleren wassen.'

Soms zag ik hoe ze hem stevig vastpakte, met haar beide armen om zijn gespierde bovenlichaam. Sonny trok dan een gezicht, maar zich loswurmen deed hij niet.

'Max legt te veel druk op hem, ziet u,' vertelde ze. 'Hij wil weten waar hij is. Hoe laat hij thuiskomt. Maar die jongen heeft ook wat vrijheid nodig. En hij doet het toch goed? Ik weet nog hoe ik zelf was vroeger. Hoe minder ik mocht, hoe slechter ik luisterde. Ik heb vaak overhoopgelegen met mijn moeder. En nog steeds, dat weet u... Ik heb er weleens woorden over met Max. Dat hij Sonny wat meer vertrouwen moet geven. Meer met hem moet praten. Kijk naar hoe je vader met hem omgaat, zeg ik dan. Dat wil hij niet horen natuurlijk. Dan klapt hij dicht. U kent hem.'

Tussen Roy en Sonny klikte het inderdaad nog steeds.

'Laat die spieren nog eens zien, jongen. Kijk eens aan, er is weer wat bij gekomen.' Dat zei Roy bij elk bezoek van zijn kleinzoon, waarna ze vertrokken voor een geanimeerd gesprek over auto's of iets wat ze op televisie hadden gezien. Ook diste Roy geregeld een sterk verhaal op dat Sonny al tientallen keren had gehoord, maar waar hij nooit genoeg van kreeg. Als hij die twee bezig zag, had Max het gevoel dat hij ze door een getinte ruit gadesloeg, zei hij. Hij kon hen zien, maar zij zagen hem niet.

Vanuit school ging Sonny elke woensdag uit zichzelf bij zijn grootvader langs. Hij nam dan de bus naar Otrobanda en vanaf daar liep hij door naar Huize Welgelegen. Als het niet te warm was, nam hij Roy in zijn rolstoel mee naar buiten om samen naar de voorbijrijdende auto's op de ringweg te kijken.

Sonny wees hem op de nieuwste modellen. Af en toe werd er naar hen getoeterd.

'Die kennen me nog,' zei Roy dan.

In zijn vierde jaar op Radulphus had Sonny een goede start, maar bij de tweede proefwerkweek in december had hij onverwacht slechte cijfers. Dat was kort na de begrafenis van Beto Rosario, die bij hem in de zesde klas had gezeten en op Sint-Jozef naar school ging.

Beto was zeventien. Broeder Jan had hem dood aangetroffen in een van de bouwvallige huizen, niet ver van Fuik, die hij tijdens zijn ronde aandeed, op zoek naar verslaafden aan wie hij een voedselpakket kon bezorgen.

Verdachte omstandigheden, stond in de krant. Een dag later volgden de details. Bij de lijkschouwing waren twaalf bolletjes in de maag van Beto gevonden, waarvan meerdere geknapt.

Ik hoopte dat de dood van Beto niet voor niets zou zijn geweest en dat velen er lessen uit zouden trekken, maar al de volgende dag reden er weer jongens aanstellerig met hun brommers op één wiel door de straten van Barber en leunden anderen loom tegen hun auto, waarin ze af en toe vliegensvlug verdwenen om er iets uit te halen of weg te stoppen. Eén oud-leerling kwam me vol trots zijn nieuwe gouden halsketting laten zien.

Op de begrafenis was er veel volk. Veel woede ook. Na de afscheidsdienst vloog Beto's moeder Ricardo Gomez aan, die sinds een paar maanden terug was uit Nederland. Haar andere, oudere zonen hielden haar met moeite in bedwang. Ricardo was slechts een pion. Dat wisten die zonen maar al te goed.

Lucia en Sonny waren er ook. Max weigerde de begrafenis bij te wonen.

'Iemand op dit eiland moet werken voor zijn geld,' zei hij geïrriteerd.

Sonny bleef na afloop hangen. Ik zag hoe Ricardo Gomez zijn gespierde armen bewonderde. Hij kneep erin en gaf er enkele speelse stoten met zijn vuist op. Sonny lachte en dolde mee. Er stonden nog andere jongens bij. Allemaal waren ze blij Ricardo terug te zien. Hij was flink dikker geworden in Nederland. Ik schatte hem honderdtwintig kilo.

'Ricardo, hoe gaat het?' vroeg ik.

'Broeder Daniel,' reageerde hij enthousiast. 'Goed. En met u?' Zijn gebit was een bankkluis aan goud.

'Droevige dag vandaag,' zei ik.

'Beto,' knikte Ricardo. 'God hebbe zijn ziel.'

'Moest je daarom terugkomen naar Curaçao? Om anderen in het ongeluk te storten?' Het was niet mijn gewoonte om iemand in het openbaar terecht te wijzen, maar de dood van Beto had ook mij diep geraakt. Ik had geen zin om eerst nog energie in loze praatjes te stoppen.

'Wat bedoelt u, broeder?' Zijn fronsende blik ging de kring van omstaanders rond.

Ik keek hem strak in de ogen zonder iets te zeggen. Toen hij nog op de lagere school zat, moest hij vaak bij mij op het matje komen. Hij was altijd respectvol en beleefd geweest.

Deze keer reageerde hij hautain. Hij keek me een paar tellen uitdagend aan, stak toen zijn handen in de lucht, met aan elke vinger een zegelring, en zei: 'Beto heeft pech gehad, broeder, brute pech. Niets aan te doen.' De andere jongens om hem heen knikten instemmend. Ook Sonny, toen hij zag dat iedereen dat deed.

Aan Ricardo heb ik daarna niet veel woorden meer besteed, wel sprak ik de volgende dag Sonny aan in het buurthuis. Wat kon ik meer doen dan hem waarschuwen?

Hij reageerde met de felheid van iemand die beledigd is. 'Ik ben niet dom! Ik wil niet eindigen zoals Beto. Ik ben echt niet dom!'

Toen ik Max ongeveer een maand na de begrafenis van Beto voor het eerst weer zag, barstte hij meteen los over Sonny. We hadden nog maar net het klooster verlaten. Het regende hard en de ruitenwisser aan mijn kant deed het niet. Bij een poging die te maken had Max een spier in zijn nek verrekt, waardoor hij zijn hoofd moeilijk naar rechts kon bewegen.

'Sonny had drie onvoldoendes,' zei hij strak voor zich uit kijkend. 'Ik heb zijn klassenleraar gesproken. Die zegt dat hij tegenwoordig ook altijd te laat is met zijn huiswerk, dat hij niet oplet in de klas, een grote mond opzet. Ik maak me zorgen, broeder. Sinds hij daar in dat buurthuis zit...'

Het buurthuis was het probleem niet. Daar zitten goede buurtwerkers, die met de jongeren begaan zijn, hen begeleiden, ook een oogje in het zeil houden. Dat zei ik hem.

'En ik wou hem net verbieden daar nog heen te gaan,' zei Max.

'Niet doen.'

'Wat dan?'

'Heb je met hem gepraat?'

'Er valt niet met hem te praten. Hij is de koppigheid zelve. Dan zet hij zijn koptelefoon op. Of gaat naar de muur zitten staren.'

'En Lucia?'

'Ze zegt dat ik me er niet te veel over moet opwinden. Hij pubert. Dat gaat over.'

Lucia wou niet zien wat hij zag. 'Ik zou niet meer kunnen slapen. Dan doe ik liever mijn ogen overdag ook dicht.' Terwijl Max als hij kon met een verrekijker elke beweging van Sonny zou hebben gevolgd.

'O ja...' ging hij verder, 'hij wil opnieuw Nikes. Weet u nog? Sinds hij op Radulphus zit, heeft hij nooit meer moeilijk gedaan over goedkope schoenen, en nu opeens... Hij heeft dat nodig voor zijn training, zegt hij. Maar hij doet niet aan hardlopen, hij heft gewichten, daar heb je geen dure schoenen voor nodig.'

Alles wat Max zei baarde me zorgen. Ik dacht aan het contact dat Sonny met Ricardo Gomez had gehad. Toch zweeg ik. Ik was bang dat Max' relatie met Sonny onder nog grotere spanning zou komen te staan. En misschien was mijn onrust voorbarig en had Sonny gewoonweg te hoog gegrepen met de keuze van zijn studie.

'En wat ga je nu doen?' vroeg ik.

'Hoe bedoelt u?'

'Die Nikes.' Ik herinnerde me levendig de discussie die we daar een paar jaar eerder over hadden.

Een korte poos staarde hij afwezig door de voorruit. Toen zei hij: 'Hij wordt in maart zestien. Lucia heeft het hem beloofd.' Hij draaide zijn hoofd naar mij. De pijn van die beweging deed zijn gezicht tot een grimas vertrekken. 'Ik heb het geld, broeder. Ik heb kunnen sparen de voorbije maanden.'

Het werden uiteindelijk geen Nikes. Sonny wilde een mobiele telefoon. Max vond dat zelfs beter. Dan kon hij Sonny altijd bereiken en andersom.

'Zijn verbruik moet hijzelf betalen. Dat heb ik hem gezegd.'

Max had al geruime tijd een mobiele telefoon en sindsdien ook visitekaartjes met zijn nummer, die hij overal achterliet. Die kaartjes had Sonny met de computer gemaakt. 'Taxi Tromp' stond erop en een afbeelding van de Dodge, die hij zo had bijgewerkt dat de auto er als nieuw uitzag.

'Kon dat in het echt ook maar zo makkelijk,' had Max geopperd.

Alsof het allemaal was gepland, had Sonny het in de derde proefwerkweek weer goed gedaan.

'Lucia en ik zijn er met open ogen in getrapt,' zei Max. 'Ach, zolang hij er geen gewoonte van maakt. En hij was gelukkig. U had hem moeten zien. Hij vloog zijn moeder om de hals. Soms is hij echt nog een jongen.'

Ik had voor de zekerheid geïnformeerd bij de buurtwerkers. Niets wees erop dat het met Sonny de verkeerde kant op ging. En Ricardo Gomez was niet meer gesignaleerd in Barber. Zijn territorium was ergens in Otrobanda. Daar alleen al waren vier of vijf bendes actief. Ze hadden hun eigen straten, pleinen en hoeken, waar voortdurend om werd gestreden, met veel geweld.

'Vroeger kreeg je een duwtje of vocht je het uit met je vuisten, nu schieten ze je dus zomaar overhoop. Lafaards.'

Dat zei Roy nadat Max hem had verteld dat het geknal dat hij op een nacht had gehoord geen vuurwerk was geweest.

In zijn laatste proefwerkweek deed Sonny het opnieuw slecht. Hij had vier onvoldoendes. Toch mocht hij overgaan op basis van zijn cijfers over het hele jaar. De klassenleraar had hem wel gewaarschuwd dat zijn mentaliteit moest veranderen. Meer concentratie. Meer stiptheid. Anders maakte hij niet de minste kans in het vijfde jaar.

'Hij is er zelf van geschrokken,' zei Max opgewonden. 'Hij meende dat hij het veel beter had gedaan. Maar hij heeft niet hard genoeg gestudeerd. Allemaal de schuld van die krachttraining. Hij is alleen maar met zijn spieren bezig, niet met zijn hoofd. Maar als ik dat tegen hem zeg, haalt hij zijn schouders op.'

'Zijn brede schouders,' zei ik in een poging hem wat te

doen ontspannen. Mijn opmerking ontging hem. Onverstoorbaar praatte hij verder. 'En Lucia valt hem dan weer bij. Hij mag toch over naar het volgende jaar, zegt ze. Waar maak je je druk om, Max? En misschien heeft ze gelijk. Sonny mag nu naar de vijfde. Ik moet afleren om alleen maar het slechte te zien. Je hebt te vaak een donkere bril op. Dat zegt Lucia. Zij is een wijze vrouw, broeder.'

Hij was opgelucht die middag. Opgelucht en trots. Het was toen dat die lang verdwenen gloed in zijn ogen kort oplichtte en hij tegen me zei: 'Weet u nog die keer dat ik Richie Molina heb verslagen? Hij was toen de tweede van de klas, ik de eerste.'

'Dat herinner ik me nog als de dag van gisteren,' zei ik, waarna we allebei lange tijd zwegen en naar de weg keken, die meter na meter onder de Dodge verdween.

Hij vond zijn geestdrift terug toen we bij Huize Welgelegen arriveerden. Het vooruitzicht dat hij zijn vader kon meedelen dat Sonny naar vijf havo overging, bezorgde hem een triomfantelijk gevoel.

'Pai zal nu toch moeten beseffen dat Sonny geen taxichauffeur wordt. Al zal hij dat natuurlijk nooit willen toegeven.'

Roy reageerde aanvankelijk niet op het nieuws. We troffen hem aan op zijn kamer, waar hij in een stoel door het raam naar buiten zat te staren. Hij maakte een lome indruk, alsof hij een slaappil had gekregen die nog niet helemaal was uitgewerkt.

'Nou pai, ben je niet trots op je kleinzoon?' drong Max aan.

Nu sloeg Roy zijn ogen op. 'Waarom komt hij niet meer?'

'Wie? Sonny?'

'Sonny, ja.'

‘Hij is woensdag nog hier geweest, pai. Na school.’ Max trok een gezicht naar mij alsof hij twijfelde aan de geestestoestand van zijn vader.

‘Ik heb hem niet gezien. Hij is al weken niet meer hier geweest.’

‘Elke woensdag, pai,’ zei Max. ‘Hij is elke woensdag hier geweest.’ Maar zijn stem klonk al niet meer zo zeker.

19 juli 2001 — 5u05

Sinds twee maanden heb ik ook een mobiele telefoon. Ik weet amper hoe hij werkt. Ik kan ermee bellen en opnemen als ik gebeld word. Al schrik ik nog iedere keer als dat toestel in mijn borstzak overgaat. Maar ik ben zo vaak onderweg om kleren en eten uit te delen dat het wel handig is. Zelfs mijn veel oudere medebroeders hebben er al geruime tijd eentje.

Max moet intussen geland zijn. Ik heb hem gevraagd om me op mijn mobiele nummer te bellen. De voorbije minuten heb ik al tientallen keren gecontroleerd of mijn telefoon wel aanstaat. Ik wil zijn oproep niet missen. Als ik om halfzes met broeder Bertus en broeder Jan in gebed ga, zou ik het geluid uit en de trilfunctie aan kunnen zetten. Vanmiddag hebben jongens in Barber me laten zien hoe dat moet. Ze hebben het zeker vijf keer voorgedaan, met veel geduld, maar nu ben ik bang dat ik op een verkeerde knop druk waardoor er niets meer werkt.

De jongens vroegen me terloops hoeveel ik had betaald. Toen ik de prijs noemde gooiden ze in een theatraal gebaar van ongeloof hun armen in de lucht. Allemaal kenden ze wel iemand die me hetzelfde toestel voor minder dan de helft van de prijs had kunnen bezorgen.

‘Maar waarschijnlijk zonder garantie,’ zei ik.

Ze moesten hard lachen.

Toen ik eergisteren terugkeerde van het moederklooster in Nederland stond Max me op te wachten op de parkeerplaats van de luchthaven. Zodra hij me zag wenkte hij me.

Drie weken eerder had hij me weggebracht naar Hato. Onderweg hadden we het over Sonny gehad.

'Ik heb nog steeds mijn twijfels,' zei hij. 'En ik weet dat ik hem wat ruimte moet geven, maar het blijft moeilijk. Ik zie te veel. Ik hoor te veel. U begrijpt toch dat ik me ongerust maak? Hoe zou u zijn als u een zoon van zestien had?'

Ik had mezelf die vraag ook gesteld, een paar dagen daarvoor, na een lang gesprek met Sonny.

'Wilt u niets aan mijn vader vertellen?' had hij aan het eind gevraagd.

'Ik moet hem toch íéts zeggen.'

'U kunt zeggen dat er niets aan de hand is. Dat is toch ook zo? Er is niets gebeurd. Maar als ík dat zeg, gelooft hij me niet.'

'Met reden misschien. Je hebt al tegen hem gelogen, aan de telefoon.'

Max had vanuit Huize Welgelegen naar Sonny gebeld. Hij was met een excuus de kamer van Roy uit gelopen en toen hij terugkwam, zei hij: 'Sonny moest leren voor zijn proefwerken, pai. Niets aan de hand. Hij komt nu snel weer langs.'

Ook Max had gelogen.

Op de terugweg naar mijn klooster vertelde hij wat Sonny werkelijk had gezegd. Dat hij met vrienden was gaan zwemmen. Meer niet. Max wilde weten met welke vrienden. Sonny had een paar namen van jongens van zijn klas genoemd.

'Ik geloof hem niet,' had Max tegen mij geroepen. Hij was zo van streek dat hij een ongecontroleerde ruk aan het stuur gaf waardoor we van de weg raakten. Ik liet hem de auto aan de kant zetten tot hij bedaard was.

'Zal ík met hem praten?' stelde ik voor.

Hij ging er meteen op in. 'Tegen mij zegt hij toch niets.'

Sonny was oprecht. Die indruk had ik althans. Ik had hem in het buurthuis aangesproken en hij was zonder vragen te stellen met me meegegaan naar het kantoortje van de buurtwerker. Daar noemde hij al snel de naam van Ricardo Gomez. Hij was met hem op pad geweest.

'Waarom?'

'Gewoon. Hij wilde me zijn nieuwe auto laten zien.'

'En toen?'

'We zijn wat gaan rijden. Daar is toch niets mis mee.' Hij hing zijn rechterarm nonchalant over de rugleuning. Hij droeg een beigekleurig shirt zonder mouwen dat zijn armspieren goed liet uitkomen. Op zijn hoofd had hij een donkerblauwe pet met in het wit de letters N en Y erop.

'Daar is niets mis mee,' herhaalde ik. 'En toch lieg je erover tegen je vader? Er is dus meer aan de hand.'

'Nee, ik zweer het,' zei hij fel.

Ik liet een stilte vallen. Hij liet zijn blik naar het raam gaan. Toen zei ik: 'Je hebt zelfs je grootvader in je leugen betrokken.'

Opeens had ik al zijn aandacht. 'Padushi?'

Ik knikte.

'Is hij boos?'

'Dat ook. Maar vooral ongelukkig. Hij vraagt zich af of hij iets verkeerds heeft gedaan.'

Hij begon onrustig te ademen. Onder zijn shirt ging zijn borstkas snel op en neer.

'Waar ben je met Ricardo geweest?' vroeg ik zonder enige dwang. Ik voelde me een inspecteur van politie.

‘Naar het strand van Jan Thiel,’ zei hij zonder me aan te kijken.

‘En de tweede keer?’

Hij zweeg.

‘Je bent verschillende keren niet bij je grootvader geweest.’

Nu keek hij op. ‘Otrobanda, naar de fitness.’

‘Dat is erg duur, niet?’

‘De eerste keer is voor niets,’ zei hij snel. Hij wist duidelijk waar ik op aanstuurde.

‘En de tweede keer?’

‘We zijn maar één keer geweest.’ Hij trok aan de klep van zijn pet zodat die wat lager voor zijn ogen kwam.

‘En toen?’

‘Niets. Gewoon, bij vrienden van hem.’

Ik laste opnieuw een pauze in. Zijn ademhaling werd weer onrustig. Ik besloot het over een andere boeg te gooien.

‘Weet je hoe ze Beto hebben achtergelaten? Beto Rosario.’ Ik sprak bewust traag. Hij zat met gebogen hoofd tegenover me. Met zijn ene hand wreef hij over de knokkels van zijn andere hand, die hij tot een vuist had gebald. Ik wachtte nog een paar seconden. ‘Als een hond, Sonny, als een dode hond. Ze zullen vast nog eens tegen hem geschopt hebben.’ Ik was me ervan bewust dat ik voor het eerst in al die jaren harde taal gebruikte. ‘Maar Beto heeft gewoon pech gehad. Zo zeg je dat toch, hè Sonny? Pech gehad. Wat... wat zou je padushi ervan vinden als jij straks ook pech zou hebben? Als jij als een hond...’

Hij schoot overeind. ‘Ik heb al gezegd dat ik het niet doe! Dat heb ik al gezegd!’ Woest schopte hij tegen zijn stoel en begon met zijn beide vuisten hard tegen zijn slapen te bonken. ‘Dat heb ik gezegd! Dat heb ik...’

Max pakte mijn bagage aan en stopte die in de kofferbak.

'Hoe was de reis, broeder?'

'Behoorlijk turbulent.'

'Ja, veel wind vandaag.'

Ik doelde echter op de luidruchtige dronken Antilliaanse jongemannen die het vliegtuig op stelten hadden gezet omdat ze van de stewardessen niet nog meer sterkedrank kregen. Voor mij was het allang duidelijk waarom ze een feestje wilden bouwen. Straks konden ze weer opscheppen met geld en juwelen. Direct na de landing waren ze weggeleid door de politie. Ze lieten zich gewillig meevoeren en maakten grapjes. Binnen het uur zouden ze weer vrij zijn. Dat wisten die jongens ook. Ze konden hun niets meer maken.

Max nam plaats achter het stuur. Hij moest de motor de hele tijd hebben laten draaien want de temperatuur in de auto was aangenaam terwijl het buiten drukkend heet was. Zonder iets te zeggen reed hij van de parkeerplaats af. Zijn stugge houding gaf me een ongemakkelijk gevoel.

'Max, scheelt er iets?'

'Sonny... Sonny is weggelopen.'

Ik schrok. 'Wanneer?'

'Gisteravond. Ik heb de hele nacht naar hem gezocht. En vandaag ook.'

Ik wierp een blik op het klokje op het dashboard. Het stond op halftien, maar het was nog licht. Het kon dus niet later dan zeven uur zijn.

'Wat is er gebeurd?' vroeg ik.

Max aarzelde. Toen zei hij: 'Hij stond op het punt naar Nederland te gaan.'

Een tegenligger suisde ons luid toeterend voorbij. Zonder dat een van ons beiden het had gemerkt, was de Dodge licht van zijn baan afgeweken. Max trok hem weer recht.

Sonny bleek al een paar dagen raar te doen. Lucia plaagde hem nog dat hij een vriendinnetje had, maar Max vertrouwde het niet en had zijn kamer doorzocht.

Ik vroeg hem of hij dat vaker deed. Hij negeerde mijn vraag.

Hij had een briefje gevonden met daarop, in wat op het eerste gezicht codetaal leek, allerlei gegevens. Max had vrij snel door wat er stond. De vluchtnummers van de KLM kende hij als geen ander, ook de uren van vertrek. De rest liet zich toen makkelijk ontcijferen: de prijs van het ticket, een adres in Nederland, de reden van de reis, de datum van de terugreis. Antwoorden op vragen die de douane stelde aan verdachte reizigers en die Sonny vanbuiten moest leren voor hij vertrok.

Hier onderbrak Max kort zijn relaas en riep naar mij, deels in woede, deels in paniek: 'Hij is nog maar zestien! Zéstien!'

Ik heb hem niet gezegd wat ik wist. Dat die jongens ook dienen als lokaas. De douane pikt ze er meestal meteen op Hato al uit, en anders wel op Schiphol. In hun maag zit slechts een kleine hoeveelheid bolletjes zodat het verlies voor de dealers beperkt blijft. De ervaren slikkers kunnen intussen ongestoord doorlopen. En als de jongens zelf ook door de douane komen, krijgen ze de volgende keer een grotere lading.

Sonny was naar het buurthuis om te trainen en Max was er meteen heen gereden. Hij had hem een lift naar huis aangeboden. Onderweg had hij het briefje tevoorschijn gehaald, waarna Sonny uit de auto was gesprongen en weggerend, de kunuku in.

Nu pas vielen me de schrammen op Max' armen op. Hij

was hem nog achternagegaan en had vervolgens de hele nacht rondgereden.

'Waarom, broeder, waarom?' Zijn stem klom boven het slepende geluid uit van een versleten riem onder de motorkap.

'Ricardo Gomez,' zei ik. De naam ontglipte me, maar tegelijk voelde ik me opgelucht.

Max keek me met doffe ogen aan. Hij leek niet eens verrast dat ik die naam noemde. Hij ademde diep in en zei: 'Ricardo Gomez is dood, broeder. Op straat doodgeschoten, gisteren, in Otrobanda.'

Ik had het gevoel dat ik geen lucht meer kreeg en draaide snel het raampje aan mijn kant omlaag. De wind die de auto in waaide was droog en heet.

'Vindt u het goed dat we samen nog wat rondrijden?' vroeg Max. 'Vier ogen zien meer dan twee.'

'Dat is goed, Max. Geen probleem.' Ik hoorde het mezelf zeggen terwijl ik het liefst in bed was gekropen en daar was blijven liggen tot iemand me kwam wekken om te zeggen dat alles maar een droom was geweest. Sonny, Max, Roy, Barber, het hele eiland, niemand en niets had werkelijk bestaan.

We hebben ruim anderhalf uur rondgereden. Het was allang donker toen Max me bij het klooster afzette. Hij vertelde me nog dat hij de naam Ricardo Gomez was tegengekomen in de telefoon van Sonny. Ze hadden vaak met elkaar gebeld.

Ja, hij keek regelmatig in Sonny's telefoon.

In een andere situatie had ik hem paranoïde verklaard, maar toen in de auto kon ik hem niets verwijten. Hij was een overbezorgde vader en wie kon hem dat kwalijk nemen.

Net voor ik uitstapte informeerde ik naar Lucia.

'Ze weet nog van niets. Ik heb gezegd dat Sonny me heeft laten weten dat hij bij een jongen van zijn klas blijft slapen. Ik wil haar niet ongerust maken.'

Toen ging hij weer de nacht in. We spraken af elkaar de volgende ochtend te bellen.

Broeder Bertus had me al een paar keer proberen te bereiken op mijn mobiele telefoon, maar die stond nog uit. Er was al meer dan drie uur een jongen op mij aan het wachten.

'Ik heb hem gevraagd morgen terug te komen, maar dat wilde hij niet. Er is iets met hem, Daniel. Hij beefde als een riet toen hij hier aankwam.'

Sonny zat in de keuken. Broeder Bertus had een boterham gesmeerd, maar die had hij niet aangeraakt. Toen hij me zag, begon hij weer te beven. Hij maakte een verwilderde indruk, zoals die keer toen ik Max had aangetroffen voor de schoolpoort nadat zijn moeder had gezegd dat hij moest stoppen met studeren omdat ze voor Roy ging zorgen. Maar van Max herinnerde ik me nog goed hoe volwassen en nuchter hij toen had geklonken, terwijl Sonny, in zijn blik, in zijn gezicht, in zijn houding, in alles behalve zijn lichaam, nog een jongen was.

Ik nam hem mee naar mijn kamer, waar ik hem op mijn bed liet zitten terwijl ik aan mijn bureau plaatsnam. Zijn blik gleed traag over de kale muren. Hij leek verbaasd over de soberheid van mijn kamer. Ik was één keer op zijn kamer geweest en daarvan herinnerde ik me dat de muren vol posters hingen van zwarte mannen in trainingspakken en met veel goud om.

'Rappers. Mijn helden.' Dat had hij toen gezegd.

Zijn blik was blijven hangen bij het kruisbeeld boven de deur.

'Mijn held,' zei ik.

Hij keek me niet-begrijpend aan. Hij droeg hetzelfde beige shirt als de vorige keer dat ik hem had gesproken. Zijn pet ontbrak. Ik liet mijn blik naar zijn armen gaan, waar schrammen op zaten.

'Ik heb je vader gesproken. Dat zeg ik je liever meteen.' Mijn stem klonk dof. De vermoeidheid van mijn reis liet zich voelen. Sonny zweeg. 'Je hoeft niet bang te zijn. Ik zal je helpen. Daarom ben je naar hier gekomen, niet? Misschien...'

Zijn donkere ogen werden groter. Maar hij keek niet naar mij. Hij keek over mijn schouder naar het raam, alsof hij daar iets zag bewegen. In een snelle, krampachtige beweging kruiste hij zijn armen voor zijn borst, als om zich tegen een aanval te beschermen en riep: 'Ze gaan mij óók doodmaken! Mij ook!'

Ik stak mijn hand naar hem uit. Hij schrok van mijn aanraking. 'Rustig maar, Sonny, rustig. Hier doet niemand je iets.'

Zijn paniek hield aan. 'Ricardo is dood! Ik heb hem gebeld. Maar iemand anders nam op. Ze hebben hem doodgeschoten...'

Toen barstte hij in huilen uit. Het duurde lang voor ik hem tot bedaren kon brengen en hij tot een gesprek in staat was.

Hij had de vorige keer niet alles verteld, biechtte hij op. Ricardo en hij waren meer dan één keer naar de fitness geweest. Ricardo had hem zelfs een jaarabonnement cadeau gedaan en in de sportwinkel had hij nieuwe Nikes mogen uitzoeken.

Ik vroeg hem waar hij die bewaarde.

'In mijn kastje op school.'

Ze waren ook twee middagen naar een speelhal geweest, waar ze urenlang videogames hadden gespeeld.

Grand Theft Auto. Ik heb die naam genoteerd om hem niet te vergeten.

Ricardo had opnieuw alles betaald, ook de drankjes, en daarna waren ze telkens bij McDonald's gaan eten. Het Maxi Menu. Zoveel hij op kon.

'En dat had Ricardo ook betaald,' zei ik.

'Ik heb tien keer gevraagd of ik niets hoefde te betalen! Ik heb het hem gevraagd. Maar hij had geld zat, zei hij, en hij deelde dat graag met zijn vrienden.'

'Jij was zijn vriend?'

'Zijn beste vriend.'

'Dat geloofde je?'

Sonny sloeg zijn ogen neer. Ook de schaamte kwam nu bovendrijven.

'Je wist toch hoe hij aan dat geld kwam?'

'Daar hadden we het nooit over.'

'Maar je wist het wel?'

Hij zweeg.

'En toen?'

'Ricardo zei dat hij bestolen was. Al zijn geld was weg. En dat ik hem daarom moest terugbetalen.'

'Hoeveel?'

'Duizend gulden. Maar dat was gelogen! Het kon nooit zoveel zijn! Ik heb het nageteld!'

Hij begon weer te schudden over zijn hele lichaam. Ik gaf hem wat te drinken.

'Rente,' had Ricardo gezegd. 'Jij met je slimme kop, je weet toch ook dat je rente moet betalen op geld dat je leent? Of leren ze je dat niet op Radulphus?'

Ricardo had hem een voorstel gedaan: één keer naar

Nederland. En Sonny zou er zelfs nog heel wat geld aan overhouden.

'Denk er eens goed over na.'

Dat was daags voordat Max erachter was gekomen dat Sonny gelogen had over het bezoek aan zijn grootvader en ik hem in het buurthuis gesproken had.

'Ik heb Ricardo meteen gebeld nadat u vertrokken was. Dat ik het niet zou doen.'

'Dat had je hem toch al gezegd?'

Gegeneerd keek hij van me weg.

'Het geeft niet,' zei ik. 'Vertel verder.'

Hij had daarna niets meer van Ricardo gehoord. Tot er een auto bij hem stopte. Hij was te voet op weg naar huis. Er zaten twee mannen in die hij nooit eerder had gezien.

'Niet van het eiland. Ze praatten Engels.'

Die mannen hadden hem met een mes bedreigd.

'Ik had geen keuze, broeder. Ze lieten me geen keuze.' Het was alsof ik Max hoorde zoveel jaar geleden.

Als een lam had hij zich laten leiden. Ze kochten nieuwe kleren voor hem, die hij op de dag van de vlucht moest aantrekken, en gaven hem alvast wat zakgeld. Daar mocht hij in Nederland mee doen wat hij wilde. Ze leerden hem slikken, eerst met hele druiven, daarna met wortelen, in de juiste vorm en maat gesneden. Om het slikken te vergemakkelijken kreeg hij yoghurt erbij.

'*You've got talent, Sonny.*'

Hij kreeg richtlijnen voor wat hij wel en niet mocht eten of drinken en wat hij moest doen als hij in het vliegtuig naar het toilet moest.

'Schoonspoelen en opnieuw doorslikken.'

Ten slotte kreeg hij het briefje waarop stond wat hij vanbuiten moest leren.

'Wanneer moet je je melden?' vroeg ik. 'Of is dat al voorbij?' Een paar uur voor de vlucht zou het slikken van de bolletjes beginnen.

Hij schudde zijn hoofd. 'Morgenvroeg. En 's avonds vliegen.'

De vlucht van 19u25. Dat had Max me verteld.

Toen zijn vader hem het briefje in de auto liet zien, was hij in paniek geraakt. Hij had Ricardo proberen te bellen.

'En nu zoeken ze mij, broeder! Ze zoeken *míj*! Ik ga er ook aan!'

'Rustig, Sonny. Hier ben je veilig. Je kunt vannacht gerust blijven. En morgen zien we wel weer verder.'

'Maar als ik er morgen niet ben...'

'Dat regel ik wel. Maak je geen zorgen. Ik zoek een oplossing. Hoe laat word je morgen verwacht?'

'Tien uur.'

'Waar?'

Hij keek me peilend aan met zijn angstige ogen.

'Vertrouw me nu maar, Sonny.'

Hij noemde een adres in Otrobanda.

'Ik regel dit. Je hoeft je nergens druk over te maken. Blijf maar hier en probeer wat te slapen. Ik ga niet weg. Is dat goed?'

Ik heb Max gisternacht meerdere keren gebeld. Of was het eergisteren? Ik kan de dagen en nachten niet meer uit elkaar houden. Ik kreeg telkens meteen het antwoordapparaat te horen. Ik sprak in dat Sonny veilig en wel bij mij was en vroeg of hij me wilde terugbellen. Hij belde niet terug.

Sonny sliep vast. Eenmaal schoot hij in paniek wakker, maar werd snel weer rustig toen hij me naast het bed zag zitten. Broeder Bertus heeft me een paar uur afgelost zodat ik zelf ook wat kon slapen. Maar ik heb geen oog dichtgedaan. Ik had me voorgenomen om de volgende ochtend naar het adres te gaan dat Sonny had genoemd en die duizend gulden te betalen, hoewel ik dat geld zelf ook eerst bij elkaar moest zoeken. Dat ik zodoende mee in die verdorven wereld stapte, knaagde de hele nacht aan mijn geweten, net als het besef dat ik slechts één drenkeling kon redden, terwijl het hele eiland in een draaikolk was terechtgekomen.

Sonny sliep nog toen om halfnegen mijn telefoon overging. Hij schrok wakker. Ik stelde hem gerust en liep de kamer uit. Het was Max.

'Ik heb uw bericht vanochtend pas gehoord,' verontschuldigde hij zich. 'Mijn batterij was leeg. Hoe is het met hem?'

'Hij heeft goed geslapen. Hij is nu pas wakker. Wil je hem even hebben?'

'Nee, straks misschien. Ik zou u willen spreken. Kunnen we elkaar over een halfuur ergens ontmoeten? Ik zit nu nog in Barber.'

'Je kunt gewoon naar hier komen.'

'Een andere keer. Zullen we in Santa Maria afspreken, bij het pompstation op de Rooseveltweg? Is dat goed?'

'Dat is goed. Negen uur dan. Ik zal er zijn.'

De geheimzinnigheid van zijn telefoontje verontrustte me, maar Max zelf had heel bedaard geklonken, waardoor ik geen idee had wat ik kon verwachten.

Ik lichtte Sonny in dat ik zijn vader weldra zou zien en dat ik hem alles zou vertellen.

'Moet dat?'

'Geen geheimen meer, Sonny. Voor niemand.'

'En mijn afspraak straks?'

'Maak je daar geen zorgen over. Ik regel dat. Broeder Bertus blijft zolang bij jou. Hij maakt ontbijt voor je klaar. Je kunt je intussen douchen. En straks breng ik je naar huis.'

Max zat in de auto op mij te wachten. Toen ik hem groette, glimlachte hij naar me, maar op een vreemde manier.

'Rijdt u een eindje mee?'

Ik stapte bij hem in. Zijn kleren zagen er verfomfaaid uit. Hij had grijze stoppels.

Bij het optrekken maakte de auto een hard brommend geluid.

'Een gaatje in de uitlaat. Moet gelast worden,' verontschuldigde hij zich. Op zijn gezicht lag een uitdrukking die ik eerder had gezien, maar nu niet kon thuisbrengen. 'Dus met Sonny gaat het goed?'

Ik knikte. 'Ik heb lang met hem gepraat.'

'Ik ben blij dat hij goed met u kan praten.'

'Jullie lijken meer op elkaar dan je denkt.'

'Misschien wel.'

We reden via de Churchillweg richting Rio Canario en draaiden daar de ringweg op. De bewegingen van Max hadden iets mechanisch, alsof de auto zichzelf bestuurde en hij maar deed alsof.

'Waar gaan we heen?' vroeg ik. Ik moest de tijd in het oog houden.

'Ik dacht bij mijn vader langs te gaan.'

'Dat is de andere kant op.'

'Ik maak nog een ommetje. Anders zijn we te vroeg. Dan is hij nog niet uit bed.'

Af en toe ging zijn blik naar de achteruitkijkspiegel, langer dan nodig was. Ik voelde me steeds ongemakkelijker worden.

'Is er wat, Max?'

'Ze volgen me.'

Ik draaide me half om en keek door de achterruit. Op zo'n honderd meter van ons reed een grote, zwarte auto.

'Ze hebben beet en willen niet dat ik hun nog ontsnap,' legde Max uit.

Met een ruk draaide ik me weer naar voren. De glimlach op zijn gezicht had nu iets meewarigs.

'Ik heb ze gevonden, broeder.'

'Hè?'

'Een goeie taxichauffeur kent overal de weg.'

Verbaasd keek ik hem aan. 'In Otrobanda?'

'Niet chic genoeg. Cas Grandi. Daar zitten de grote jongens. Ik heb hun gevraagd of ze Sonny met rust willen laten, maar dat wilden ze niet. Ze begonnen over het geld dat hij gekregen had en dat nog moest worden terugbetaald. Maar zoveel heb ik ook niet, anders had ik het ze wel gegeven...'

'Ik kan je...' begon ik, maar Max hoorde me niet. Het was alsof hij tegen zijn spiegelbeeld in de voorruit aan het praten was.

'Ze waren aardig. Alsof ze begrip hadden voor mijn situatie. Natuurlijk was dat schijn. Ik weet dat ook wel... Maar toen kwamen ze met een tegenvoorstel.'

'Dat heb je toch niet aanvaard?'

Nu keek hij me wel aan. Met die uitdrukking die ik nog steeds niet kon thuisbrengen. 'Er viel met die jongens te onderhandelen. Op een bepaald ogenblik had ik het gevoel dat ikzelf de touwtjes in handen had. En dus heb ik een goede prijs kunnen bedingen. Een oude man is minder verdacht, ziet u. Zo slim zijn ze ook wel.'

'Max, weet je wel wat je allemaal zegt?'

Hij wierp weer een blik in de achteruitkijkspiegel. Toen naar mij.

'Ik doe het voor Sonny, broeder. Voor zijn toekomst. Ik wil dat hij later trots op zichzelf kan zijn. En hij hoeft zich niets te verwijten. Ik neem hem niets kwalijk. Het is mijn eigen beslissing. Wilt u dat tegen hem zeggen?'

Opeens kon ik er niet meer tegen. 'Dat zeg je hem maar zélf! Ik doe hier niet aan mee. Je... je...'

Ik kreeg het niet gezegd. Dat hij me verraden had. Alsof mijn laatste bondgenoot in een jarenlange strijd naar de vijand was overgelopen.

Max tuurde onverstoorbaar voor zich uit. Routineus stuurde hij de Dodge over de ringweg.

'Max, luister... ik betaal ze die duizend gulden wel. Geen probleem. En daarna praten we er niet meer over.'

'Vierduizend.'

'Vierduizend? Dat is een leugen. Duizend! Sonny heeft het zelf gezegd. Ze hebben je belogen, Max. Ze hebben je belogen.'

'Duizend. Vierduizend. Het maakt nu niets meer uit. Ik heb toch geen keuze meer.'

Door die laatste zin wist ik het weer. De uitdrukking in zijn gezicht die ik eerder had gezien. Hij had na lang wikken en wegen een besluit genomen. Alle voor- en nadelen had hij afgewogen en er een conclusie uit getrokken. En niets of niemand kon hem nog van gedachten laten veranderen, al zouden hemel en aarde van plaats wisselen. Geen getreur, geen nostalgie, geen spijt. Wat ook de gevolgen zouden zijn.

'Ik wil u iets laten zien, broeder. Er is iets wat u moet weten. Misschien begrijpt u me dan.'

Zonder op een reactie van mij te wachten minderde hij snelheid en parkeerde de auto op een smalle strook zand langs de weg. Hij vroeg me uit te stappen.

Ik opende het portier, stapte uit en keek de weg af, waar

op enige afstand de grote, zwarte auto ook tot stilstand was gekomen.

Max liep om de auto heen en kwam naast me staan. Zijn blik ging ook de verte in. Met zijn rechterhand graaide hij naar iets in zijn broekzak.

'Wanneer vertrek je?' wilde ik weten. Mijn stem klonk toonloos.

'Vanavond. De vlucht die Sonny had moeten nemen.'

'Ben je hier wel zeker van, Max? We kunnen...'

'Ik heb geen keuze,' zei hij opnieuw. Hij klonk beslister dan ooit. 'Kijk, broeder...'

Hij haalde zijn hand uit zijn broekzak en stak die uit. Zijn vingers waren op een krampachtige manier gebogen. Vinger per vinger opende hij zijn hand. Traag. Alsof zijn gewrichten verroeste katrollen waren.

Ik herkende de muntstukken meteen. Door de vele wrijfbewegingen uit het verleden glansde het metaal nog als nieuw. De afbeeldingen waren afgesleten.

Ik slikte en keek Max aan. Hij hield zijn blik op de munten gericht en bracht zijn beide handen naar elkaar. Ik hoopte dat het hem zou lukken.

Ik hoopte dat echt nog.

Later, op weg naar zijn vader.

'God heeft me verlaten.'

Ik zei: 'Soms lijkt het alleen maar of God ver weg is.'

'Dan zal Hij wel op Aruba zitten. Met vakantie.'

'Waarschijnlijk, ja. Waarschijnlijk wel.'

19 juli 2001 — 5u55

Om halfzes ben ik met broeder Jan en broeder Bertus naar de kapel gegaan. Max had toen nog niet gebeld. Toch liet ik mijn telefoon in mijn kamer achter. Ik wilde in alle rust en stilte kunnen bidden. Voor Max. Al is het niet mijn gewoonte God om voorspraak te vragen.

Tijdens het gebed hoorde ik de telefoon op mijn kamer rinkelen. Een melodieuze toon, waaraan ik nog niet helemaal gewend ben. Dat kon alleen maar Max zijn. Ik heb God in stilte bedankt.

Zopas heb ik zijn bericht afgeluisterd. Broeder Bertus heeft me daarbij geholpen.

'Ik ben er. Ze wachten op me.'

26 juli 2001 — 19u45

We krijgen *de Volkskrant* altijd met een dag vertraging. Broeder Bertus leest meestal bij het avondeten de koppen voor, soms het hele artikel, een gewoonte van vroeger toen we nog met velen waren.

'Moet je horen...' zei hij vanavond. In zijn stem klonk ongeloof door. *'In het Amsterdamse stadsdeel Zeeburg, niet ver van Schiphol, is eergisteren in een sloot het stoffelijk overschot aangetroffen van een Antilliaanse man van een jaar of vijftig. Volgens het parket was hij al een paar dagen dood. Zijn buik was opengesneden. Vermoedelijk gaat het om een drugskoerier. De daders zijn blijkbaar niet al te zorgvuldig te werk gegaan. Bij de sectie werden in het lichaam achtergebleven bolletjes cocaïne gevonden. De identiteit van de man is nog niet bekend.'*